一頁 _{folio}

始于一页，抵达世界

ほうじょうのうみ

あかつきのてら

晓寺

丰饶之海

（三）

陈德文 译

[日]

三岛由纪夫 著

广西师范大学出版社

辽宁人民出版社

一頁文庫～三島由紀夫作品系列～

曼谷正逢雨季，空气中始终含蕴着轻盈的雨滴，纵然阳光普照，时常也有细雨飘零。然而，空中总能窥见一片蓝天。有时太阳周围云层密布，但云外围的天空却灿烂辉煌。骤雨到来之前，天空一派灰黑，阴森可怕。这种孕育着某种暗示的黑色，覆盖在随处点缀着碧绿椰子树的低矮街衢之上。

"曼谷"这个名称源于阿瑜陀耶王朝时代，因为这里有许多橄榄树，自那时起就称为曼（城）谷（橄榄）了。古代又称"天使之都"。这座海拔不到两米的城市，交通全靠运河。说是运河，其实是筑路时挖土后形成的河道。掘土建房，则出现了池塘。这种水池自然同河道连成一气。所谓的运河四通八达，全都流向万水之本的湄南河——这条在太阳映照下和当地居民的肌肤同样具有焦褐色的河流。

市中心部有带露台的三层欧式建筑，外国人小区则多是两三层的砖瓦楼房。但是，最能代表这座美丽城市的特色的街道树，随着道路的扩建，随处遭到砍伐，一部分柏油路也正在铺设中。有幸剩下的合欢树，深深遮蔽道路上空，阻挡着酷烈的阳光，分布着葬仪上黑纱一般的浓荫。那些被晒得发蔫的草木，经过一阵雷鸣骤雨之后，俄而获得复苏，又凛凛然挺直了叶尖。

街上热闹的情景，令人想起中国南方的某座城市。数不清的容二人乘坐的敞篷三轮车来来往往；时而看到来自挽甲必（Bang Kapi）周围水乡的人，牵着背上站着乌鸦的水牛悠悠通过；染上麻风病的乞丐，裸露着黑幽幽斑点似的光亮的皮肤，躲在幽暗的角落；男孩子们光着屁股到处乱跑；女孩子们腰里缠着金属制蛇纹图案的兜肚；朝市上贩卖稀有水果和鲜花；华人街的金店店头，悬挂着帘子般纯金的链子，璀璨夺目。

然而到了夜晚，整个曼谷城一任交给月亮和星空。且不说自行发电的酒店，城内各地只是拥有多功能电压器的有钱人家，才像过节一般灯火辉煌。其余多数家庭用油灯或点蜡烛。沿河房屋低矮的居民，家家只靠着佛坛上一根蜡烛过夜，只能看到佛像的金箔在竹编地板的深处闪着朦胧的光亮。佛像前燃着粗大的焦褐色的线香，对岸人家的烛火映射在河水里，那摇曳不定的灯影，不时被过往驳船的影子掩没。

前年，也就是昭和十四年，暹罗改国号为泰国[1]。

——曼谷被称为东方威尼斯，但并非根据外观上的对比。这两座城市，在构造和规模上都无法相比。这种称呼的根据是：其一，两城都有无数条运河构成的水上交通网；其二，双方都有数不清的寺院，而曼谷的寺院达到七百座。

高耸于绿树之上者皆为佛塔。这些佛塔最早迎接朝阳，最后送走晚霞，有太阳的日子，不住变幻着

---

[1] 1932年6月，暹罗人民党发动政变，建立君主立宪政体（参见前卷《奔马》）。1938年，銮披汶执政，1939年6月更名为泰国，意为"自由之地"。1941年被日本占领，泰国宣布加入轴心国。1945年恢复暹罗国名。1949年5月又改称泰国。

各种颜色。

十九世纪，拉玛五世朱拉隆功大王建筑的云石寺，虽然很小，但最为新颖、华丽。

当今的拉玛八世阿南塔·玛希敦陛下，于昭和十年十一岁时即位，不久赴瑞士洛桑留学，如今十七岁，仍在那里勤奋学习。他不在国内期间，銮披汶首相独揽大权，摄政府只在形式上进行咨询。摄政由两人担任：第一摄政为阿提贴·阿帕殿下，他只是点缀；第二摄政为比里·帕侬荣，掌握着摄政的实权。阿提贴·阿帕殿下，既有闲暇又笃于佛事，经常参拜各地的寺院，一天晚上，他传旨要拜谒云石寺。

寺院位于佛统路夹岸长满合欢树的小河畔。

一对石马护卫着大理石的寺门，门上的冠饰犹如古代高棉式样的白色火焰般的结晶，红锈斑驳的门扉大敞着。由门口径直通向本堂的石板道左右是碧绿闪亮的草坪。草坪中央耸立着两座古代爪哇式样的小亭阁。修剪成浑圆形的灌木开满了鲜花，亭子的飞檐上立着白色的狮子，脚踏火焰，张牙舞爪。

本堂前面的印度大理石白色圆柱和守护两旁的

一对大理石狮子，以及西洋风格的低矮的石栏，连同一式的大理石墙面，映着夕阳，耀目争辉。不过，这只是一幅反衬着众多的金黄和朱红花纹的纯白的画布。尖儿呈圆拱形的窗户，显露着内侧的印度红，外侧则包裹着繁复的燃烧似的金色火焰。殿前的白色圆柱，从柱头饰物开始，突然缠绕着金色灿烂的圣蛇，重重叠叠高悬的红色琉璃瓦飞檐，周边镶嵌着昂着镰刀头的金蛇的行列。屋脊尖端金色的神经质的蛇形鸱尾，竞相翘向蓝天，犹如女靴尖利的跟，朝着天空奋然踢去。在热带的阳光下，这一派金黄反而显得黯然失色，好似屋脊上嬉戏着的惹人眼目的白鸽。

然而，渐渐地，渐渐地，仿佛受惊似的嗖哨而起的银白的鸽群，飞向逐渐忧色深沉的天空，变得煤烟一般黝黑。原来那鸽群就是寺院反复装饰着的独具匠心的金色火焰所腾起的煤烟。

庭院内有几棵椰子树，看上去突兀不动，令人吃惊。这种"喷泉树"弯成弓形，对着天空喷洒着几股绿色的飞沫。

植物、动物、金属、石子和印度红，一同混淆于明光之中，融合，跃动。就连守护玄关的一对巨大的雪狮子，那大理石的鬃毛也能像向日葵一样。那葵花子般的牙齿，密密实实排列在张开的巨口之内，狮子的面颜也就是怒放的白皙的向日葵花朵。

阿提贴·阿帕殿下乘坐的劳斯莱斯轿车抵达门前。左右草坪上小亭阁周围早已严阵以待的身着红色制服的少年军乐队，正鼓胀着褐色的脸颊，吹奏着军乐。刚刚擦得锃亮的圆号的漏斗，将他们身上红色的制服映射出小小的影像。在热带的阳光下，再也没有比这种乐器更加适合演奏的了。

穿着白色上衣、系着红带子的卫士跟在后头，打开草绿的阳伞罩在殿下的头顶上。殿下一身白色的军服，佩戴着勋章，在手捧布施、攀着蓝色衣带的侍从以及十多个禁卫兵的护卫下，走进寺院。

按惯例，殿下参拜二十分钟结束。其间，人们头顶烈日，站在草坪上静候。不一会儿，殿内传来中国胡琴的乐音，其中交混着铜锣的声响。此时，那个撑伞的卫士扛着那把顶端精心装饰着金色佛塔的伞站立在门口，四个禁卫兵头戴僧帽般耷拉在颈项上的帽子，排立在石阶上。殿内无法看得分明，从阳光炫目的门外，只能窥见晦暗的内里烛火摇曳，从那里频频传来诵经的声音。早些时候的锣鼓也渐次昂扬，最后铿然一声锣，音乐戛然而止。

卫士张开草绿色的阳伞，恭恭敬敬罩在走出来的殿下的头顶上。禁卫兵们举刀敬礼。殿下疾步走出寺门，乘上那辆劳斯莱斯。

不久，群众目送殿下远去之后解散了，军乐队也走了，寺院又缓缓迎来傍晚的安息。僧侣们披着袒露褐色右肩的金襕僧衣，有的到河岸上读书，有的聊天。河面流淌着枯萎的红花和腐烂的瓜果，映射着对岸成排的合欢树以及绚烂的云霞。太阳沉没到寺院背后了，草坪上笼罩着暮色。不一会儿，寺院的大理石圆柱、狮子和墙面在暮霭里浮现着灰白。

*

例如卧佛寺。

十八世纪末，拉玛一世建立的这座寺院，塔堂林立，人们必须一个接一个穿过狭窄的空间。

那烈日，那蓝天。然而，本堂回廊巨大的白色圆柱，犹如白象的四肢一般污秽。

佛塔装贴着细密的陶片，彩釉在太阳底下灼灼耀眼。紫色的大佛塔一级级镶嵌着暗褐色的瓷砖，描绘出无数花朵的数不清的陶片，于紫褐的底色上连缀成黄、红、白的花瓣，仿佛在半空里竖立起一卷陶瓷制作的波斯地毯。

大佛塔一旁又有一座绿色的塔。一只怀孕的母犬，拖着沉重的长满黑斑的暗红色乳房，东倒西歪地走过被阳光的铁锤击碎的磨损的石板路面。

涅槃佛殿巨大的金色卧佛，蓝、白、绿、黄的陶枕上，枕着密如丛林的高高的金色螺髻。金色的长臂支撑着佛头。晦暗厅堂内对面的一端，远远闪耀着金黄的足踵。

佛的足心镶嵌着精美的螺钿，黑底上分成许多细小的格子，这些格子内用彩虹珍珠母分别制作成牡丹、贝壳、佛具、岩石、池沼的莲花、舞女、怪鸟、狮子、白象、龙、马、鹤、孔雀、三帆船、虎和凤凰等图案，表现佛祖的事迹。

敞开的窗户，好似磨光的黄铜板一般灼人眼目。菩提树下，走过一群露出褐色的右肩、身披橘黄色僧衣的僧人。

酷热难当。户外，仿佛空气本身也染上了热病。绿油油的红树将无数气根垂入佛塔间沉滞的水池。鸽子在池中的小岛上游玩。岛上的岩石涂着蓝色，岩面上绘着一只大蝴蝶，岩石顶端放置着一座不祥的黑色小塔。

还有，例如本尊以绿宝石佛而闻名的守卫大王宫的玉佛寺。

这座寺院自一七八五年营建以来从未遭受毁坏。

雨天里，左右两座金塔坐落的大理石台阶上，金色的半女半鸟灿然闪亮。朱红的琉璃瓦和碧绿的边缘，在明亮的雨滴里越发光艳夺目。

玛哈曼达帕回廊的墙壁上蜿蜒地绘满了《罗摩衍那》故事的连环画。

较之富有德行的罗摩本人，具有风神光辉的儿子、猴神哈奴曼，随处活跃于整个画面之上。长着茉莉花牙齿的黄金丽人悉多，被凶恶的罗刹王拐走了。罗摩在众多的战斗中，圆睁着伶俐的双眼，奋力拼搏。

南画风格的山峦和初期威尼斯画派灰暗的背景前，绘制着彩色鲜艳的殿宇、猴神和妖怪的军士；彩虹色的神骑着凤凰在幽暗的山水上面飞翔；金衣人手持皮鞭抽打一批着衣而坐的马；海里的怪鱼猝然冒出头颅，欲袭击桥上的军队；远方有清幽而蔚蓝的湖水；躲在茂草中的猴神，拔剑注视着穿过蓊郁的密林悄悄走来的金鞍白马。

*

"您知道曼谷的正式名称叫什么吗？"

"不，我不知道。"

"名字是这样的：库伦格·泰普·普拉·马哈纳空·阿蒙·拉塔那库辛·马欣塔拉·西阿尤塔亚·马富马·波普·诺帕拉·拉查塔尼·普利劳姆。"

"是什么意思？"

"几乎翻译不出来，就像这里寺院的装饰，徒见金碧辉煌，徒显繁文缛节，只不过为了装饰而装饰罢了。

"库伦格·泰普，是'首府'的意思。波普·诺帕拉，是'九色金刚石'，拉查塔尼是'大城'，普利劳姆是'心地善良'的意思。挑选这些华丽美艳的名词和形容词，就像把宝石穿成项链一样。

"臣下对国王陛下回答'是'，按照这个国家的繁杂礼仪，用这样的说法：

"普拉普特·乔·卡·科拉普·普洛姆干·萨伊库拉欧·萨伊·库拉莫姆。这句话翻译过来就是'诚惶诚恐顿首顿首'的意思。"

——本多深深靠在藤椅上，好奇而又随意地听菱川神聊。

五井物产委派这位无所不晓，却又龌龊不堪的破落艺术家为本多充当翻译兼向导。年届四十七岁的本多认为，客随主便，尤其在这个炎热的国度，是自己对自己的礼让。

本多是应五井物产公司的邀请来曼谷的。在日本谈妥一笔生意，根据日本法律签订合同之后，在外国因索赔发生争议时，即便案子提到外国法庭上审理，也会产生国际私法上的问题。何况外国律师对日本法律一概不知。逢到这种时候，时常会从日本邀请具有权威的律师，向对方律师详细讲清日本法律，以便有助于打赢官司。

这年一月，五井物产向泰国出口十万箱"卡洛斯"解热剂，其中三万箱受潮变色而失效。事情发生在有效期之内。这种关系民事诉讼的不法行为，应该按照不履行债务来处理。但对方以刑事案件的欺诈罪提起诉讼。五井物产对于药品承包公司所发出商品的瑕疵，当然应负民法第七一五条中规定的"无过失赔偿"责任。这种国际私法上的纷争，无论如何，都需要像本多这样有能耐的本国律师的襄助。

本多被安置在曼谷最负盛名的东方酒店（当地人称为东洋宾馆）的一间居室，这里可以眺望湄南河美丽的风景。房间天花板上虽说有白色的大吊扇送风，但是到了晚上，他就走到河边的庭院里，贪婪地享受河风仅有的一丝清凉。本多一边同前来陪伴他夜游的菱川饮着饭前酒，一边听凭菱川畅谈下去。慵懒的本多，指头拿着汤匙都显得重，至于同菱川搭话，比起一只银匙就更显得重似千斤了。

太阳从河对岸晓寺的彼方沉没下去了。然而，广大的晚霞映衬出两三座高塔的剪影，且尽情占据了吞武里密林平缓的景观上方浩渺的天宇。碧绿的密林此刻如海绵般包蕴了光线，化作一派真诚的翠绿。舢板纵横、群鸦噪晚，河水沉滞不动，变成脏污的玫瑰红。

"一切艺术都是晚霞啊。"菱川说。他在陈述一件事情时，通常总是先顿一顿，以便窥视对方的反应。较之他的唠唠不休，本多对他这种故意卖关子的停顿更加反感。

菱川生着同泰国人一样鬓黑的面孔，但泰国人的肌肤并不像他那般纤弱、憔悴。他使自己一侧的面颊映着对岸的残曛，反反复复地述说着。

"所谓艺术，就是巨大的晚霞，是一个时代一切美好事物的燔祭。长久延续而来的白昼的理性，由于晚霞那种无意义色彩的浪费而消泯。被看作永无止境的历史，也突然觉察自己的终末。美充塞于眼前，使得人世间所有的行为变作徒劳。遥望那绚丽的晚霞和狂奔的彩云，'更好的未来'之类的谰言顿然褪色了。眼前的东西就是全部，空气充溢着色彩的毒素。什么开始了？什么也没有开始。有的只是终结。

"这里根本没有什么本质的东西。诚然，夜是有本质的。这是宇宙的本质，是死和无机物存在的本身。白昼也有本质。人的一切都是属于白昼的。

"所谓晚霞的本质是不存在的，那只是游戏，是一切形态同光和色无目的而严肃的游戏。请看那紫色的云，大自然很少举办浓紫等色彩的盛筵。夕暮的云霞是对左右对称的污蔑。此种秩序的破坏，是同更根本的破坏结合在一起的。假若昼间悠悠的白云，变成道德崇高的比喻，那么可以为道德涂上色彩吗？

"艺术比任何人更早预见每个时代最大的终末观，并准备亲身实现。在这里，美酒佳肴，玉体彩衣，大凡这一时代人们对于所能想到的最大限度豪奢的追求，都一起获得完美的终极的体现。所有这一切，都期盼着一种形式，一种短时间里使得人的生活被劫掠尽净和席卷一空的形式。那岂不就是晚霞吗？它为着什么？其实，它什么也不为。

"最微妙的东西，最细枝末节的、富于神经质的美的判断（我是指云彩边缘无可形容的、芳醇的橘黄的曲线），同广袤天空的普遍性相互关联，将最内里的东西通过色彩显露出来，再同外部结合在一起，那就是晚霞啊！

"就是说，晚霞在表现，唯有表现才是晚霞的机能。

"人的一点点羞耻、喜悦、愤怒、不快，形成天空的规模。人的内脏通常看不到什么色彩，由于施行大手术，从而外向化，扩展到整个天宇。最细微的关怀和殷勤，同世界之苦相结合，到头来，苦恼本身变成瞬间的狂躁，人们白昼所怀抱的无数小理论，卷入天空感情的大爆炸以及由此所引起的华丽感情的恣意放纵之中。人们觉察到一切体系的无效。就是说，这些都被表现出来了……持续了十多分钟……接着，结束了。

"晚霞是迅速的，它具有飞翔的性质。说起晚霞，其实是这个世界的翅膀啊！犹如振翅飞行中吸食花蜜的蜂雀，不时闪动着彩虹的羽翼，世界从墙缝里窥见了飞翔的可能性，晚霞下面的物象都在陶醉与恍惚之中交相飞舞……然后坠地而死。"

本多一面漫不经心地听着菱川的谈话，一面朝河对岸望去，暮霭沉沉，天空只在地平线上保留着些微的光亮。

一切艺术都是晚霞吗？而远方就是晓寺！

*

本多昨天早晨起个早，雇船到对岸参谒了晓寺。

去晓寺的最佳时刻就是赶在日出时分。周围的天色尚在微暗中，只有塔的尖端享受着光明。前方吞武里密林百鸟喧呼，鸣声聒耳。

越走越靠近，他逐渐看清塔上密密麻麻镶满无数枚红蓝等颜色的中国制彩绘瓷碟。有几段是用栏杆间隔开的，一层的栏杆是红褐色，二层是绿色，三层是紫褐色。镶嵌的无数个瓷碟象征着花朵。有的以黄色的小碟做花蕊，周围用瓷碟摆成花瓣。有的将淡紫的瓷杯反转过来做花蕊，围上一圈彩绘的瓷碟做花瓣。这些瓷碟花朵高悬天际，接连不断，而叶子皆由瓷瓦组成。而且，白象们的鼻子从塔顶向四方垂挂。

这座塔重重叠叠，反反复复，使人看了感到窒息。那充满色彩和光辉的高度层层堆积，细细刻画，直达塔顶，头顶上仿佛压抑着多重的梦境。陡峭的阶梯，无间隙地深深埋在花纹里，每一层都由人面鸟支撑。那一层一层的塔身，都被多重的梦、多重的期待和多重的祈祷压碎了，一方面又重新堆积，向空中扶摇直上，再度造就一座色彩绚丽的佛塔。

那千百只瓷碟所形成的千百个小小的镜面，迅速承接住从湄南河对岸最初照射过来的曙光，这座巨大的螺钿装饰，立时散射出灿烂的光辉。

这座塔永恒存在，一直起着以色彩作为晨钟的作用。那轰鸣着迎接黎明的色彩！它具有和黎明同等的力量，同等的厚重，同等的破裂感。

赤褐色的朝霞照射着土红色的湄南河，这座辉煌的佛塔投影于霞光之中，预示着这一天又是个炎热的日子。

*

"寺院看得够多的了，今夜陪您到一个有趣的地方去。"

本多茫然地遥望着暮色笼罩的晓寺，菱川对他说道。

"卧佛寺、玉佛寺，您已看过了，参拜云石寺时不也顺便看了摄政王参拜的场面吗？昨天早晨，又去看了晓寺，照这样简直没个完。看了以上这几处也就足够啦。"

"是啊。"

本多暧昧地回了一句。他一直沉浸在冥想中，讨厌别人打扰。

当时，本多想起那本很久没有触摸过的清显古旧的《梦日记》，放进了包里，以便旅途无聊时再看一遍。到这里之后，因为天气炎热，心情郁闷，一直没有阅读。然而，过去读后留下来的那种梦中鲜丽的热带风光，依然清晰地印在脑里。

本来，繁忙的本多此次应邀到泰国来，并非只是为了公务。他通过清显认识了暹罗两位王子，在他多愁善感的年龄，详细旁观了王子和月光公主恋爱的悲惨结局，以及那只祖母绿戒指丢失的经过，那种作为旁观者亲自发现的强烈印象，使得那朦胧的记忆的图画，越发稳固地保留在坚实的画框之内。他早就下了决心，自己一定找时机去一趟暹罗！

但是另一方面，四十七岁的本多，内心里不知不觉染上一种习性，对于那些纤细的感动保有警惕，能够立即嗅出其中包含的欺瞒与夸张。那是自己最后的热情，本多回忆着。为了营救清显所转生的勋，他抛却职务时的那份热情……而且，他尝到了"拯救他人"观念的彻底失败。

自从再也不相信拯救他人的观念之后，他反而成了一个极有才能的律师。自从抛弃了热情，对他人的拯救越来越获得成功。不论民事或刑事，他只接受富人们的委托。本多家里，比起父辈更加富裕了。

既摆出亲自代表社会正义的面孔，又甘愿做一位沽名钓誉的贫穷律师，这本身就是非常滑稽的事。本多对于法的救助的限度深有体会。说实在的，付不起律师报酬的人，没有犯法的资格；然而很多人错误地出于需要和愚昧而触犯法律。

有时看起来，赋予广大人性以法律的规范，是人所能想到的最为不逊的游戏。如果说，犯罪产生于需要和愚昧，那么是否可以说，作为法的基础的习俗也是如此呢？

那桩以勋的死而终结的昭和神风连事件之后，类似的事件接连不断。昭和十一年二月二十六日发生的"二二六事件"以来，虽然国内的骚乱获得平息，但此后爆发的"中国事变"¹长达五年尚未解决。再加上日、德、意三国同盟刺激了列强，人们不断谈论着日美战争的危险。

但是本多对时世的推移、政治的纠纷以及战争的迫近，既不抱有任何兴趣，也不感到一喜一忧。他的内心深处，某种东西崩溃了。时代如骤雨一般喧嚣，

1　指 1937 年 7 月 7 日发生的卢沟桥事变。

众多的人逐一经受雨点的扑打，千万遍濡湿着各个命运的小石子。本多明白，没有任何抑制这种骤雨的力量。但是，不管哪一种命运，都无法确定其结局是否悲惨。历史的前进，时常满足一部分人的愿望，同时违背另一部分人的愿望。尽管有各种悲惨的未来，但不会背叛所有人的愿望。

虽说如此，但也不能认定本多已经变成一个虚无的具有阴暗心理的人。相反，他比从前更加快活，更加乐观了。他改变了审判官时代那种小心翼翼、擦着榻榻米走路的言行，衣着自由多了，居然穿起时髦的花格子上装来了。谈笑风生，举止豁达。只是来到这个炎热的国度后，再也不想开玩笑了。

他的面孔，符合他的年龄，表现出一种深沉而凝重的神色。青年脸上简洁而平明的线条早已消失，洗晒的棉布似的肌肤，增添一层缎子般奢侈的厚重。本多深知自己绝非一位美男子，所以对于这种不透明的年龄的外表还算满意。

再说，如今的他，比青年更加保有确定的未来。青年们动辄对未来喋喋不休，只能说明他们还没有将未来据为己有。有所失才能有所得，这正是青年们所不能理解的拥有的秘诀。

正像清显不能推动时代一样，本多也不能推动时代。过去是死于感情的清显的时代，现在不同了，青年死于真正行动的战场的时代已经迫近了。其先驱就是勋的死。就是说，转生的两位青年，各自战死在相反的战场上。

那么，本多呢？本多根本没有想死的样子！他既不热烈期望死，也不躲避突然袭来的死。然而，眼下突然来到这个热带地区，终日置身于火箭一般灼热阳光的曝晒之下，犹如遍地繁衍的草木，欣欣向荣地迎接辉煌的死亡。

"从前，说起来已经是二十七八年以前的事了。暹罗两位王子来日本留学的时候，我曾和他们有过一段亲密的交往。一位是拉玛六世的弟弟帕塔纳迪特殿下，另一位是他的堂弟、拉玛四世的孙子库利沙达殿下。不知道他们现在怎么样了，我这次到曼谷来，真想去看看他们。不过，他们也许早已把我忘了，所以贸然前往，总感到有点……"

"您怎么不早说呢？"无所不知的菱川，似乎埋怨本多不该这么客气,"不论什么事,只管问我好啦,我很快就能给您满意的答复。"

"你是说,我可以去拜访两位王子喽。"

"那还不行。他们两位是拉玛八世陛下最信赖的伯父,常随陛下到瑞士的洛桑去。王族的要人们大都到瑞士去了,宫殿里空荡荡的。"

"那太遗憾了。"

"不过有一种可能,您或许可以见到帕塔纳迪特的家人。说也奇怪,殿下最小的公主刚满七岁,一个人留在曼谷。她住在小小的玫瑰宫,身边只有宫女照顾,就像关禁闭一般,怪可怜的。"

"那又是为什么呢?"

"因为带她到了外国,要是被人看出头脑有些不正常,会给王室丢丑。听说这位公主打从懂事之后,总是说她不是泰国王室的公主,而是日本人转世,自己真正的故乡是日本。不管别人怎么劝,都改变不了她的主张。别人稍不同意,她就哭闹不休。所以,宫女们都一致维护她的这个幻想,照顾她长大成人。大家都这么传说呢。拜见公主很困难,既然先生有那层关系,只要说得进话去,事情也许能成。"

二

　　听到菱川这番话，本多不打算立即去拜望那位可怜的神经有些不正常的小公主了。

　　本多知道，她就住在那座金碧辉煌的美丽的小寺院般的宫殿里。他想，寺院不会飞走，公主也不会飞走。这个国家，疯狂就像建筑，又像跳得没完没了的单调的金色的舞蹈，极尽华美，永不停歇。本多打算，过几天要是还有这个愿望，那时再去拜见也不迟。

　　或许这种拖延，一半来自热带的抑郁，一半来自无可争辩的年龄。本多已经增添了白发，眼睛也模糊不清了，好在年轻时有过轻度近视，所以还不至于戴老花镜。

　　到了本多这个年龄，对于诸多事物，已经可以按照自己所掌握的各种法则，运用一定的尺度加以衡量了。天地异变等自然灾害自当别论，历史事件的产生，不管多么出乎意料，实际上都有前兆长久逡巡，宛若接受欢爱之前的姑娘，带着半推半就的心情。那些能立即回应自我的心愿、以自我所要求的速度到来的事物，必然带有伪劣品的异味，故而最要紧的是，用历史的法则规范自己的行动，万事都抱着从容不迫的态度。那些想要而不得入手、一切意志尽皆无效的事例，本多早已司空见惯。无意而得之，有意而不得。就连看起来一切都按照自己的欲求、自己的意志的自杀，勋为了做得尽善尽美，在监狱中待了整整一年。

然而细思之，勋的暗杀和自刃，以至于"二二六事件"，犹如星斗阑干的夜空，最先光耀于西天的清朗的长庚星。这些人确实看到了黎明，但他们所显现的却是黑夜。而且，现在时代总算摆脱了暗夜，迎来不安而燠热的早晨，然而这样的早晨并非他们中任何一个所梦想的早晨。

日、德、意三国同盟触怒了一部分日本主义者[1]

---

[1] 中日甲午战争后出现的以高山樗牛和井上哲次郎为代表的国粹主义者。

以及亲法派和亲英派，然而，那些崇拜西洋、崇拜欧洲的大多数人自不必说，同时也受到老牌泛亚论者的欢迎。他们认为，这不是同希特勒，而是同日耳曼的森林相好，不是同墨索里尼，而是同罗马的万神殿结婚。这是日耳曼神话、罗马神话以及《古事记》的同盟，是雄性的美好的东西方异教众神的亲和。

本多当然不会服膺于这种罗曼蒂克的偏见。但时代明明战栗般地热衷于某种事情，正在梦想着什么，所以他离开东京一到这里，猝然来临的休息和闲暇反而唤起疲劳，内心不由自主沉湎于对过去的回忆中。

曩昔，他和十九岁的清显交谈时，曾主张"只有关系历史的意志，才是人类意志的本质"，本多至今没有舍弃这个观点。不过，十九岁青年对自己的性格所抱有的本能的危惧，有时会成为惊人而正确的预见。当时，本多虽然具有这样的主张，但他同时对自己与生俱来的意志的性格表示绝望。随着年龄的增长，这种绝望越发强烈，最终成为本多的痼疾。然而，他的性格并没有因此而产生丝毫的改变。他想起从前遵照月修寺门迹的教导阅读的两三部佛典，其中《成实论》的"三报业品"有句最可怖的话浮上心头：

"行恶而见乐，皆因恶尚未成熟。"

因此，在曼谷这地方受到优厚的礼遇，所见所闻，以至于饮食，总带有一种热带风格的倦怠的"乐"，然而并不能成为自己将近五十年岁月未曾"行恶"的证据。也许自己的恶"尚未成熟"，不像枝头自然坠落的芳醇的果实。

在这个信奉小乘佛教的国度，《南传大藏经》素朴的因果论背景中，浮泛着本多青年时代深受感动的《摩奴法典》因果律的影像，印度教中怪异的诸神的容颜随处可见。寺院的屋檐上装饰着圣蛇和金翅鸟。七世纪印度戏曲《龙喜记》的故事流传至今，金翅鸟的反哺孝养受到了印度教毗湿奴神的嘉许。

本多来到这里，本能的探究癖又抬头了。转生的神秘，构成他前半生始终同合理的事物发生冲撞的机缘，那么小乘佛教是如何解释转生的呢？他对此抱着很大的兴趣。

根据学者的说法，印度的宗教哲学划分为以下六个时期。

第一期是梨俱吠陀的时代。

第二期是祭坛哲学的时代。

第三期是奥义书哲学的时代。公元前八世纪至前五世纪，以梵与我为一体的唯心的自我哲学的时代。轮回的思想在这个时代开始明确出现，此种思想同"业"的思想结合继而产生因果律，同"我"的思想结合而形成体系。

第四期是诸学派各自独立的时代。

第五期自公元前三世纪至公元前一世纪，是小乘佛教完善的时代。

第六期是其后绵亘五百年的大乘佛教兴隆的时代。

问题是第五期，本多以往所熟读的《摩奴法典》正是这个时期的集大成之作。这部书将轮回转生摄入法律条文，曾令他惊叹不已。同为业思想，佛教以后的业思想和奥义书哲学的业思想截然不同。至于哪些地方不同，那就是"我"被否定了。可以说，佛教的本质就在于此。

佛教区别于异教有三种特色，其中之一是"诸法无我印"。佛教称扬"无我"，否定作为生命中心体的"我"，归根结底是否认我的来世存续的"灵魂"。佛教不承认灵魂的存在。生物没有灵魂这一中心的实体，无生物也没有。不，世界万物都没有固定的实体，就像没有骨骼的海蜇。

但是，这里产生一个难解的问题：若是死后一切都归于无，那么作恶堕入恶趣、行善升为善趣，究竟是何人所为呢？若是无我，那么轮回转生的主体又是什么呢？

佛教否定"我"的思想和佛教承继"业"的思想，因苦于此种矛盾冲撞，各派论争不已，最终也未得出整然有序的逻辑性的结论。这就是小乘佛教的三百年。

将这一问题归结于完整的哲学成果，则有待于大乘的唯识。至于小乘的经量部，宛如香水熏染衣服，善恶业的余习留存于意志，赋予意志以性格，这股力量成为引果的原因，随之确立"种子熏习"的概念，形成以后唯识的先踪。

　　直到今天，本多依然记得暹罗两位王子眼睛里不绝的微笑和悒郁的神情。他想，那究竟意味着什么呢？那是在佛光壮丽的寺院、鲜花和果实的王国，一边承受忧戚的阳光的照耀，一边崇仰佛陀和笃信轮回，避忌整饬的逻辑体系的那种黄金般沉重的怠惰，以及树下微风骀荡的精神。

　　且不论库利沙达殿下，单说聪明的帕塔纳迪特殿下，他具有惊人而犀利的哲学家思想。尽管如此，他激烈的情感依然压抑着那颗穷究事理的心。较之殿下所说的一番话，更为鲜明地留在本多脑里的是那年夏天，当他接到月光公主的讣告时，颓然倒在终南别业草坪椅子上那种不省人事的姿影。他那褐色的臂膀从白漆椅子的扶手上耷拉下来，脸孔靠在肩头，面色灰白，微微张开的嘴唇里，露出光亮洁白的牙齿。

　　天生的褐色手臂修长而又优婉，适于灵巧的爱抚的手指，刚好触及夏季碧绿的草地。眼见着就要为爱抚的对象殉情似的，刹那间五根手指尽皆死去。

　　——尽管如此，本多担心，王子们对于日本的回忆，即便随时光的流逝而与日俱增，但绝不会留下什么好印象。使得王子们心灰意冷的是，孤立无助、言语不通、习俗各异，再加上失盗以及月光公主的死去。然而，最后拒绝王子理解的要因，不仅是本多和清显等普通青年，还有那种使得白桦派自由人道主义青年陷于孤立的骄傲自大的"剑道部精神"。更为糟糕的是，作为王子一方的人，真正的日本味十分稀薄，而作为王子敌方的人，却具有浓厚的日本味。王子们或许也亲身朦胧地感知到了这一点。那个猬介的日本，就像披挂上阵的青年武士一样趾高气昂，而且像少年一般易于受伤，在受到人们嘲笑之前，首先自动挑战，于受到人们蔑视之先而自行死去。勋不同于清显，他生在这个世界的核心，并且笃信灵魂。

年龄将近半百的本多，其中一得就是舍弃一切偏见，变得自由起来。有了自我权威而摆脱了权威，自己成为理智的化身而摆脱了理智。

已逝的大正初期的剑道部精神，包括从未跻身其中的本多在内，是熏染整整一个时代的蓝花布精神。直至今日，本多不齐将自己记忆的青春囊括于同列之中。

至于使之更加醇化、更加趋于极致的勋的世界，本多并非同他共享青春，而是从外部侧目以视。当他看到年轻的日本精神那般孤立作战、自行消亡的姿影，不能不觉悟到："唯一支撑自己活下去的力量，只能是西洋的力量，外来思想的力量。"固有的思想置人于死地。

要想活着，就不能像勋那样固守纯洁。不可自断所有的后路，不可拒绝一切。

勋的死，最能迫使本多省察所谓纯粹的日本究竟是什么。否定一切，甚至否定现实的日本，拒绝所有的日本人，采取最难活着的生存方式，最终杀人或自刃……除此，难道就真的没有同"日本"共存的道路吗？虽然人人害怕而不敢言，但勋不是亲身加以证明了吗？

仔细想想，一个民族最纯粹的要素必然带有血腥气，闪耀着野蛮的影子。这和不顾全世界动物保护主义者的谴责，继续保有斗牛这一国技的西班牙不同，日本欲借明治文明开化的时机，扫除一切"野蛮的风习"，其结果，使得民族最为鲜活而纯粹的灵魂隐藏于地下，时常通过喷火发挥凶暴的力量，越来越为人们所畏惧。

不论展示多么可怕的面貌，原本就是洁白的灵魂。本多来到泰国一看，如同清澄的河水使得河床上的小石子历历可数，祖国文物的清雅、简素、单纯，神道教仪式的清洁明净等，在本多的眼睛里渐渐清晰起来。然而，本多并非与此共存，而是像大多数日本人所做的那样，视而不见，权当不复存在。干脆逃离一切，借此以苟活。那些简劲而素朴的第一要义的东西，那白绢，那清泉，那随风摇曳的洁白的纸条，那鸟居隔离开的单纯的空间，那水底的岩石，那群山，那大海，那日本刀，那光辉，那纯粹，那始终躲避利刃活着的人们……不光是本多，就连早已欧化的多数日本人，也耐不住日本酷烈的元素了。

但是，相信灵魂的勋一旦升天，定是一种善因善果，不过一旦转生为人而进入轮回，究竟又会怎样呢？

如此看来，想象自有想象的征兆，决心赴死的勋不正悄悄觉醒于"别一种人生"的暗示吗？当努力使一种生存达于极端纯粹的生存时，人们就会主动预感到别一种生命的存在，不是吗？

本多身处此地的暑热之中，仅仅想到这一点，心中就浮泛出日本神社的清幽，以及那种给人以额头滴凉水般的快感。沿着石阶攀登的参拜者的眼里，清晰地映现着围绕前方殿堂的轮廓鲜明的鸟居，而参拜完毕、踏上归途的人的眼里，则唯见收容整个蓝天的方框。仅凭一件东西，居然将庄严的神殿和空无一物的蓝天，由表及里全部包容起来，实在不可思议。看来，那鸟居的组合，其实就是勋的灵魂。

勋至少生活在最为优雅、美丽和简素的鸟居似的明晰的方框之中。这个范围内，不可避免地满储着蓝天。

本多认为，临死前勋的一颗心不论如何远离佛教，他和佛教的关系也暗示着日本人和佛教的关系。可以说，如同用白绢的滤袋过滤湄南河的浊水。

——本多听罢菱川讲述公主的故事，当天深夜在旅馆的房间里，将旅行包翻个底朝天，终于找出裹在紫色包袱皮内的清显的那本《梦日记》。

反复翻阅，早已"韦编三绝"，本多用笨拙的双手仔细将日记重新缉好。日记中依然跃动着清显仓促间留下的青春的笔迹。不过，三十年前的墨水有些变黑了。

是的，正如本多记忆的那样，清显把暹罗的王子们接到宅邸后，不久就做了个有关暹罗的色彩鲜明的梦，他将这个梦记录下来了。

清显"头戴又高又尖、镶满宝石的金冠"，盘坐在面对废园的宫居中一张豪华的椅子上。

由此看来，梦中的清显成了暹罗王族的一员。

梁上站满众多的孔雀，不时落下白色的粪便。清显发现自己的手指上，戴着王子的祖母绿戒指。

这只祖母绿戒指中间，浮现出"小巧而可爱的女子的容颜"。

这正是尚未一睹的那位神经质的小公主的容颜。戒指中映出的这张脸孔，也可以看作是清显自己的脸孔。由此可知，公主是清显乃至勋的转世，已经是不容怀疑的了。

他把暹罗的王子们接到自家来，听他们讲述故国那些金光耀眼的故事，不管是谁都会做梦的，这没有什么奇怪。然而，本多凭着反复的经验，不得不相信清显的梦获得了应验。

这是不言自明的事。一度超越了不合理，其余的道路就会豁然开朗。那些勋未能说出的事情本多也终于不得而知，也许勋在那漫长的狱中的夜晚，曾经做过关于热带女子的梦吧。

*

菱川依旧悉心照料着出门在外的本多的生活。在本多的协助下，那场官司进展得很顺利，因为本多发现问题出在泰方。

依据英、美、法等国制定的《泰国民商法》第四百七十三条规定，商品的瑕疵属于下列情况，卖方可以不负责任。

（一）买方在成交时已经发现瑕疵，或者一般人只要稍加注意不难发现此种瑕疵。

（二）交货时，瑕疵已经明确，或者买方无条件接收。

（三）货物由公开拍卖售出。

本多经过调查，发现泰方就（一）（二）两项条款上发生失误，只要收集证据，攻击这一弱点，根据事实，或许可以迫使对方撤诉。

五井物产公司自然十分高兴，而本多也放下心来。他打算趁这个时候拜托菱川，协助自己办理谒见公主的手续。

不过，菱川依然心事重重。

本多有生以来，从未想过要结识艺术家，事实上也没有过一次来往。何况在这个遥远的国度，更没有料到要同一个半吊子艺术家打交道。

更使本多为难的是，对于自己这个人地两生的游子，菱川可谓关怀备至，有求必应。尤其是在这个不走正门的国度，菱川是个通晓所有后门暗道的不可多得的向导。他本人也知道自己是个无可挑剔的完美的导游。

然而，菱川过去究竟写过什么作品，则没有人知道。但他却摆出一副无可救药的艺术家派头。他一方面靠导游而生活，一方面又从心里蔑视自己所陪同的"俗物"。从他那滑稽的表情上，可以一眼看出这一点。所以本多也甘愿装出菱川心目中所描绘的"俗物"的样子来。当着菱川的面，本多喜欢谈论留在日本的妻子和母亲，以及为没有孩子而深感遗憾什么的。看着菱川一脸的真诚和悲悯，本多觉得很有趣。

实际上，在本多看来，较之清显和勋的一生所表现的未成熟的美，艺术和艺术家所显露的未成熟，以及以此作为他们事业本质的未成熟，就更加奇丑无比了。他们将背负这个包袱活到八十岁。可以说，他们是把身上的尿布当宝贝推销。

更令人头疼的是冒牌艺术家，他们有时趾高气扬，有时又自惭形秽，散发着懒汉独有的臭气。菱川本来是寄人篱下而活着的闲汉，却装作一副热带风格的豪门贵族的慵懒。到餐厅点菜时，首先声明一句："反正都由五井物产买单。"接着，必定要上一瓶高价葡萄酒。对于菱川的这种做派，本多颇为不悦。他不太喜欢喝葡萄酒。

本多极不情愿为这号人进行辩护，但作为应邀客人，出于礼仪又不便提出请人顶替。

"菱川顶用吗？"

在法庭的候审室或晚餐席上，每当肥胖的分公司经理问起的时候，本多有苦难言，只得含含糊糊地应付道：

"呀，还行，还行。"

经理听了，只满足于表面的回答，决不再深究下去，使得本多快快不乐。

如同烈日照耀下密林里阴湿地面的杂草，眼看着变成腐殖质了。菱川十分熟悉这个国家隐秘的人际关系，他具有一副职业的才能，可以最早嗅出腐败的气味。菱川好比一只绿头苍蝇，它展开坚挺的羽翼，说不定曾经在分公司经理的残羹剩饭上停歇。

"您好！"

房间的话筒里传来菱川每天早晨听惯了的问候，将本多从沉睡中唤醒。"已经起床没有？哦，对不起。

宫廷里管事的人，经常随便地让人一直等下去，但对于谒见的人，却严格规定了时间。为了万全起见，我特地早一点打声招呼。请慢慢刮胡子吧。啊？早饭？没……没有吃……不必担心。可不，还没吃呢。不过，不吃也没关系的。啊？到您房间去一起吃？那太过意不去了。真不好意思啊。不过，好意难却呀，我还是到先生房里去吧。过五分钟后行吗？或者十分钟？说起来您也不是女的，我用不着这般客气。"

其实，菱川在东方酒店纯英国式的觥筹交错的"豪华"早宴上陪席，绝非头一次。

不一会儿，菱川穿着笔挺的白麻布西装，用一顶巴拿马帽不停扇着胸脯进来了。吊扇慢慢腾腾地旋转着，菱川就那么站立在巨大的白色叶片下边说话。本多身上依旧穿着睡衣，问道：

"对啦，先问清楚，以免忘记。公主应该如何称呼她呢？叫她 Your Highness[1] 行吗？"

"不行。"菱川很肯定地回答，"公主是帕塔纳迪特殿下的女儿。帕塔纳迪特殿下是国王的异母弟弟，

---

1 英语：殿下。

其称号为培拉翁·乔，用英语称呼的时候，是 Royal Highness。他女儿的称呼则是蒙·乔[1]，若用英语，必须称作 Serene Highness。因此 You're your Serene Highness 吧……总之，您用不着操心，万事都交给我好了。"

早晨的暑气已经肆无忌惮地侵入房间。早晨离开汗湿的寝床，洗个冷水澡，这才感到肌肤的清凉。这对于本多来说，是一次难得的官能的体验。本多的性格是，不经过理智决不接触外界。来到这里后，一切都通过皮肤感知。自己的肌肤时时被热带植物明艳的绿色、合欢树绯红的花朵、寺院金碧辉煌的装饰，以及猝然而至的蔚蓝的闪电所浸染，由此而感触到某些东西。这可是最好的体验啊！和暖的骤雨，温热的水浴。外界是五彩斑斓的流体，身子好像整日浸泡在流体的浴池里。

这一切，本多在日本时，无论如何都是难以想象到的。

等着吃早餐的时候，菱川学西洋人，一个劲儿

1　蒙·乔本是《春雪》中库利沙达的称呼（见《春雪》第六章），此处又说是帕塔纳迪特之女的名称，疑为作者笔误。

在屋子里走来走去。他看到墙上挂着凡庸的风景画，轻蔑地哼了一声。他那刚刚擦得很亮的黑皮鞋，映现着地毯的花纹，一副无所凭依的派头。"这家伙是艺术家，而我成了俗物。"本多对于这出戏的角色分配早已厌烦了。

突然，菱川大幅度地掉过头来，从口袋里掏出一只紫色的天鹅绒小盒子，随手递给本多。

"别把这个忘了，请先生当面送给公主。"

"这是什么？"

"是贡物，按照习惯，这里的王室决不接见两手空空的客人。"

打开一看，里面装着一枚漂亮的珍珠戒指。

"可不是吗，我倒没想到送礼的事，谢谢你的关照。多少钱？"

"哪里……不要钱。先生，是我叫五井物产给先生购买的晋见的礼物。是分公司经理从一个日本人手中便宜买来的，您不必介意。"

本多突然想到，不该在这时候问他多少钱。本多认为，不能因个人私事给五井物产添麻烦，回头把钱付给分公司经理就行了。不过，菱川肯定谎报了价钱，自己干脆睁一眼闭一眼，顺水推舟算了。

"好吧，承蒙你的厚意，我收下了。"本多站起来，一面将小盒子装在要穿的上衣口袋里，一面若无其事地问，"对啦，公主的名字叫什么？"

"茜特拉帕公主。这本来是帕塔纳迪特殿下从前死去的未婚妻的名字，他用来称呼自己最小的女儿了。茜特拉帕是'月光'的意思，又和 lunatic[1] 这个词相通。"

菱川颇为得意地说。

---

1 英语：疯子。

三

前往玫瑰宫的途中，本多透过车窗看到一群仿效希特勒青年团实行强制军训的少年，穿着黄褐色的制服，排列着队伍行进在路上。菱川在一旁不住叨咕，说最近一个时期，城里很少听到美国爵士乐了，或许是銮披汶首相的国粹主义已经奏效的缘故吧。

不过，据本多所闻所见，这类事在日本早已司空见惯了。正如酒慢慢变成醋，牛奶逐渐变成乳酪一样，放置已久的东西达到饱和，因各种自然的力量而变质。长期以来，人们长期生活在对过剩的自由和肉欲的恐怖中。首次禁酒的夜晚，翌日早晨你会倍觉神清气朗，从而自豪地感到，只要有水就能活得很好……如此崭新的快乐，开始侵犯人们。这类东西要把人们引向何处？本多大体都明白。那时由于勋的死而产生的确信。纯粹的东西经常诱发邪恶的东西。

"遥远的南方。那里很热……在南国玫瑰红的光明之中……"

这是勋临死前三天酒后的呓语，如今蓦地在本多的耳畔响起。打那之后八年过去了，眼下，为了再次见到勋，他正急急忙忙赶往玫瑰宫。

他的心里充满喜悦，犹如干热的土地渴望骤雨的浇灌。

本多觉得，碰撞了自己的感情，就等于碰撞了自己的本质。青年时代的他，时常把那些不安和悲哀，或者明晰的理智，看作是自己的本质。然而，这些没有一样是真的。听到勋切腹时，立即降临心头的不是锥心的悲伤，而是徒劳的压抑。日积月累，这种心情随之转变为期盼再会的喜悦。这时，本多感到自己已经丧失了人的感情。既然能够免除普通人生死离别之苦，那么，自己的本质或许属于尘世之外不同凡俗的喜悦吧？

"遥远的南方。那里很热……在南国玫瑰红的光明之中……"

……汽车停在长满草坪的前院一座闲雅的大门前。菱川先下车，用泰语跟卫兵说明来意，递上名片。

本多从车里向一层层六角形和箭尾花纹的铁格子围墙里面张望，平整的草坪静谧地吸收着酷烈的阳光，上面生长着两三棵缀满白花和黄花的灌木，凝聚着一团团浑圆的阴影。

菱川带领本多走进大门。

说是宫殿，未免嫌小。这是一座小巧玲珑的石板葺顶的二层建筑，表面涂着一层淡淡的玫瑰黄，部分墙面被一旁的大合欢树浓密的树影污染了。此外，整个土黄色的墙壁，全都沉浸在烈火般的炎阳之下。

沿着草坪上曲折的路径向前走，其间，到处看不见一个人影。本多感到自己的脚趾就像潜行于密林中野兽的利爪，咯吱咯吱咬着牙齿，流着口涎，一步步接近那迷茫的喜悦。是的，他仅仅为这种喜悦而活着。

玫瑰宫，仿佛自我封闭在自己小巧而严实的梦境中。既没有配殿，也没有裙楼，这座建筑给人的印

象，简直就像一只小盒子。一楼围绕着众多的法国式
窗户，不知哪里是入口。那一扇扇窗户，镶着玫瑰花
纹的腰板，腰板上部纵向连缀着黄、蓝、青等六角形
的彩色玻璃。其中，嵌着一扇近东风格的五瓣玫瑰花
形的紫色玻璃小窗。这些面向庭院的法国式窗户，一
律都是半开半掩。

二楼的百合花格子腰板上有三扇窗户，中央一
扇最高，犹如三尊[1]佛。三扇窗户全都敞开着，左右
两扇雕着玫瑰花。

位于三段石阶上的玄关也是如此。因为都是相
同风格的法国式窗户，菱川揿门铃时，本多无意中将
眼睛对着紫色玻璃小窗瞅了瞅，里头一派浓紫，好似
海底。

——法国式窗户打开了，出现一位老妇的身影。
本多和菱川摘下帽子。那位老妇满头白发，扁平的鼻
梁，褐色的面孔上浮现着泰国人特有的亲切的微笑。
但是，这微笑仅仅是一种表示，没有别的意思。

---

1 由主尊及左右两胁侍组成的佛像形式。

　　菱川和老妇用泰语交谈了几句，看来，在要求谒见方面没有遇到什么障碍。

　　玄关内也并排放着四五张椅子，算不上门厅。菱川交给老妇一个小包，她合掌接受下来。老妇打开中央的门扉，直接领他们两人到轩敞的客厅去。

　　午前户外的暑热，使人顿觉沉淀于这间大客厅中充满霉味的冷气的清凉。老妇请两人坐在朱红色的镶金的狮子腿太师椅上。

　　等待谒见的当儿，本多仔细打量了一下宫殿的内部。到处是苍蝇低微的羽音，此外，听不到别的响动。

　　客厅没有紧靠着窗户，四周是一圈支撑着低矮二层楼的圆拱形廊柱。中央玉座前的拱形廊柱上，垂挂着厚厚的帷幕，玉座上头二层正面，高悬着朱拉隆功大王的画像。科林斯式廊柱漆成蓝色，纵沟里填满金粉，柱头装饰着近东风格的金玫瑰，以替代莨苕叶。

　　殿里到处不厌其烦地反复出现玫瑰花的图案。白框金地的二楼栏杆，一律连缀着雕镂的金玫瑰。高高的天花板上垂挂着巨型的玻璃吊灯，周边也镶着金玫瑰或白玫瑰。看看脚下，绯红的地毯上也绣满玫瑰花。

玉座前摆着两只巨大的象牙，从两侧相互抱合，好像一对银白的月牙。这是泰国传统的装饰，打磨的象牙黄白相间，在昏暗的玉座前浮泛着光亮。

进来后才看清楚，那些法国式窗户仅限于外墙和前院。面对内庭的窗户，自然都有柱廊隔开，透过敞开的玻璃，可以看到那些窗户大致高及胸际，微风似乎穿过北窗吹来。

本多时时望着那边，突然，一只黑影扑向窗棂，他不由一惊。原来那是一只绿孔雀。孔雀站立在窗台上，伸长着金绿交辉的脖颈，羽冠形成剪影，宛若高贵的颅顶展开一把微细的羽扇……

"要叫我们等到何时？"

本多不耐烦了，在菱川耳边嘀咕了一句。

"全都一样，没有别的意思，让客人久等，除了要权威没有别的意图。由此你可以明白，这个国家，干什么事都是急不得的。

"据闻，朱拉隆功大王之子哇栖拉兀当政时，国王至拂晓进入寝宫，过午起床。万事皆游惰安逸，昼夜颠倒。宫内大臣也都午后四时上朝，早晨回家。不过，地处热带，这样做也许万事顺达吧。若把这里人们的美丽比作水果的话，那么水果只是因怠惰而成熟、鲜美，没有听说过所谓勤勉的水果。"

菱川唠唠叨叨，说个没完，实在叫人难以忍受。本多一心想躲开他，可是满嘴口臭的菱川却一直叮在他的耳畔。刚才的老妇再次出现，她双手合掌，以此引起两人的注意。孔雀站立的窗台上传来几声呵斥，这不是警跸，似乎是为了驱赶孔雀。窗上响起振羽的声音，孔雀消失了踪影。本多看到北侧的廊柱旁出现三位老妇的身姿，她们规规矩矩保持一定的间距，排成一行走来。那位公主一只手由最前头的老妇牵着，另一只手拿着洁白的茉莉花环当玩具。刚满七岁的小小月光公主，被安置在象牙前略显高大的太师椅上，最先引路的那位老妇看来身份卑贱，蓦地跪在地上磕头，行所谓的卡拉普（krab）礼。

第一位老妇护持着公主坐在中央的太师椅上，另两位老妇并排坐在对面右侧的小椅子上，就是说第三位老妇坐在菱川身旁，刚才跪地的那位老妇的身影猝然消隐了。

本多学着菱川，站起来深深鞠了一躬，然后再次坐回金红的太师椅上。老妇们个个年过古稀，垂垂老矣。看样子，小小公主与其说被护持，毋宁说被囚禁。

公主没有遵从古代流仪穿传统的"帕农"。她一身西式白底镶金的绣衣，系着名为"帕芯"的泰国式花裙子，很像马来人的纱笼，脚上套着一双金丝红绣鞋。头发是这个国家特有的短发型，相传这是古代呵叻城少女们女扮男装，英勇抗击柬埔寨入侵者的发型。

公主的模样聪明可爱，根本感觉不出丝毫的癫狂。一双又黑又大的眼睛只盯着本多这边，细长的蛾眉和樱唇凛乎难犯。或许留着短发的缘故，看上去像一位王子。褐色的肌肤蕴含着金光。

虽说是谒见，只是接受本多他们行礼。公主坐在椅子上，不住摆动着两腿，双手耍弄着茉莉花环。她频频看着本多，对着第一女官嘀咕着什么，女官严词规劝。

菱川使了个眼色，本多从口袋里掏出紫绒布珍珠小盒，交给第三女官，接着次第传给第二、第一女官，最后到达公主手里。这期间，花去了深深积淀着溽热的余暇。小盒子经过第一女官一番检点，从而使得公主失去亲手打开、看个究竟的天真的童趣。

于是，那双可爱的褐色的手，冷淡地舍弃了茉莉花环，拿起珍珠戒指，热心地端详了半天。说不出感动或不感动，这非比寻常的静止未免太久，本多怀疑，公主狂痴的先兆或许就在这里。突然，公主的脸上浮现出水沫似的微笑，露出孩子般略显散乱的白牙。本多这才放下心来。

她把戒指放回小盒子，交给第一女官保管。公主开始用清晰而伶俐的声音说话了。她的话经过三位女官的嘴唇，犹如绿蛇从合欢树的一根枝条爬向另一根枝条，最后再由菱川翻译过来，到达本多的耳朵。

"谢谢了。"公主说。

"我向来对泰国王室怀有敬意，又见殿下对日本很亲切，如果不嫌弃，下次回国一定奉送一只日本偶人给殿下，不知可以吗？"

这番话，经菱川翻译成泰语，还算简单明白，可是由第三女官传给第二女官，每个词的音节又多又长，到第一女官禀奏给公主时，已经变成一长串莫知所云的话语了。

公主的话同样经过这些人又黑又皱的嘴唇传回来，感情的光辉丧失殆尽。公主语言中鲜活而稚嫩的养分被中途吮吸，吐出来的都是老迈的假牙咀嚼后令人恶心的残渣。

"殿下说，她很高兴接受本多先生的热情厚意。"

这时，想不到的事情发生了。

公主趁着第一女官不注意，突然从椅子上跳起来，跃过两米的间距，扑向本多的膝头，一把抓住他的裤子。本多吓了一跳，霍然站起身来。公主颤抖着身子，死死揪住本多不放，一边大声哭喊不止。本多弯下腰，两手抱住哭喊、唏嘘的公主那小小的肩膀，将她扶起来。

年老的女官们不便把公主硬拽过去，她们聚成一团，朝这边观望，不安地商量着什么。

"她在说些什么？快点翻译！"

本多对着茫然而立的菱川大声呼喊。

菱川高声翻译：

"本多先生！本多先生！我多么想念您啊！我受到您无微不至的照顾，默默死去了。我死后很想向您忏悔，足足盼了八年，终于等到今天重逢的日子。我虽然一身公主的打扮，但实际上我是日本人，前世是在日本度过的。所以，日本才是我的故乡。本多先生请把我带回日本吧！"

——好不容易将公主扶回原来的椅子上，恢复最初谒见时的威仪。这时，本多远望依偎着女官娇啼不止的公主的黑发，回味着留在自己膝头的幼小者的温馨。

女官们说，由于公主情绪不佳，今日的谒见到此为止。本多通过菱川请求公主回答两个简短的问题。

其一：

"请问，松枝清显和我在松枝家的湖心岛上，看见月修寺门迹走出来，那是何年何月？"

这个问题传达过去，公主伤心地微微抬起趴在第一女官膝头泪水濡湿的脸孔，撩开眼泪粘住的鬓发，爽快地回答：

"一九一二年十月。"

本多心中一惊。不过，他还无法断定，公主心中是否将已经逝去的前世的两桩故事，像小巧的工笔画画卷，原样不变地细细绘下来。尽管她刚才道出勋那番因失礼而道歉的话，但不能肯定，她是否详细知道说这番话时的背景。因为她说出这些数字时全无感动，看起来从公主嘴里流出的只不过是随时想到的数字的罗列罢了。

本多因而又提出第二个问题。

"饭沼勋遭逮捕是何年何月？"

公主看起来昏昏欲睡，然而却毫不迟疑地回答：

"一九三二年十二月一日。"

"就到这里为止吧。"

第一女官急不可待地催促公主快些离开。

公主如弹簧般猛然跃起，双脚站立在椅子上，冲着本多高声呼喊着什么。女官低声劝阻。公主依然呼喊，一把揪住制止她的女官的头发。听起来，公主的话都是同一种音节，不断重复着一样的句子。其间，第二和第三女官跑过去，想扼住公主的胳膊，公主号啕大哭，哭声震荡着天花板。老女官的手正要伸过来抓住她，公主瞅空儿伸出闪耀着青春光泽和充满弹力的褐色手臂，一个劲儿猛抓，痛得老女官们哭叫着离开，公主的啼叫越发强烈了。

"她怎么啦？"

"公主说，后天要去游览邦芭茵（Bang Pa-in）离宫，务必请本多先生一道去，女官们不同意。这下可有好戏看啦！"

菱川说。

月光公主和女官开始谈判。她终于点点头，不再娇啼了。

第一女官整整紊乱的衣衫，喘息着直接对本多说道：

"后天，殿下要到邦芭茵离宫去兜兜风，散散心，邀请本多先生和菱川先生一道去，请务必赏光。午饭在那里吃。上午九时，请到玫瑰宫集合。"

这是正式的邀请，菱川立即翻译过来，传达给本多。

——归途的车上，菱川对陷入沉思的本多毫无顾忌地喋喋不休。这位自命不凡的艺术家，一个丝毫不体谅别人感情的主儿，只能说明他的神经就像一把用坏了的旧牙刷。假若他把渗透于人际关系中的纤细的关怀当作"俗物"的特性，那倒也情有可原；但菱川一直将导游这一谋生手段看得高于一切，并以此为荣。

"刚才先生提到的那两个问题，我虽说一点也听不明白，但看得出，公主对您格外亲密，就像先生的熟人转世。因此，您特地想考考她，是吗？"

"是的。"

本多漫然回答。

"两个问题都答对了吗？"

"没有。"

"有一个答对了？"

"不，很遗憾，一个也没答对。"

本多索性撒了个谎，他的这种漫不经心的调子，反而掩护了谎言。菱川信以为真，大笑起来。

"是吗？全都没说对？她煞有介事地说出的年号，原来都不对啊！看来，转生也是缺乏说服力的。先生，您也够坏的，像考验一个大路上的算命的，考了一下那位可爱的小公主。人生一般不会存在什么神秘的东西。保留神秘只限于艺术。就是说，只有在艺术中，神秘才可能成为'必然'。"

本多如今对这个人所倾心的理性主义感到惊奇。他转头看着窗外绯红的影子，那是河。透过一排排树干似燃烧的火焰般的猩猩椰子树，看到河堤上的凤凰木布满红色烟雾般的花朵。炎热已经围绕那些树木的梢头逆袭而来。

本多开始寻思，即使语言不通，也要想办法甩掉菱川独自去邦芭茵。

四

　　谁知，不带菱川去邦芭茵的打算，竟然因菱川一番假惺惺的好意，轻而易举地实现了。菱川说：自己不想和那个神经兮兮的公主待在一起。不过，他要是不伴随本多一道去，本多可就得哭鼻子了。那些女官都只会说些英语。本多也一反常态地回击：与其经过繁琐的翻译，倒不如整个半天听着一窍不通的泰语，就像听音乐一样呢。本多希望通过这几句话，从此断绝同菱川的关系。

　　其后，本多每每回忆起这次游览的快乐。

　　乘车走上一半路程，然后换乘宫廷装饰的画舫，穿过汪汪碧绿的水田和河流之间的水渠。水田里正在睡午觉的水牛，蓦地爬起来，闪耀着满是泥水的背瘤。画舫经过一座稍高的丘陵，一群松鼠顺着河边的树木爬上爬下，公主看了十分开心。有时，看见小绿蛇沿着下面的枝条昂首飞奔的姿势。

密林中到处耸峙着金色的佛塔，塔身贴着施主们进献的簇新闪亮的金箔。本多知道，那些金箔是日本制造的，向这里大量出口。

船行一路，月光公主始终像个孩子，玩得兴高采烈。有一阵子，她双目凝视着远景，身子一动不动，静静地靠在船舷上。那样子一直印在本多的记忆里。女官们也都习以为常，毫无顾忌地谈笑风生。本多立即注意到了公主在凝视，他觉得对此不可疏忽。

那是从地平线升起的一大块云彩，遮蔽了阳光。太阳已经升高了，要想遮住它，必须伸展开颀长的巨大的手臂。黑云的升起只是为了遮挡太阳，它好不容易取得了成功。云的上端连接着蓝天，太阳确实被遮住了，但有一部分云彩发出灼热的白光，背叛了整块云朵不祥的黑暗。不仅如此，由于过分地伸展着腰肢，黑云的下方露出破绽，另一侧的阳光毫无遮拦地流泻出来，宛若光的血液从巨大的伤口里奔涌而出，永无休止。

遥远的地平线被低低的丛林覆盖着，比较靠前的丛林，这破绽所射下来的光线里，辉耀着另一世界美丽的绿色。然而，后方的丛林里黑云的下缘，正倾注着浓雾般的豪雨。雨脚像菌丝一般致密地垂挂下来，迅疾地笼罩了幽暗的密林。极目远眺，地平线上一部分丛林上空垂下的雨脚的菌丝，看上去十分清晰，并且随着横向刮来的风飘摇，飞洒。骤雨就在那里凝结，幽闭。

……这时，本多立即明白了幼小的公主在看着什么。

公主在同时凝望着时间和空间。就是说，远方骤雨下面的空间，本来属于从那里无法望见的未来或过去。一面置身于眼下晴朗的空间，一面清晰地望着雨的世界，这既是不同时间的共存，也是不同空间的共存。就像从墙缝中窥见雨云脱离了时间，遥远的距离脱离了空间。可以说，公主凝视的正是这个世界的裂缝。

这时，公主那小巧的桃红而温润的香舌（要是被女官瞥见，定会立即遭到呵斥吧），正专心舔舐着本多敬献的戒指上的珍珠。小公主仿佛想通过舔舐，亲自保障这一奇迹的显现……

——邦芭茵。

对于本多来说，这是个难以忘记的地名。

公主一心想和本多手牵着手行走，一点也不顾忌女官们皱眉。本多被她汗津津的小手牵着，任凭旧地重游的公主引路，在庭园内随处转悠，一处接一处，尽情饱览了中国式的离宫、法国式的小亭、文艺复兴时期风格的园林建筑，以及阿拉伯风格的宝塔。

最为美丽的当数位于广阔人工水池中央的浮御堂，宛如一件精巧的工艺品置于池水之上。

临水的石阶随着水面的增高淹没了，石阶的最下一层隐没在混浊的池水里，看不见了。水中能看到的一段洁白的大理石，蒙上了碧绿的水苔，缠络着水藻，覆盖着一层银白的水泡。月光公主很想将脚和手伸向那里，几次都被女官制止住了。虽然听不懂公主说些什么，但意思好像是，那些水泡很像戒指上的珍珠，很想摘几颗玩玩。为此，她急得直跺脚。

但是本多一加劝止，公主立即便老实了，她和本多一起坐在石阶上，眺望池子中央的御堂。

其实，那不是御堂，似乎是专供游览船休息的场所。这座四面透亮的小亭阁，围着褪色的黄褐色的布幔，被风吹得胀鼓鼓的。帷幔之内，只是个空无一物的小小空间。

这个小空间四周围绕着无数黑底描金的细腰廊柱，透过这些高大的廊柱的间隙，可以窥见水池对岸的绿树、翻卷的云层和光明耀眼的天空。向那里注目久了，好似纵向的竹帘，玲珑剔透，异样的细长的花纹相互组合，仿佛呈现出壮丽的外景云和森林。而且，这座小亭阁的屋顶常常极尽华美，红、黄、绿等颜色的琉璃瓦细密重叠而组成的四层飞檐之上，一座金光灿烂的纤细的尖塔直刺蓝天。

不知是看见这座小亭阁时的感想，还是后来回忆中将月光公主的倩影同小亭阁混为一体了，留在本多脑海里的池中的亭阁，那纤细的黑底廊柱已经变成黑檀的肉体，浑身缠绕着繁复的黄金饰物，头戴尖尖的金冠，犹如刚能足尖立地的细脚伶仃的舞女。

五

……如果把这个所有言语皆不通的地方，而且更是个无法试着沟通意志的地方所发生的一切转入记忆，用不着任何加工，就会原封不动地变成美好的小小连环画，收纳在同一尺寸的金光耀眼的画框里。在那里，流动的时间被瞬间的画面之魂所凝结，快活的时间粒子拼命地翻腾跃动，蓦地凝聚于刹那间的画面，戛然静止了。连同公主伸向水底石阶珍珠的稚嫩而丰腴的手臂，洁净而皱褶细密的手指与掌心，飘散在面颊上的乌黑的短发，浓郁的长睫毛，以及映射在黑底缀满螺钿似的小小额头上闪光的水波，都一起凝聚于绘画之中了。时间也泛着泡沫，蜂虻嗡嘤、阳光灿烂的苑囿的空气，以及信步而行的游客的情感，也都泛起水泡。时光珊瑚般美丽的精髓显露出来了。是的，当时幼小的公主没有阴霾的幸福，以及幸福背后一连串前世的苦恼和流血，宛若途中所见的远方密林的晴雨，最终合为一体了。

本多感到，如今自己仿佛待在一个撤除所有隔挡的大厅一般的时间带里。这样广阔，这样自在，不像是"现世"中住惯了的自家宅第。那些紧密排列的黑檀木的柱子，似乎能看见和听到一般凡俗人的感情所无法达到的远方的情景和动静。在这座充满公主青春花季的幸福的大厅，密札札排列的黑檀木柱子后面，隐蔽着犹如捉迷藏的人们，那根柱子后头是清显，这根柱子后头是勋，每一根柱子后面都麇集着众多轮回的幻象，匿影藏形，躲躲闪闪。

公主又笑了。其实，她在游山的时候，脸上不断浮现着微笑。有时，鲜润而淡红的齿龈的波纹迅疾扩散开来，那可是发自内心的笑啊！公主笑时，必然仰望着本多的脸。

来到邦芭茵之后，老女官们忽然变得毫无拘束，将那些死板的礼节抛诸脑后，个个兴高采烈起来。一旦忘却形式，老迈就是她们唯一的礼仪。犹如皱纹满布、心地龌龊的鹦鹉，把嘴凑近袋子偷食槟榔果，伸手到衣襟里挠痒痒，学着舞女咯咯狂笑，迈着方步走路。其中，有一位"舞女木乃伊"般的老女官，灰褐色的面孔，假发似的白发在太阳光里闪耀，咧开涂得鲜红的嘴唇笑着，一边横步而行，一边向两旁伸展胳膊，有时竖起尖尖的胳膊肘，干瘪的骨骼构成的锐角，以白云闪亮的蓝天作背景，十分清晰地凸现出一幅剪影。

公主一呼，女官们奋然而起，旋风似的奔跑过去，将公主团团围在中间，而置本多于不顾。本多甚感惊讶，看到她们朝一座小馆舍走去，本多明白了，原来公主要去小解。

公主要撒尿！这给本多留下深切而可爱的印象。对于没有孩子的本多来说，按照一般的概念，自己要是有个幼小的女儿，也许也会这样做。这种想象宛若突如其来的尿意，第一次带着血肉的爱怜掠过鼻端。本多暗想，如果可能，他愿意亲手捧住公主柔滑的褐色大腿，为她把尿。

归来后的公主，好一阵子羞涩难耐，言语无多，也不再仰望本多的面孔了。

吃罢午饭，在树荫下做游戏。

是什么游戏，有什么规则，这些都不记得了。反复吟唱着单调的歌曲，歌词的意思也听不明白。

留在记忆里的只是：四面八方聚合而来的树荫卜，强烈的阳光透过枝叶漏泄下来，公主玉立在草地的中央。周围三位老女官，有的单膝着地，有的盘腿而坐，各以随意的姿态，分列左右。其中一位老女官，带着一副逢场作戏的风情，不住吸着莲花花瓣包裹的香烟。另一位女官，膝头旁放着镶有夜光贝螺钿的涂漆的水壶，随时准备为干渴的公主润喉。

那出游戏多半是有关罗摩衍那的故事。公主以树枝作剑，动作轻捷，团背屏息，分明令人想起猴神。每当女官们打着节拍唱起歌来，她的体形随即就发生种种变化。公主稍以转首，此时，花草也随着飘过的微风歪一歪头，在树枝上爬动的松鼠，也蓦然停步歪一歪头。一切都那么合拍。公主摇身一变，成了罗摩王子，从白底镶金的衣袖里，伸出浅黑的纤细的臂腕，举剑一般凛凛指天发誓。此时，山鸽飞过公主眼前，羽翼遮蔽了姣颜，公主却纹丝不动。本多知道，耸峙于她背后的正是一棵菩提树。那苍郁的树木，长长叶柄的梢头垂挂的阔叶，如沉甸甸的铃铛随风摇动，叮叮作响。每一片浓绿的叶子，清晰地呈现出鹅黄的叶脉，宛若过滤着热带的光线……

——公主热了，一个劲儿向老女官索要什么。女官们聚首相商，不久站起身来对着本多打招呼。一行人走出森林的浓荫，来到停船的地方。看来要回去了，其实不是。船夫接到命令，从船上卸下宽大的美丽的印花布。

一行人捧着花布沿着红树气根盘结的河岸前进，选定一块不太引人注目的处所。两位女官撩起衣裾，扯起花布走进水中，来到齐腰深的地方，随即将花布展开来，遮挡对岸行人的眼睛。其余的女官也撩起衣裾，瘦削的双腿在水面映出晃动的影子，陪伴裸体的公主走进水里。

公主看见红树的气根盘绕着小鱼，高兴地叫喊起来。从女官们的表现上看，仿佛本多已经不复存在，这使他深感惊奇。本多想，这或许是一种礼仪，于是便坐在岸边的树根上，静静凝视着公主洗浴的情姿。

公主倒是不肯安宁，她站在日影斑驳的花布帷帐内，不住朝本多笑笑。她袒露着孩子般丰腴的腹部，向女官身上泼水，当她受到呵斥时，便迅即逃离，随之溅起一片水花。河水绝非清冽，同公主的肌肤一样泛着黄褐色斑点。然而，看起来污浊的河水，一旦化作飞沫，在透过帷帐的光点的映射之下，立即飞洒出晶莹的水珠。

公主有时扬起胳膊，本多不由得望着她那平平的小胸脯左侧的胁腹，那里没有本该存在的三颗黑痣。或许那浅淡的黑痣被褐色的皮肤掩盖了吧？他不顾眼睛疲劳，不放过一切机会，只管凝视着她身上的那块地方……

六

　　本多参与的那场官司，由于对方认为对自己不利，突然撤诉，获得了意想不到的圆满解决。本来，本多可以很快回国了，但五井物产为了表达谢意，想招待本多出外旅行，地点由本多自由选定。本多表示想去印度，据说印度马上要打仗，眼下是最后的机会，五井物产各地分公司将给予最高一级的服务。本多心想，这种所谓的服务，但愿不要像菱川那样的。

　　本多一方面把这件事通知日本的家人，一方面对这次旅行的时间表的排定很感兴趣，因为这是时速只有二十五六公里的印度蒸汽机车之旅。展开地图一看，本多要去的阿旃陀石窟和恒河岸边的贝拿勒斯，远在数千公里之外，令人生畏。不过，这两个地方都以同样巨大的力量，吸引着本多直接指向未知的磁针。

　　原打算出发前向月光公主告别一声，一想到又得托菱川做翻译，随即作罢了。因此，行旅匆匆之隙，用饭店的信笺写了一封感谢日前应邀游山的事，临行前请信使送到玫瑰宫。

　　本多的印度之旅极为丰富多彩。只要讲述一下阿旃陀洞窟度过的一个下午的深刻感受，以及贝拿勒斯令人销魂的景观，就足以说明问题了。本多在这两处地方，看到了对自己人生极为重要、极为本质的东西。

七

旅程首先从海路乘船进入加尔各答，再由加尔各答到贝拿勒斯，其间六百七十八公里，整整乘了一天的火车。从贝拿勒斯坐汽车到莫卧儿瑟赖，接着乘两天火车到门马德。再由门马德坐汽车到阿旃陀。

十月上旬的加尔各答，正碰上一年一度的杜尔迦节，十分热闹。

在印度教的万神殿中深孚众望，尤其在这孟加拉地区和阿萨姆地区最获尊崇的迦梨女神，同她的夫君破坏之神湿婆一样，具有无数名称和无数化身，杜尔迦就是其中一种化身。但比起充满血腥气的迦梨来，她是一位较为温和的女神。城里到处装饰着杜尔迦高大的塑像。她诛杀水牛神的英姿，以及瞋目而视的剑眉，都雕得栩栩如生。夜间，迎着熠熠的灯火，越发清晰可睹，备受人们的崇敬。

加尔各答因为有一座迦梨女神庙，而成为信仰迦梨女神的中心。每逢赶庙会的那些日子，寺院的热闹情景是无与伦比的。本多及早雇了印度人做向导，前往参拜。

迦梨的真身是夏克提（Shakti），夏克提的原义是"性力"。这位大地母神将全能女神的肖像分发给世界各地的女神，使她们都富于以下这些神性：母性的崇高、美姬的艳冶以及令人毛骨悚然的残虐等。迦梨被寄予作为夏克提的本质——死亡和破坏的神性，代表瘟疫、天灾地变，以及给世上所有生物带来破坏和死亡的各种自然力。她身体黝黑，嘴被鲜血染得通红，牙齿露在唇外，脖颈上戴着用头盖骨和活人头缀成的项链，在疲惫而瘫倒地面的夫君身上疯狂跳跃。这位嗜血成性的女神，为了治愈饥渴，总是能迅速招来瘟疫和天灾地变。因此，为了安抚这位女神，必须不断奉献牺牲。据说，一只老虎的牺牲可以为女神解除百年之渴，一个生人的牺牲可以为她止千年之渴。

本多访问迦梨女神庙，是在一个燠热的雨天的午后。

山门前的雨地里，人群同站在那里强求施舍的乞丐们挤作一团，乱糟糟的。境内极为褊狭，大殿里都是人。大理石基座上高广的神殿周围，人流涌动着，拥塞不通。雨水打湿的大理石基坛闪耀着白光。攀登而上的杂沓的脚印，涂抹于额头上的祝福的辰砂掉落下来，交相飞舞。这些赤褐和朱红的颜色将大理石基座濡染得一塌糊涂。这多么像渎神的狼藉，但人们还是如醉如痴地一个劲儿闹腾。

一位僧侣从寺里伸出又长又黑的手臂，给每个投香火钱的信徒，在额头涂上圆而小的祝福的辰砂。人们为了早些涂抹这个红点儿，争先恐后，奋不顾身。一位女子，经雨淋湿的宝蓝色纱巾紧贴在身体上，从肩头到臀部的肌肉清楚地显露出来。一位穿白麻布衬衫的男子，颈项上堆积着油光闪亮的疙瘩。每人都盯着僧侣那只涂着朱红的灰黑的指尖，蹦蹦跳跳，急不可待。那副举动，那种狂热，使得本多联想起博洛尼亚折中派画风的一景——安尼巴莱·卡拉齐[1]《圣洛

---

[1] 安尼巴莱·卡拉齐（Annibale Carracci，1560—1609），意大利画家。提倡学习古典及文艺复兴大师创作，画风典雅。

克的布施》中群情振奋的场面。白昼里依然一片昏暗的寺院内部，垂挂着红舌、戴着人头的迦梨女神的偶像，在烛光里摇曳不定。

跟着向导在后院里转了一圈。这块地方面积不满一百坪，雨点敲击着凹凸起伏的石板路，人影稀疏。一对低矮狭窄的门柱般的廊柱，下面是凹陷的石门槛，还有洗涮场似的围栏。旁边紧挨着完全相同的小小的雏形。一对小型廊柱被雨水淋湿了，门槛里蓄积着血水，石板上血迹经雨点的敲打，缭乱不堪。听导游介绍，本多才明白了这些。大的是水牛的牺牲坛，现在已经不再使用；小的是公山羊的牺牲坛，尤其在杜尔迦这样的祭祀活动中，一次要宰杀四百只公山羊。

迦梨女神庙从内部看去（刚才被众人推拥着，未能仔细观看），唯有大理石基座是清白一色，中央的塔、周围的佛殿都装饰着五彩斑斓的瓷砖，令人想起曼谷的晓寺。精致的花纹，相互对称而连缀一体的孔雀图案，经雨水洗净，纤尘不染，亮丽的色彩冷然践踏着足下的流血。

稀疏的豆大的雨点张皇失措地掉落下来，风雨凄迷，缭乱的空气却酿制了温热的湿雾。

本多看到一位没有打伞的女子走到山羊祭坛旁，恭恭敬敬地跪下来。这位体态丰盈的印度中年妇女，从脸型上可以看出有着一颗聪明而诚恳的心灵。草绿色的纱丽已经湿透，手中提着盛有恒河圣水的小铜壶。

那女子将圣水浇在柱子上，点上不怕雨打的油灯，周围撒上深红的爪哇花。接着，她在血水飞溅的石板上跪下来，额头抵在柱子上虔诚祈祷。额头上祝福的红点，从雨水粘贴的秀发中，从忘我的祈祷中，闪现着她自身牺牲的血的一点艳红。

本多的神魂摇荡起来，他品味到一种恍惚和难言的畏怖相混合的感情。这种感情所达之处，周围的情景变得朦胧，唯有祈祷的女子身姿致密地映现出来，致密得令人生畏。这种达于极致的细部的明晰，及其所包含的畏怖，感觉无法继续忍耐的时候，突然，女人的身影从那里消失了。他正怀疑刚才是不是一种幻觉，其实不然，因为消失的女子的身影，又在敞开的粗大的铁花后门前边出现了。只不过祈祷的女子和离去的女子之间，总觉得有一道不相连接的隔绝。

一个孩子手里牵着一只黑山羊走来了，这是一只小羊羔。立于雨中的覆盖着羊毛的额头上，露出一颗祝福的红点，那里被浇上了圣水。小山羊摇着头，它想逃脱，一个劲儿踢腾着后腿。

一个身穿脏污的衬衫、蓄着口髭的青年出现了，他从孩子手里接过小山羊，用手卡住羊的脖子，小山羊凄厉地悲鸣起来，扭着身子向后退缩，屁股周围的黑毛，被雨淋得纷乱不堪。青年扼住小山羊，俯身将羊头推进牺牲台两根木柱形的枷锁里，并用黑铁夹子紧紧卡在柱子上。小山羊高高撅着屁股，又是惨叫，又是挣扎。青年抢起月牙刀。刀刃在雨里闪着寒光，准确地砍下来。小山羊的头颅滚落到前边，瞪着双眼，口中吐出惨白的舌头。留在木柱这边的羊身，前肢微细地战栗，后肢拼命在胸前踢腾。那种激越的挣扎犹如钟摆，一次比一次低弱。脖子里流出的血也不多了。

执行牺牲的青年抓住无头的小山羊的后腿，跑向门外。门外有一根木桩，他把羊挂在木桩上，开膛破肚，急急忙忙拾掇起来。青年脚边还有一只无头的公山羊，在雨水的敲打中震颤着后肢。简直就像被一场噩梦魇住了……那种干净利索、毫无痛苦、一瞬间的生死境界几乎于无所感觉之中过去了，如今似乎依然沉沦于未醒的噩梦里。

青年刀法练达，忠实地执行这桩神圣而可憎的职业，麻木地完成了一道道工序。他的油污的衬衫上飞溅着血斑，那双深沉而清澈的大眼睛全神贯注，"神圣"从农夫般粗大的手掌里，就像日常淋漓的汗水不断地滴落下来。看惯祭祀活动的行人对此不堪一顾。因此，"神圣"在人群之间，凭借龌龊的手足只是占据一个座位罢了。

羊头呢？已经摆放在门内遮挡着粗糙雨布的祭坛上了。雨中燃烧的炉子上撒了艳红的鲜花，有几片花瓣已经烤焦了。在这所崇敬婆罗门教的火宫旁边，七八个黑山羊头并排朝向这方，殷红的切口犹如一朵朵爪哇花。其中之一就是刚刚还在鸣叫的那颗羊头。这些羊头后面，一位老婆婆像做针线一般，深深佝偻着身子，专心致志用黑乎乎的手指，从皮内滑腻的体腔内，剥下油光闪亮的脏腑。

八

前往贝拿勒斯的途中，本多每每想起那场牺牲的情景。

那是忙于为着什么作准备的情景。牺牲的仪式不会就那样终结，而是某种场景将要开始。世人感到仿佛一座桥梁正通向目不可视的更神圣、更可厌、更高渺的去处。可以说，那一系列的仪式，是为了迎迓逐渐走近的、无可言喻的某位圣哲的光临，在通道上铺设的一道红地毯。

贝拿勒斯，圣地中的圣地，印度教徒们的耶路撒冷。享受着湿婆神玉座喜马拉雅山的雪水，坐落在奔流不息的恒河绝妙的新月形曲流段的西岸，这座旧称为瓦拉纳西的城镇，就是贝拿勒斯。这是奉献给迦梨女神的丈夫湿婆的城镇，可以看作通往天国的大门。

这里又是各路巡礼者的目的地，再加上恒河、都塔帕帕、基尔纳、亚穆纳、萨拉斯瓦蒂等五条圣河的交汇点。沐浴着这里的河水，就能坐享来世的幸福。

吠陀[1]关于水浴的惠顾有着这样的文字：

> 水就是药，
> 水能清除身体宿疾，
> 使你充满活力。
> 水是灵丹妙药，
> 能治愈诸般病痨。

还有：

> 水使你长生不老，
> 水使你青春永葆。
> 水是治病的良药。
> 记住水的威力，

---

1 梵语"知识"的音译，主要指宗教知识。印度最古的宗教文献和文学作品的总称。

千万不可忘记，

水是身心的药剂。

正如诗中所咏唱的，以祈祷清心、以水浴洁体
的印度教的仪式，在贝拿勒斯的各个水浴阶段里都达
到了极致。

本多午后抵达贝拿勒斯，到饭店放下行李洗了
澡，就立即请饭店人员物色导游。他不顾长途火车之
旅的劳顿，一种奇异的青春放逸的情绪，使他处于躁
动不安之中。饭店的窗外，酷热的夕阳光芒四射，使
人觉得，仿佛一旦纵身跃入其中，就能立即捕捉到
"神秘"。

说起来，贝拿勒斯这座城镇神圣至极，同时又
污秽至极。阳光只能照射到房檐，细细小巷两侧，是
一排排油炸果子和点心店、占星之家以及米粮店等店
铺，充盈着恶臭、阴湿和疾病。穿过这里，来到临河
一座铺着石板的广场，自全国各地前来朝拜的麻风病
人，这里一团，那里一堆，簇拥在广场两旁。他们一
边等死，一边行乞。众多的鸽子。午后五时灼热的天

空。乞丐面前的洋铁罐里，贴底儿只有几枚铜板。一个麻风病患者，一只眼睛红肿溃烂，向前举着失去指头的手，犹如经过整枝的桑树，伸向黄昏的天空。

这里聚集着各种各样的残疾人，侏儒又蹦又跳。肉体缺乏共通的符号，犹如未能解读的古代文字排列着。那不是来自腐败与堕落，而是扭曲、歪斜的形状本身。从那里依然以肉的鲜活与温热，喷涌出可厌的神圣的意味。血与脓，通过无数苍蝇，似花粉般运往四方。肥硕的蝇体，闪耀着光亮的金绿。

沿河向下游走去的道路右侧，张起了绘有圣纹的色彩艳丽的帐篷，人们在聆听和尚讲经，旁边堆满白布缠裹的尸体。

一切都浮游不定。众多最赤裸、最丑陋的人的肉体的实像，连同那些粪便及其恶臭、病菌还有尸毒，一起曝露于光天化日之下，犹如平素现实里蒸发的水汽，在空中飘浮。贝拿勒斯。这是一张丑恶到华丽的绒毯。一千五百座寺院中，有通过朱红廊柱上各种性交体位的黑檀浮雕表达爱的寺院；有终日扯着嗓子高声读经而等死的寡妇之家；有居民、来访者、濒死的人、已经死了的人、疮疥满身的儿童，以及叼着母亲乳头的垂死的婴儿……一张由这些寺院和人员组成，夜以继日、嘻嘻相欢，张挂于天空的喧闹的绒毯。

广场向河流方向倾斜，行人自然被引向最重要的"达萨斯瓦梅朵河坛"。传说那里是创造神梵天（Brahma）献出十匹马作为牺牲的场所。

这条水量丰沛、泱泱不息的黄土色河流就是恒河！在加尔各答，虔敬的人们盛在小铜壶里，为信徒的额头和供品少许洒上的圣水，如今就满满当当地储蕴在眼前的大河里。这是神圣而难以置信的宴飨！

怪不得病人、健康的人、残疾人以及濒死者，个个都充满黄金般的喜悦。怪不得蝇蛆也因无限喜悦而肥壮，印度人特有的严肃以及可谓"意得志满"的表情里，充盈着几乎看不出丝毫无情的虔敬。如何才能将自己的理智，融入这酷烈的夕阳、这恶臭、这细微的瘴气般的河风之中呢？本多对此产生怀疑。不论走到哪里，都能听到祈祷的唱和声、钟磬声、乞讨声以及病人的呻吟声。黄昏的空气仿佛是这些声音致密地编织成的一件燠热的毛织物，本多怀疑自己的身子是否也埋没于其中了呢？本多害怕自己的理智，一如独自藏在怀里的匕首，会随时戳破这件完整的织物。

关键是将此舍弃。自打少年时代起就看作自己防身武器的个人理智，经受几次转生的袭击，虽然刀刃多处缺损，依旧得以保留下来了。但是如今，处于这些充满油汁、病菌和尘埃的人群中，看来只有偷偷舍弃掉了。

河坛阶梯上布满了无数蘑菇般的阳伞，供浴客们上岸休憩。然而，以日出为高峰的晨浴时刻已经远去，夕阳沉沉射入阳伞，下面几乎没有人。导游走向水边，跟小船的船夫谈价钱。本多觉得这段时间格外漫长，夕阳像烙铁炙烤着他的脊背，可他只能等待。

小船载着本多和导游悠悠驶离河岸。恒河西岸有为数众多的河坛，达萨斯瓦梅朵河坛几乎位于正中央。游览河坛的小船首先南下，看完达萨斯瓦梅朵河坛以南各河坛之后，再调头北上，走遍达萨斯瓦梅朵河坛以北各个河坛。

恒河西岸是那样神圣，而东岸却一点也不神圣。甚至传说，一旦住在东岸，死后将投胎做毛驴，所以一直遭人忌讳。那里只能远远窥见低矮的绿色丛林，却不见有一栋房屋。

小船开始南下，这时，毒花花的夕阳即刻被建筑物遮挡了，只给几多壮丽的河坛以及作为背景的一排大柱子，还有靠这排柱子支撑的高大殿堂所紧密排列的景观，罩上一派辉煌的背光。只有达萨斯瓦梅朵河坛背后的广场，可以允许夕阳恣意妄为。而且，傍晚的天空已将河面映成安谧的玫瑰红，过往船只也留下不太浓丽的帆影。

这是黄昏到来前遍布神秘光线的时刻；这是某种光照度支配一切的时刻。在这段时间里，所有的轮廓都得到修正，就连一只只鸽子也被细致地描摹；万物都增添了一层枯萎的蔷薇黄的色感；河水的反射和天空的残光之间，保持着忧戚的调和，酿造出铜版画般的细密与精致。

同这种光照相契合的壮大建筑群，正是这些阶梯河坛。同宫殿和大伽蓝相比肩的阶梯向水里伸延，背后高耸着巨大的障壁。即使一列柱子同穹窿并立，这些柱子也就是壁柱，拱廊就是盲窗，于是，阶梯本身更加释放着圣域的威风。柱头饰采用的是哥特式或近东风格相交混的样式。这座高达四十英尺的壁柱上，刻着每年夏季洪水的水线。特别明显的涨水的水位，除了标出白线之外，同时还要标明一九二八、一九三六等年号以资纪念。比这种令人目眩的景象更高的是住在上面的民家的走廊，于壁障的顶层排成一列拱门，石栏上站着一排鸽子。屋脊的最高处，辉映着徐徐失去热力的夕阳的背光。

小船渐渐靠近这些河坛之一的凯达尔河坛前边。随着小船的靠近，可以看到有人用网捕鱼。河坛闲散，有人洗浴，有人在阶梯上休息，一个个黑檀般精瘦的肉体，各自沉迷于祈祷和冥想之中。

本多的眼睛，被一个正要走下阶梯中央入水洗浴的人所吸引。此人背后，是一排壮丽的土黄色列柱，稠密的柱头饰被残阳余晖映照得玲珑剔透。那人正站立于神圣的中枢，比起那些堆聚于周围的光头和尚们黝黑的身体，更令人怀疑他是不是人。他是一位身材高大、气象雄伟的老人，只有他独自置身于真正的玫瑰红的光辉之中。

他的颅顶盘着白发的小圆髻，左手捧着腰间深红的腰带，裸露着丰满而稍显松弛的肉体。他的两眼旁若无人，一心沉迷于一种观念之中，茫然地望着对岸的天空。而且右手缓缓举向空中，似乎在渴望着什么。面孔、胸脯、腹部，一律在夕晖里显示出一副水灵灵的高雅的白桃肌体，仿佛同周围隔绝开了。然而，老人具有现世性的黝黑的皮肤，像黑斑、黑痣和黑纹一样，残存于两只臂膀、手背和大腿周围，不会马上剥落下来。正是因为这种残缺，光辉的白桃皮肤看起来才会更加崇高。原来他是个脱皮麻风病人。

*

无数的鸽子振翅飞翔。

一只鸽子的惊愕，于一瞬间传播开去。鸽群从菩提树蓊郁的叶丛中，同时嗖哨而起。小船再度北上，船上的本多望着飞去的鸽群，眼睛随之眩惑起来。据说那些透过各处河坛的空隙向河面伸展着枝条的菩提树，每一片树叶都含蕴着死者十日丧期间等待转生的灵魂。

　　小船已经驶过达萨斯瓦梅朵河坛，接着又从沿河的红岩之家，以及装饰着绿白瓷砖的窗棂、室内也涂着绿漆的"寡妇之家"下面穿过。窗户里香烟氤氲，钟磬和鸣，集体唱歌的声音震动着天花板，零落于河面之上。于是，各地赶来的寡妇们，一直在这里等死。这些妇女病体衰微，在等待死神的救赎这段时间，在贝拿勒斯度过，并住进这座"祈求之家"（Mumukshu bhavan），对于她们来说，这是无上的幸福。再说，一切都很贴近，烧尸的河坛就在北边，而那座供奉千种性交体位的尼泊尔爱染寺的金塔，就在烧尸场上边。

　　本多凝望着船舷边浮沉着漂流而去的布包，瞧那形状，那高度好似两三岁的幼儿。结果，本多确实猜对了，那正是幼儿的尸体。

　　他下意识地看看手表。五时四十分。周围已经浸染着冥冥暮色。此时，本多看到前方河坛明亮的火光，那是马尼卡尼卡河坛烧尸的火焰。

　　那座河坛以一座印度教寺院为基座，五层建筑中各种宽窄不同的祭坛面对着恒河。寺院里环绕中央大塔的还有几座高低不一的塔，分别保有伊斯兰教风格的莲花状的拱形露台。这座巨大的黄褐色伽蓝，由高高的柱廊支撑着，经煤烟熏染，越走近越感到烟飞火燎后人迹荒芜的状态。那阴郁的威容浮泛于空中，看上去如幻影般很不吉祥。可是，小船和河坛之间是满当当的土黄色的河水，暮色苍茫的水面上，漂流着众多的鲜花（也有在加尔各答见过的红色的爪哇花）、废弃的香料。烧尸场熊熊的火焰，历历倒映在河面之上。

高空火舌飞舞，栖息于高塔上的鸽子聒噪不已。天空变成含蕴浅灰的暗蓝色。

河坛临水的地方，有一座烟熏的石砌小祠，供奉着湿婆神和他的一位妻子沙蒂。沙蒂为了捍卫丈夫的名誉，投身于牺牲之火而死。两尊并列的偶像前有人献的花。

这一带随处停泊着满载烧尸木柴的小船。本多这条船害怕接近河坛中央。眼下，正在熊熊燃烧的木柴的背后，可以窥见寺院廊柱深处的熠熠火光。那里正是长燃不熄的神圣之火，一堆堆葬火皆从那里的源头分别点燃而来。

河风停息了，周围的空气积淀着令人窒息的暑热。贝拿勒斯到处都是如此，喧嚣取代静寂，人们难以忍受的动作、喊叫，孩子们的哄笑，以及诵经的声音，即便在河坛里也能听得一清二楚。不光是人，一条瘦犬跟在儿童身后奔跑，远离火光照亮的一个角落里的阶梯，暗沉沉的水里突然传来赶牛人的厉声吆喝，沐浴的水牛显露出光亮的雄健的脊背，一头一头跳上岸来。水牛沿着阶梯蹒跚而上，葬火映射在那黑幽幽、湿漉漉的肌体上，宛若明镜。

火焰时时被白烟包裹，火舌在烟里明灭闪烁。吹向寺院露台的白烟，在幽暗的殿堂里似狼奔豕突。

马尼卡尼卡河坛完全是净化到极点，公然将一切裸露出来的印度风格的露天烧尸场。正如贝拿勒斯一样，一切被神圣净化的东西，都共同充满催人作呕的可厌。无疑，这里就是世界的尽头。

湿婆与沙蒂小祠旁边一段和缓而倾斜的阶梯上，停放着一具红布包裹的尸体，经过恒河水浸后，排队等待火葬。

显现着人体轮廓的裹尸布，红色是女人的标记，白色是男人的标记。亲族们和光头和尚都在帐篷里等待。过一会儿，等尸体架在木柴上之后，由亲族们浇上牛油和香料。这时，有人又用竹竿架抬着一具白布包裹的新尸，在和尚和亲族的共同诵经声里到达。几个孩子逗弄着一只黑狗，在人群里钻来钻去。在印度，不管哪座城镇，一切生命都在互相跃动，互相纠缠。

六点钟了。不知不觉，四五个地方已经燃起火焰。烟雾尽皆飘往寺院那个方向，所以船上的本多没有闻到什么异臭。他只是看着这一切。

右边的远处，有个地方收集烧过的骨灰，浸泡在河水里。肉体固守的个性消泯了，人们的骨灰全都掺和在一起，溶进神圣的恒河水，还归"四大"[1]和灏气。堆积的骨灰下部在浸入河水前，定是早已同周围的湿土混在一起，分辨不清了。印度教徒不造坟墓。本多不由回忆起到青山墓地为清显扫墓时，感到墓石

---

1 佛教用语，指组合万物的四个基本要素：地、水、火、风。

下面的确没有清显，那番凛然战栗的情景。

一具具尸体投入火中，绑缚的绳索燎断了，或红或白的尸衣烤焦了。突然看到一只黝黑的臂膀抬起来，尸体似乎翻了个身，在火焰里反翘着身子。最先被焚烧的尸体，呈现出黑灰色。水面上传来咕嘟咕嘟蒸煮般的响声。最难烧的是头盖骨，手拿竹竿徘徊四周的烧尸人，抢起竹竿，将浑身已经烧成灰、唯独头部还在冒烟的头盖捣碎。火焰映照着他们用力捣碎头盖骨的黝黑的臂腕，那声音撞击在寺院的墙壁上，发出"咔嚓咔嚓"的反响。

还归"四大"的净化如此缓慢，与此相逆的人的肉体，死后仍要保留无用的芳醇……火焰中，红布裂开了，闪光的肉体蠢蠢欲动，火舌与黑灰共同飘舞，仿佛另一种东西又在生成，隔着火焰，不住地闪闪欲动。有时，一阵炸裂，木柴崩塌，火苗消隐，烧尸人一经补足，火堆又重新熊熊燃起，高高的火舌不时舔舐着寺院的露台。

这里没有悲哀。看似无情的东西，全然都是喜悦。这里不仅笃信轮回转生，而且都像田水种稻、果树结果一般，不过是司空见惯的自然现象而已。正如收获或耕耘需要人手一样，这里也多少需要人来帮忙。可以说，人就是轮流生来为大自然做帮手的。

在印度见到的东西之所以无情，全都因为同隐蔽的巨大而恐怖的喜悦连在一起！本多害怕理解这样的喜悦。但是，自己的眼睛既然见到了终极，那么就觉得今后不可再次恢复过来了。正如整个贝拿勒斯都与神圣的麻风病相关联一样，本多的视觉本身似乎也患上了不治之症。

然而，他所见到的终极的现象，在下一个瞬间到来之前，并非十全十美。本多的心，受到水晶般纯粹的战栗的冲击。

那是圣牛走向这里的瞬间。

不管在哪里，印度都允许白色的圣牛恣意行动，这座火葬场也有一头到处走动。圣牛来到火堆旁也不感到惊愕，不一会儿，它被烧尸人的竹竿所驱赶，站立在火焰的对面——寺院黑暗的廊柱前边。廊柱的深处一片晦暗，圣牛的白色看起来很神圣，充溢着崇高的智慧。晃动的火焰映着牛银白的胴体，宛若喜马拉

雅的积雪溶解了的月影。那是冷澈的雪和庄严的肉在
兽身上无垢的综合。火焰含烟，烟笼火焰。烈焰有时
现出红彤彤的姿态睥睨四周，有时又被翻卷的烟雾包
蕴在内，不见踪影。

正是这个时候，圣牛透过烧尸的烟雾，于朦胧
之中，将那副银白而庄严的脸孔转向这边，确确实实
望着本多这个方向。

*

当晚，本多吃罢晚饭，匆匆撂下一句"明天拂
晓前起床"，借着酒劲上床入睡了。

梦中出现各种各样的事象。他的梦的手指触动
着以往未曾接触的键盘，发出声音，如工程师一般，
将所有已知的宇宙机关的角角落落检点一番。那座清
澄的三轮山忽然出现，紧接着，又出现了山顶冲津磐
座岩石散乱而恐怖的卧姿，从岩石裂缝飞溅而出的鲜
血，迦梨女神伸着红舌头也现形了。还有，焚烧的尸
体还阳为漂亮的小伙子，头发和腰肢裹着青翠的杨桐

叶站起来；周围可厌的寺院的情景，立即转变为铺着清凉石子的境内。一切观念，一切神祇，齐心合力，转动着巨大的轮回圆环的把手。这副形同宇宙涡状星云的圆环，载着喜怒哀乐的人类缓缓旋转，人们对这种轮回一无所感，就像日日生活在地面上而对地球的自转一无所感一样。这正如众神游园地里五彩缤纷的夜空观览车。

莫非印度人知道这些？本多即使做梦也感觉到了这种恐怖。地球自转这一事实，绝非凭借五官就能感知，只有以科学理性为媒介才能获得认识。同样，只靠日常感觉和智慧也不可能掌握轮回转生，而必须依靠某种确定而极为正确、既系统又直观的超理性，才能认识得到，不是吗？正因为懂得这一点，所以在我们眼里，印度人才那样懒惰，那样对抗进步，而且从表情中剥离了我们估摸常人感情的目光中共通的符号，以及人的一切喜怒哀乐，不是吗？

不用说，这仅是一个普通旅行者的感想。梦幻往往将最崇高的象征和最俗恶的思考混为一体。本多梦中的思考方式，过去审判官时代那种严冷而呆板的思辨有所抬头，就像一个思想上"怕烫"的人，忙着将灼热的事实"冷冻"起来，一旦成为概念上的冷冻食品才肯入口。这种性格和职业习惯，如今依然残存于他的身心之中。因而，他做梦时也毫不例外地成为一个谨小慎微的人。本多或许也一直迷恋这种精神的护身符吧？

比起暧昧而奇怪的梦境，现实中之所见更是不可解释的谜团，有过之而无不及。那些事实的热度，一旦醒来，依然清晰地留在身心之中，他感到仿佛染上高热病一般。

饭店走廊尽头的服务台灯光昏暗，生着小胡子的向导似乎和值夜班的侍者说了句笑话，两人正在窃笑。接着，他们看到穿着白麻布西装的本多正沿着走廊走来，远远地对着他恭恭敬敬地行礼。

本多天未明就离开饭店，他是想见识一下阶梯河坛等待日出、对着朝阳朝拜的热闹情景。

贝拿勒斯，是具有众多而单一、作为一种神格而又超越神格的梵（Brahman），是献给这众多神教下的统一原理的。体现这位神的就是太阳，太阳从地平线升起的瞬间，其神圣已达到极致。正如圣徒商羯罗阿阇梨（Shankaracharya）所说："神将天空和贝拿勒斯放在天平上，重的贝拿勒斯沉落地面，轻的天空向上飞升。"圣城贝拿勒斯和天空，受到了对等的待遇。

印度教教徒在太阳里看见神最高意识的显现，对于神来说，太阳就是终极真理最具体的象征。因此，贝拿勒斯对太阳充满渴望和祈祷，人类整体的认识摆脱了地上的羁绊，凭借祈祷的力量，将贝拿勒斯本身犹如飘浮的地毯一样举向天空。

达萨斯瓦梅朵河坛已经被比昨天更多的人占领，无数阳伞下的蜡烛在尚未褪去的晓暗里闪烁。对岸丛林的上空，浓重的丛云下，已经露出拂晓的光亮。

各个大型竹伞下都设置了长凳，湿婆的化身"男根石"装饰着红花，小小的药臼正在制作浴后额头涂抹的辰砂粉。跟随一旁的僧人，将献给寺院经过圣化的恒河水，装在铜瓶里，同红粉搅拌在一起，准备为浴后的人们涂额。有的人打算在水中向朝阳膜拜，便迅即跑下阶梯，手下捧起一捧河水拜一拜，然后慢慢将身子没在河水里。有的人跪坐在伞下，等待日出。

曙色散放在地平线上，眼看着阶梯河坛的情景渐渐有了轮廓和色彩，女人们的纱丽的颜色、肌肤的颜色、鲜花、白发、疥癣、黄铜的圣具，好似一同发出了色彩的呐喊。恼怒的朝云徐徐变形，让位于扩散的晨光。终于，朝阳鲜红的尖端出现在低低的丛林之上，这时，同本多摩肩接踵的群众，一齐开口发出虔敬的赞叹。也有的屈着膝盖，跪在地上。

将半个身子浸在河水的人，有的合掌，有的摊开两手，对着慢慢显出整个圆盘状的太阳朝拜。紫金色的水波之上，这些人半身的影像长长拖曳着，到达阶梯上人们的足跟。欢呼声一致向着对岸的太阳。那里的人们也似乎被看不见的手臂所牵引，一个个向河水里沉落。

太阳已经升到绿色的丛林之上。刚刚还允许注视的红色的圆盘，倏忽一转，变成不再容许瞬间注视的光辉的一团——威震四方、光焰万丈的一团！

突然，本多意识到，勋自刃时幻影里不断出现的远方的太阳，正是这样的太阳。

九

公元四世纪过后，印度的佛教急剧衰落，一种说法意味深长："印度教以其友爱的拥抱扼杀了佛教。"这就像犹太人中的基督教和犹太教、中国的儒教和道教的关系一样，在印度，佛教为了成为世界的宗教，必须将母国委任于更加土俗的宗教，并被一时放逐出去。印度教只在万神殿一隅，随便保留一个佛陀的名义，亦即作为毗湿奴神十种变化的第九变化留存下来。

毗湿奴神被认为有十种变化：摩蹉（鱼）、俱利摩（陆龟）、筏罗诃（野猪）、那罗希摩（人狮）、筏摩那（侏儒）、持斧罗摩、罗摩、奎师那（黑天）、佛陀、迦尔吉（身骑白马的武士）。而且按照婆罗门的见解，作为佛陀的毗湿奴，故意传播引诱民众堕入迷界的异端之教。这样，反而为婆罗门开辟一种机缘——教导民众返回印度教的本道上来。

于是，随着佛教的衰退，西印度的阿旃陀石窟寺院化为废墟，长期不为世人所知，直到一千两百年以后的一八一九年，为英军某师团偶然发现。

果瓦拉河悬崖上排列着二十七座石窟，分为公元前二世纪、公元五世纪和公元七世纪三个开凿时期。其中，第八、第九、第十、第十二和第十三石窟，属于小乘佛教时代，其余皆属于大乘佛教时代。

本多探访依然保有活力的印度教圣地之后，也想探寻已经死灭的佛教遗迹。

他应该到那里去，无论如何，他都必须到那里走一趟。

石窟本身、住宿的旅馆周围，没有蜂拥的群众的身影，静寂、简净至极，这就更加坚定了他的信念。

可是，阿旃陀周围没有可供住宿的旅馆。本多找到一家旅馆，可以兼看印度教文明的遗迹埃洛拉。这家旅馆位于奥兰加巴德，距埃洛拉十八英里，距阿旃陀六十六英里。

在五井物产的关照下，旅馆准备了最高级的房间和最豪华的车子，等待本多的光临，再加上锡克族司机恭顺的态度，所有这些安排无不招来其他英国游客的反感。早晨外出前在餐厅里用餐，本多感到那些沉默不语的英国人对自己这个唯一的东洋人的敌意，有时甚至露骨地表现出来。侍者首先为本多的桌子送来熏肉鸡蛋，结果被一位偕夫人坐在邻桌的美髯老人叫了过去，还挨了他一顿斥骂。那位老者气宇轩昂，像个退役的军人。从此以后，给本多送的饭菜总是最后一份。

按照世上一般客人的想法，逢到这种事情会感到心中不快，但本多的心很坚强，不会受到伤害。自看了贝拿勒斯以来，他的心似乎裹上一层莫名其妙的厚膜，一切都从这层厚膜上滑落过去了。细想想，侍者超乎寻常的恭顺，是因为五井物产早就花了大量的金钱，这件事丝毫不会毁损本多审判官时代培养起来的那种所谓"客观性的尊严"。

一辆或许由五六名闲人精心揩拭的黑色豪华轿

车，停在旅馆前院纷乱的鲜花丛中，等待本多出发。不久，载着本多的轿车行驶在西印度美丽而广阔的原野上。

这是一片到处不见人迹的原野。有时，偶然看到獴踢踏着路旁的池水，打前方路面迅疾横穿过去，闪过一道焦褐的蜿蜒的身影；成群的长尾猴从树丛中朝这里窥探。

本多的心胸期待着一番净化。印度风格的净化太恐怖了，在贝拿勒斯见到的秘迹，像热病一样笼罩着他的身心。他想获得一掬清水。

广袤的原野给本多以慰藉。既没有田地，也没有耕作的人们，有的只是无边无际的美丽的阔野。随处都有合欢树深蓝色的浓荫，绵延无尽。有沼泽，有小河，有黄花和红花。上面则高悬着巨大的天盖般灼热的空间。

这片自然既没有奇耸的景致，也没有激越的风情。无为的倦怠包裹于明丽的绿色中，一派灿烂。一种可怕的不祥的火焰一直炙烤着本多的心胸，对于他来说，原野使他感到镇静。这里没有飞溅的牺牲的鲜血，只有从一座丛林展翅飞翔的纯洁的白鹭。那种纯白由阴翳的深绿前掠过时，时而黯淡，时而又鲜明起来。

前方天空的云彩微妙地舒卷着，疏散了，纷乱了，放出绢子般的光亮。蓝天一望无边。

一想到自己就要进入佛教占据的领域，不用说本多心里获得很大的安慰，尽管这里的佛教已衰败、湮灭，徒有一片废墟。

的确，自从他接触色彩瑰丽的怪奇的曼陀罗之后，梦寐以求的佛教早已被当作一块冰了，在这座明丽而静谧的原野上，他已经预感到熟悉的佛的寂寞。

本多不由尝到了回归故乡的情味。如今，自己由印度教活生生统治的喧骚的王国，回到已经寂灭，并因寂灭而变得更加纯粹的那方亲切的梵钟的国度。一想到那些等待于绝对归还的终结的佛时，他似乎觉得，自己在佛教里一次也没梦见过绝对。他所梦想的家乡的静谧中，有着走向衰败、湮灭的不绝的亲近感。在这美丽的灼热的蓝天尽头，不久就会出现佛教的陵墓、被人忘却的遗存。没有亲眼看到之前，本多就切实感到一股治愈烈火般内心的幽暗的冷气、石窟内冰凉的岩石，以及洞穴里清泠的泉水。

对于心灵来说，这是一种弱化。或许那种强烈的色彩和血肉崩坏的惨象，逼使他寻求另一种闲寂的岩石般的宗教。前方流云的形态里，也有着衰微的清净的灭亡。看上去，丰美的树荫里也有着一树清凉的幻梦。不过，这里没有一个人影。此时午前绝对的宁静，除了汽车引擎沉闷的音响，在这寂静无声的世界，只有窗外缓缓移动的野外风景，才有可能将本多的心渐渐带回家乡。

坦荡的原野不知何时进入险峻的大溪谷的边缘，这预示着阿旃陀快到了。汽车围绕着弯路迂回前进，朝着谷底如剃刀般闪光的瓦格河向下行驶。

……一座茶馆专供停车休息，店内又是苍蝇成灾。本多透过面前的窗户，眺望着自广场对面起始的石窟周围的入口。他感到，一旦迫不及待地走进那里，反而会违背眼下正在寻求的寂寞。他买来明信片，汗津津的手里握着钢笔，对着印刷粗劣的石窟照片看了好一阵子。

这里再次出现了喧骚的预感。身穿白衣的黑人
或坐或站，个个充满猜疑的目光。广场上一些骨瘦如
柴的小孩，在叫卖当地制作的项链。黄澄澄的烈日绵
密地照耀着广场每个角落。幽暗的室内，桌子上放着
三个又瘦又小的橘子，上边爬满了苍蝇。厨房里飘来
油炸食品一股股呛人的气味。

他写了一张明信片，给阔别已久的妻子梨枝。

今天我来参观阿旃陀洞窟寺院，马上就要
进场了。眼前的橘子水，杯子边缘沾上了点点
苍蝇屎，不能入口。但我会充分注意身体的，
不必担心。印度真是个令人惊异的国家。你要
好好注意肾。问母亲好。

这算是爱的信笺吗？他的文章总是这样。心中
飘溢着的雾霭般的思念，还有那还乡的亲切之感，猝
然拿起笔来，似乎都一齐涌向心头。一旦付诸文字，
必定成为一纸干枯无味的家书。

梨枝不管在日本居住多长时日，都像欢送丈夫

出行一样，带着一副沉静的笑容迎接本多归来。她就是这样一个女子。尽管这段时期，她的鬓角又添几缕白发，那副欢送的面容和迎迓的面容，正如将左右衣袖上的菱形花纹对接在一起，相互契合，分毫不差。

轻度的肾病，使得她的脸型总是模糊不清，看起来就像白天的月亮朦胧一团。一旦离别放在记忆里，仿佛觉得放在记忆中更合适。当然，对于这样的女人谁也不会厌恶。本多一边写信，一边心里头一派安然，他似乎要对什么人感谢一番。不过，这和确信受到妻子的挚爱，完全是两回事。

他只写了这几行，随后将明信片放入上衣口袋，站起身来。他打算回到旅馆再寄。他走进阳光灿烂的广场，导游像刺客一般来到他眼前。

二十七座石窟，是在俯瞰瓦格河的断崖中段一排裸露的岩石上开凿的。河水、河滩以及砂礓里生长着杂草的斜坡，徐徐上升，边缘紧接着杂木丛生的耸峙的悬崖中腹，顺着那排石窟的前缘，绵延着一条白光闪亮的石板栈道。

第一窟是礼拜堂。这里有着四座礼拜堂和二十三处僧院的遗迹，这座礼拜堂就是四座中的一座。

霉气充盈的拂晓清冷的气息，完全不出所料。中央内里的巨大佛陀的姿影，承受着从入口照射进去的擦鞋布大小的一块光亮，明朗地映出倾斜的结跏趺坐的轮廓。要想看清布满天棚和四壁的壁画，光线显然不足，导游的手电筒的光芒，犹如四处盘桓的蝙蝠，这里那里飞来绕去。于是，又出现了本多未曾预想到的各种烦恼的绘画。

一群头戴金冠、腰缠花布的半裸的女子，各呈奇姿，出现于手电筒的光环中。她们大多手中擎一枝莲花，每人的脸型都酷似姊妹。妩媚而修长的眼睛，新月般纤婉的蛾眉，伶俐而冷峭的鼻梁，因稍稍平缓的鼻翼而变得柔和起来。下唇丰腴，轮廓向上兜起。这一切，使得本多联想到身在曼谷的月光公主成人后的面影。和稚嫩的公主不同的是，画像中这些女子成熟的肉体上，人人的乳房像即将炸裂的石榴，浑圆如球，富有性感。乳房周围，葛藤般缠络着纤巧的金银珠宝的项链，纷然缠绵。有的为了显示丰满的腰部而侧身盘坐；有的只在胯骨上裹着一块腰布，故意微露着骀荡、饱满的下腹。有的跳舞，有的濒死……

导游口若悬河地讲解着，随着手电光的移动，女人们一个个再次隐没于黑暗之中。

——走出第一洞窟，猛烈敲打铜锣一般的热带的阳光，立即将刚才所见的一切还原为幻影，使人宛若置身于白日梦境之中，似睡似醒，只得一一寻访内心早已忘却的古老记忆中的洞窟。确实具有现实感的是眼下闪光的瓦格河的流水，以及赤裸裸的沙碛。

像往常一样，本多对导游贫嘴寡舌的话语不感兴趣，因而导游很冷淡地草草而过。他对一般景物不屑一顾，干脆一个人待在空荡荡的僧院里，孤零零望着众人打眼前经过。

一无所见，反而可以自由自在描绘幻想。一座僧院就是如此，它既没有可看的佛像，也没有壁画，洞内左右只有一排排大黑柱子。内部最幽暗的地方依稀立着讲经坛，一对又长又宽的大石桌，相对地一直排列到内部。这座僧院射进来相当粗放的光亮，大部分僧侣将这里既当作教室，又当作食堂。眼下，他们似乎离开这里的石桌，到户外呼吸新鲜空气去了。

没有任何色彩，这使得本多十分舒心。仔细一瞧，石桌上小小的凹坑里，依然残留着往昔早已消失的朱红色。

以往，这里有人停住过吗？

那是谁呢？

本多独自一人站在石窟的冷气中，感到周围迫近的黑暗似乎对他诉说着什么。这种没有任何装饰和色彩的"非存在"，或许是他到印度之后，首次唤醒的某种明显存在的感情。衰亡、死灭、空无一物，最能使人切身品味到新鲜存在的征兆。不，存在已经在这里开始成形了，在每一块岩石的霉味中成形了。

当心中某种东西将要成形之际，总会产生一种混杂着欢喜和不安的动物性的感情，就像狐狸嗅到远方的气息，渐渐走近猎物时一样。虽然没有确实捕捉，但心底里已经通过远方记忆的手指紧紧抓住了。本多的内心被期待搅乱了。

出了那座僧院，来到外面的阳光下，朝着下面第五座石窟走去。栈道转过一个大弯，前面出现崭新的景致，通过石窟前的道路，是由嵌入岩石的一排湿漉漉的廊柱内侧连接成的。廊柱之所以被濡湿，是因为位于两条瀑布的内侧。本多知道第五座石窟就在那里，便停住脚步，隔着一道道峡谷，眺望着瀑布。

两条瀑布中的一条，顺着岩石断续流淌；另一条组合成接连不断的绳结。这是两条幅度狭窄、水姿尖利的瀑布。这对沿着黄绿岩壁落入瓦格河的瀑布，在那周围的山坡岩壁之间回荡着一派清越的水音。除了瀑布内里及左右可以窥见黑幽幽的石窟之外，瀑布周围依偎着的是明朗、碧绿的合欢树林和艳红的群花，流水散射的光彩以及水雾的霓虹，耀目生辉。本多的眼睛和瀑布连成一条线，在这条线上，几只黄蝶上下飞舞。

本多仰望着瀑布的出水口，他为那炫目的高度而震惊。因为太高了，仿佛由此窥见与现世隔绝的另一世界的姿影。瀑布所滑落的岩壁的绿色，是苔藓和羊齿茏的暗绿，山顶瀑布出水口的绿色，则是清澄的浅黄。那里虽然也有几块岩石裸露着，但那柔和而明媚的草绿色并非现世之物。一只黑色的小羊羔在那里吃草。比青草更加高渺、无法企及的蓝天，簇簇云朵蕴含着光亮，庄严地交织在一起。

要说有声音，现世里仅有的无声支配着这里；要说沉默压倒一切，瀑布的音响又毫无顾忌地打乱人的思绪。本多的耳朵沉浸于静寂和水音的交替之中。

本多本想立即去瀑布飞沫四溅的第五窟，但那急迫的心情和望而却步的畏怖发生了争斗。那里或许什么也没有，可是此刻，清显发烧时说的一句话，犹如打点滴一般掉落在本多的心田：

"还会见到的，一定能见到，就在瀑布下边。"

——当时，本多以为说的是三轮山的三光瀑布，他确实是这么认为的。然而，现在看来，清显所指的最后的瀑布，肯定是这里的阿瀜陀的瀑布了。

　　离开印度时，本多搭乘的五井船舶公司的"南海"号，是设有六间客房的客货轮。这条船横穿过雨期已过、东北季风吹来习习凉飓的暹罗湾，渡过湄南河口的北揽之后，一边测量海潮的涨落，一边向曼谷逆水航行。十一月二十三日的天空，干爽明净，一派湛蓝。

　　从那片瘴疠之地回到熟悉的城市，本多感到心情宽舒。虽然没有什么使他特别激动的事，但旅行中积攒了那么多恐怖印象的压舱物，所以本多只好将身子依靠在上甲板的栏杆上，而将那些压舱物一起堆放在精神之船深深的舱底。

　　途中同泰国海军的驱逐舰擦舷而过，除此，生长椰子树和茂密芦苇丛的河岸寂静无声，人烟稀少。

当接近右岸的曼谷和左岸的吞武里时，吞武里河岸出现了水椰子树叶葺顶的高脚房屋，透过光闪闪的树荫，可以窥见果园里劳动的人们黝黑的肌肤，他们忙着栽种香蕉、菠萝和山竹果等。

攀鲈喜欢攀援的槟榔树，也亭亭站立于果园的一隅。本多一看到，就想起那位老女官咀嚼着用蒌叶裹着槟榔果的口烟，满嘴鲜红的样子。现代主义者銮披汶已对此加以禁止。因此看来，女官们至少要到远离都城的邦芭茵，才可躲过禁令，尽情过把瘾。

单桨货船渐次多了。不久，远方出现商船和军舰相互交错的桅杆。那里是空堤港，亦即曼谷的海港。

混浊的河水在夕阳映射下五彩缤纷，熏然呈现着一色玫瑰红，又经河面流动的油彩映得亮晶晶的，使本多想起印度那众多的麻风病人圆滑的肌肤。

轮船即将靠岸时，本多从挥着帽子前来迎接的人群中，慢慢分辨出五井物产那位肥胖的分公司经理、两三位职员，还有日本人会长。菱川似乎有意躲在分公司经理背后站着，本多的心蓦然沉重起来。

本多走下舷梯，未等五井物产的职员前来接过皮包，早被菱川从斜刺里一把夺了过去。他以前所未有的谦卑和殷勤的态度迎接本多。

"您回来了？本多先生！看到您身体很好，这我就放心啦。印度之旅想必很辛苦吧？"

他的这番话对于本多，尤其是对于分公司经理来说，是非常失礼的。所以本多没有搭理他，只向分公司经理打招呼。

"所到之处，受到您无微不至的关照，深为感动。托您的福，使我饱享一次豪华之旅。"

"英美对日本资产的冻结，根本整不垮五井物产，这回您总算明白了吧？"

前往东方宾馆的车中，菱川抱着皮包，老老实实坐在副驾驶座上。分公司经理说道，本多外出这段日子，曼谷的人心恶化了。他提醒说，人们都上了英美巧妙宣传的当，对日感情变得十分险恶，还是注意些为好。车窗外的街道上，到处拥挤着一群群穷苦的民众，这是以前未曾看到过的。

"有谣传说，日军很快就要从法属印度支那打过来了。地方治安恶化，大批难民流入曼谷。"

但是，宾馆服务英国式的冷漠却丝毫没有变化。本多回到房间，洗了澡，心情也平静下来了。

分公司经理等人为了等待本多一起吃晚饭，坐在面向庭院的大厅的椅子上，天花板上缓缓转动着巨大的风扇，时时传来甲虫碰撞的响声。

本多走出屋子，重新打量一下自己也身在其中的这帮子"南游中的日本绅士"，瞧瞧他们那副旁若无人的做派，总觉得缺乏一种美感。

为什么呢？可以这么说，本多在这一瞬间，最初如实发现他们的丑陋以及自己的丑陋。很难想象，这伙人和美丽的清显、勋同属于日本人。

从一身英国制高级亚麻西服到雪白的衬衫和领带，可以说无可挑剔，然而每人手里都不停地扇着日本扇子，手腕上套着嵌有一粒玻璃球的黑带子。一笑就露出满口金牙，人人戴着眼镜。上司故作谦虚，对工作夸夸其谈；而下级则乘此阿谀奉承一番："到底还是分公司经理啊，什么叫胆量？胆量就是既诚实又勇敢嘛！"接着就大谈那些浪女的故事，以及主战论者，或者低声议论军部的横暴……这一切，都像热带读经一般翻来覆去，呶呶不休。这些话语都同伪装的活力和奇妙结合在一起。尽管体内某处蕴聚着不绝的倦怠，或者汗湿的奇痒，但身子却靠着生硬的态度的支撑，时时于心灵的一隅，浮泛着昨夜的快乐，以及由此所带来的湖沼红睡莲般疾病的恐怖……刚才在屋子里揽镜自照时，虽然增添了几分羁旅的倦容，但本多还不肯明显承认自己是"他们"中的一员。他从镜子里看到是曾经坚持正义，进而又拿通往正义的小道做交易，然后活过四十七岁年龄的男人的面孔。

"我的丑陋很独特。"本多走出电梯，朝大厅方向跨下几级红地毯。这时，早已恢复的自负又附在他身上，他想，"我和那帮商人不一样，不管怎样，我到底有过正义的前科呀"。

——当天晚上，在粤菜馆里，酒过三巡，分公司经理当着菱川的面，大声对本多说道：

"这位菱川君啊，太给本多先生添麻烦啦，他本人也切实感到，多方面伤害了您的感情。他也深表痛悔，先生出发后，他反省道：'都是我不好，我错了。'并因此得了神经衰弱。不过，这个人虽然有各种缺点，但总还有点用处。没想到跟着先生之后，反倒惹了不少麻烦，我等也感到责任重大呀。因此，我们今天想跟先生商量一下，鉴于离先生回国还有四五天的时间（啊，已经订好了军用飞机），菱川君也深刻反省了，他表示今后一切都努力听先生的，不知先生能否以宽大为怀，多加原谅呢？"

这时，坐在桌子对面的菱川，额头几乎触到桌布，十分恭敬地拜了拜。

"先生，您就尽情地斥责我吧，都是我不好。"

这种事态，使本多心情甚感忧郁。

分公司经理说了一番这样的话。他自认为菱川是个好导游，但从菱川的态度上看，一定是本多太任性，弄得菱川很为难。但眼下就把菱川换掉，会伤害菱川。无论如何，这四五天里，只得让菱川忍着性子干下去，因此，好歹把一切都加在菱川头上，这才是上策。这样一来，也不至于伤害本多的面子。

本多一时有些气愤，但随即感到要是一味坚持己见，局面越发对自己不利。凭菱川的性格，他不会向分公司经理亲口承认"我错了"的具体事例，也绝然不知道自己为何遭到厌恶。照他的想法，既然自己遭到厌恶已成事实，那他一定会设法挽救这一事态。他巧妙地拉拢分公司经理站到自己一边，因而经理才有了这番没头没脑的言论。

本多即便原谅这位愚不可及的胖经理，也决不会听任菱川明知道自己被厌恶，又偏偏自作聪明地进行一番厚颜无耻的表演，挖空心思强使别人接受的圈套。

本多突然起意明天就回日本。不过，这种临时变更行期，在别人看来，明显是出于对菱川不满的小孩子意气。他觉得，自己已到山穷水尽的地步了。本多感到，因为开始对他宽大无边，只得越来越宽大下去了。

——剩下的，只能对菱川实施机械般的操作了。于是他笑着否定，说分公司经理的误解实在没有道理，明天还要去采购礼品、逛书店，以及联系玫瑰宫作最后的辞行，这一切还都得指望菱川协助办理。而且，通过表明自己在巧饰感情这一点上究竟能做到何种程度，本多获得了一种技术性的自豪。

——果然，菱川的态度变了。

他首先陪伴本多去一家书店，这里简直就像进货渠道甚少、架子上只稀稀拉拉摆着几种蔬菜的青菜店，店头里仅有几本印刷粗劣的英文版和泰文版小册子。要是从前，菱川就会大发议论，痛斥泰国文化低俗，这回却默默听任本多任意挑选。

这里找不到泰国小乘佛教以及有关轮回转生的英文版图书。不过，一本自费出版的薄薄的诗集，却引起本多的注意。这本书为粗糙纸印刷，雪白的封皮在阳光下灼灼耀眼。本多站着阅读了用英文写的序。原来是一九三二年六月不流血革命过后，一位投身那场殊死革命的青年，将幻灭用诗的形式记录下来的一本书。这部诗集碰巧是勋死后的第二年出版的。翻开书页一看，印刷模糊的英文尽管很稚拙，却朗朗成诵：

谁能知道，

奉献给未来的青春的牺牲

却仅仅孳生出腐败的蛆虫？

谁能知道，

即将迎来新生的瓦砾之地

却萌发了毒草的荆棘？

因此，蛆虫煽动金色的羽翼，

毒草随风飘散瘟疫。

满腔忧国的热血，

赛过雨打合欢花儿红。

暴雨过后，屋檐、廊柱和栏杆

爬满专制的白色霉菌。

昨日的明智遭名利河坛的淘洗，

昨日的骏足已被裹上锦绣的彩舆。

哪抵得上

那卡宾县，巴塔尼县，

繁衍于花梨木、紫檀，还有苏木的浓荫下

常春藤、荆条、淡竹的道路？

日照雨淋的密林里，

犀牛、貘、野牛,

时而有象群寻水。

不如让它们,

踏碎我的亡骸而过。

干脆亲手撕裂自己的咽喉,

鲜红的月亮照射着草上的露珠。

谁能知道?

谁能知道?

慷慨一曲振山河。

……本多被这首绝望的政治诗歌打动了,他觉得,没有比这首诗更能安慰勋的灵魂的了。难道不是这样吗?勋未能成就久已梦想的维新而死去,然而即使实现了维新,他无疑会感到更大的绝望。失败是死,成功也是死,这就是勋行动的原理。但是,人们的不如意,在于不能置身于时间之外,将两种时间、两种死法进行公平的比较,然后选择其中之一。就是说,不能将维新后尝到幻灭的死和未尝到之前尽早的死,一对一进行选择。因为既然有早死,就不会再有迟死；既然有迟死，也不会有早死。因此，人们只得将这两种死法留给未来，遵从先见之命，选择其中之一。当然，勋选择了未尝到幻灭之前的死，此种先见，包含着尚未接触权力鳞爪的年轻人所具有的清流般的睿智。

但是，参加革命、获得成功之后所袭来的幻灭与绝望，仿佛眼睁睁瞧着月球背面一样。此种感怀，即便立即寻死，也许只能使死逃离较之死更甚的荒凉。而且，不论多么真挚的死，也难免被看作是发生于阴郁的革命的午后，一次病理学意义上的自杀。

本多将这首政治诗献给勋的灵前，其用意就在这里。勋至少是梦见日出而死的，但这首诗中的早晨，却在龟裂的太阳下，展示了脓血淋漓的伤口。然而，偶然发生于同时代的勋的壮烈之死，同这首政治诗的绝望之间，却牵连着一缕扯不断的丝线。这是因为，人们对未来冒死以求的幻想，最好的幻想，最坏的幻想，最美的幻想，最丑的幻想，也许都齐集于同一个地方。更为可怕的是，弄不好都属于同一种东西。勋的殊死寻求，其先见愈加贤明，其死愈加纯粹，到头来只能获得这首政治诗一般的绝望。难道不可以这么说吗？

本多感到，自己之所以有这些想法，不用说是庞大的印度留下的阴影。印度为他的思绪编织了一层又一层莲花瓣似的构造，已经不允许他停留于清纯的直线型的思路之上了。为了营救勋，本多不惜抛弃审判官之职，当时对于他自己来说（尽管他也因最终没有营救清显而痛悔不已），或许一生就这么一次跃动着无私和献身。但是当他徒然丧失勋之后，他只能在转生里占卜被翻转的理想，到轮回外寻求未来之路，此外别无他法。而且在本多很难具有"人"的感情的心胸内，给予最终暗示的，正是可怖的印度。

无论成功或失败，迟早总要归于幻灭——这样的"先见"根本称不上先见。因为这只不过是寻常pessimism[1]的见解。重要的只有一种，那就是以行动、以死节而实现的先见。勋出色地实践了。只有靠这种行为，才有可能均等地里外看穿时光随处建筑的玻璃

---

1 英语：悲观主义。

障壁，而这种障壁凭人力是绝然无法超越的。在渴望、憧憬、梦境和理想之中，过去和未来变成等价同质，总之，成为平等的东西。

勋于死的瞬间，是否从墙缝里窥见到这样的世界呢？本多渐及年老，他要弄明白有一天临死前究竟会看到些什么，这个绝不可以等闲视之。至少那一瞬间，实在的勋和假设的勋交换了目光，清楚地捕捉到这边的先见尚未看到的对面的光辉；同时，对面的目光无限渴望地透视这一边，憧憬着已经获得和尚未获得的东西，紧紧捕捉到过去投向自己的渴望的光辉。看来，这是确定无疑的。这两种生，透过不能再度重新复苏的机缘，穿透那道玻璃障壁结合在一起了。这将暗示着勋同这位政治诗人，即憧憬末路之死的诗人，同拒绝人生路进而即行赴死的青年永恒的连环。那么，他们凭借各自的方法，为实现意志和希望本身，究竟如何呢？历史决不因人的意志而动，而人的意志的本质就是敢于介入历史的意志。这正是本多自少年时代起一成不变的看法。

……这么说，怎样才能将这本最好的诗集，及时奉献于勋的灵前呢？

就这样带回日本，供在勋的墓前，可以吗？不，本多知道，勋的墓也是空荡荡的。

对啦，可以献给月光公主！就献给坚持说自己是勋的转生的幼小的月光公主好了。这自然要使用最直接的快速传递。而自己就可以充当这种穿越时间壁垒、自由往来的飞毛腿。

然而，年仅七岁的公主，即便聪慧无比，她能理解诗中的绝望之情吗？况且，勋的这次转生采取的形式过于明显，反而给本多带来一抹疑虑。首先，公主姣美的浅黑色胁腹，于明亮的阳光下，经过检验没有三颗黑痣……

本多决定将从印度带来的高级特产纱丽和这本诗集作为礼品奉献，责成菱川和玫瑰宫取得联络。三天之后，本多得到回话：公主将特别打开如今因国王不在而闭锁的却克里宫，在"王妃厅"接见他。

不过，这次接见附加了女官们严格的条件。原来，本多到印度旅行期间，公主一直等待本多尽早回泰国，盼望着本多回归日本那一天，能同他一同去日本。于是，女官们只得假装应允，并为她准备服装哄骗她。因而女官们规定，本多谒见时，不用说不能透露回国日期，就连"归国"二字提都不能提。希望他尽量装作要在泰国永远住下去的样子。

±

　　回国前一日早晨，天气响晴，无风而闷热。

　　为了赶上十点的接见，本多和菱川大热天里穿着上装，打着领带，于九点四十分左右，来到宫殿门前的警卫所。

　　一八八二年，朱拉隆功大王建造的这座宫殿，是意大利建筑师融合新巴洛克风格和暹罗风格于一体的极其壮丽的杰作。

　　这座宫殿高耸于热带的蓝天下，正面纷纭繁复，充满幻想。一眼看去，那光彩夺目、匠心独运、令人目眩的正前面，尽管是地道的欧洲式样，但依然持有暑热的亚洲所特具的、来自建筑本身的炫惑和酩酊。左右两侧缓缓向上的大理石阶梯入口，有青铜像守护着。由此向前到达正门，罗马式神殿拱门的上部，顶戴着沉重的楔形照壁，上面嵌镶着大王瑰丽的彩色肖像。至此大多是施以大理石、浮雕和黄金的纯西洋风格的新巴洛克建筑。向上一层，是一派桃色大理石组成的科林斯柱式步廊。步廊中央的暹罗风格的楼阁，如楼船高高矗立，白地上绘有枣红和金色的天棚依稀可见，山墙上镌刻着却克里王朝附有枝形烛台的花纹。再上一层，直至黄金尖塔顶端的水烟[1]，层层向上，皆为纯暹罗风格的施以金色和朱红的繁杂的重檐，重重叠叠的鸱尾一簇簇指向蓝天，犹如舞女耸立的肩膀。这一切都仿佛使人充分领略到，却克里宫殿的整体建筑，是在拼命运用结构繁复、色彩瑰丽、狂热而高贵的热带风格的梦想，极力压垮坚固而富于理性的欧洲式冰冷的基座，不是吗？它似乎是具有锐利的指爪和尖嘴的梦魇，反转着金红的羽翼，君临于偃卧的王者富有威仪的冷寂而素白的胸脯之上。

"这真是太美啦！"

菱川站住了，他一边扬着脸擦汗，一边说道。

1　佛塔尖端九轮之上的火焰形装饰。

本多立即想到了菱川的恶癖，他的老毛病又要复发了。一见到最初的征候，就立即想摧毁，他就是这么个亲切的主儿。

"美也好，不美也好，又能怎么样呢？我们还不是应邀而来，随便看看就算完了？"

菱川没有料到本多如此来势汹汹，他瞧着本多，眼神里闪出几分怯弱，再也不吭气了。本多自我反悔起来，打从到曼谷以后，为何一开始没有采取这种行之有效的办法呢？

一名警卫军官前来给他们两人带路，他闪烁其词地向他们表明，由于月光公主一时心血来潮，为了打开这座久久关闭的宫殿，做了多少繁杂的准备。这回，本多老老实实按照菱川的眼色，迅速朝军官的口袋适当地塞了些钱。

——打开宽大的殿门一走进去，就是晦暗的大厅，黑、白、灰等斑驳的大理石铺装的地面上，并排摆设着二十多张红木镶边的洛可可式椅子。一位面熟的女官立即从军官手里接过两位客人，领着他们跨入右侧的大门之内。这里是一座纯欧洲式的宫殿大厅，天棚高旷，采光甚好，上面垂挂着玻璃吊灯。有几张镶嵌着花纹的意大利风格的大理石桌子，四周排列着金红的路易十五时代的椅子。

墙壁上装饰着朱拉隆功大王的四位妃子和母后等身大的肖像。但据菱川说，这四位妃子中有三位是姐妹。每一幅肖像均使用维多利亚王朝的绘制方法，显示了外国画师精心制作的痕迹。尤其是面部的描摹，将画家的良心与奉承、善心与恶意，以及大胆写实引起的担心，还有厚颜无耻的虚夸，相互交混，洋洋大观。王朝人物略显沉郁的气质，同浅黑肌肤沉郁的肉感，相映成趣，而且，衣裳同背景的热带风情，使得以写实为主的画面，兀自弥散着幻想的色彩。

大王的母后名叫泰普西林，是一位身材矮小的老年贵妇。这个妇人的脸型，含蕴着最黑暗的野蛮的威严。本多缓步瞧着每一幅肖像，听菱川说，大王四位妃子之间，第一夫人普拉潘披是三姊妹里最小的。比起她的二姐索万古·瓦塔纳和大姐斯南塔，无论谁都认为，最漂亮的当数斯南塔王妃。

她的肖像位于殿堂的一隅，一半被阴影遮盖了。

画中人站立着，用一只手支撑着窗边桌面。窗外若隐若现的蓝天飘浮着晚霞，枝条弯弯的橘树向窗内窥视。桌面上有一只景泰蓝花瓶，插着一枝小小的莲花。此外，还摆着金色的酒瓶和酒杯等。王妃金色的泰裙底下露出一双美丽的纤足，身上披着桃红的绣花霞帔，肩头悬着宽阔的绶带，胸前佩戴着金光闪闪大勋章。另一只手拿着一把象牙扇。扇穗子，还有地毯，都是和晚霞一样的火红色。

本多特别倾心的是五张肖像中最可爱最美丽的那副娇小的容颜，那丰满而富有弹性的朱唇，稍带冷峻的目光，以至于那简短的发型，无一不使他想起月光公主。此种相似，在目不转睛凝视的当儿，又渐次消散了。过些时候，又像占据画面的夕暮，不知来自何处，由室内的四隅奔涌而来。不久，又如握着扇柄的小巧而黝黑的纤纤素指，或者像支撑着桌面的兰花指尖，同一相似的印象重新浸润而来，终于，就连冷峻的目光和朱唇，都令人觉得和月光公主毫无二致了。但是，穷其顶峰的相似，忽而又像沙钟，颓然崩塌下来。

这时，里面的门敞开来，那三位老女官簇拥着公主出现了。本多和菱川伫立原地，深深行礼。

看样子，邦芭茵之行消解了女官们的戒心，对于惊喜地喊叫着奔向本多的公主，没有任何人阻挡。公主只顾撒豆子般地叫喊，菱川就像啄食随处崩落的豆子的鸽子，忙不迭附在本多耳边做翻译。

"好漫长的旅行啊！……我太寂寞啦……怎么不给我写信呢？泰国和印度哪国的象更多？……我不想到印度去，只巴望尽早回日本……"

接着，公主拉起本多的手，将他领到斯南塔王妃的肖像前边。

"这就是我的祖母。"

她自豪地说。

"公主就是为了让本多先生看看这幅美丽的肖像，才请您来却克里宫做客的。"

第一女官从旁插话。

"可是，我只是继承了这位斯南塔王妃的身子，心灵却来自日本。果真如此，我想将身子留在这儿，光是心灵回到日本。不过，要那样我不就得死吗？所以，还是要把身子一道带回日本去。正如小孩子不管到哪里总要抱着可爱的布娃娃一样……您懂我的意思吗？本多先生。您所看到的我的可爱的身姿，实际上只是我怀抱的布娃娃啊！"

当然，公主天真无邪的口吻，不像菱川翻译的那么条理清晰。然而，公主滔滔不绝讲话时的清澈的眸子，早已抢在被翻译过来的话语之前，令本多的心里不寒而栗了。

"还有一只布娃娃哩。"公主依然不顾大人们如何困惑，欻然离开本多，飞身奔向窗格子形的阳光照耀下的大厅中央。那里摆着齐胸高的大理石桌子，镶嵌着一些错综纷纭的象牙雕的花纹。公主由蔓草到花纹，热心地用指尖一一指点着，"同我相似的娃娃在洛桑，那是我的姐姐，不过，姐姐不是布娃娃。我的姐姐身子和心灵都是泰国人，她和我不一样。我是真正的日本人。"

她的嗓音像唱歌。

公主高兴地接受了本多进献的纱丽和诗集。但她只翻翻诗集的几页，就作罢了。公主还不会说英语，一位女官颇为抱歉地加以说明。本多的用心遂归于徒劳。

在这座毫无家庭气氛的厅堂内，本多暂时被公主所追迫，为她讲述了一些印度的故事。公主听得入了神，泪眼盈盈，散射着莫名的哀伤之色。本多见了，心里很难受，因为自己对她隐瞒了明日归国的事。

何时能同公主再度相逢呢？公主长大以后想必会更加美丽吧？到那时不知道有没有相见的机会。说不定今日就是和月光公主诀别的一天。或许转生的神秘，也会像热带午后掠过庭院的一羽蝶影，不久就会从公主的记忆中飘逝吧？抑或这一切都是勖借助年幼无知的公主一番呓语，向本多转达自刃之前未曾辞别的歉意吧？这么一想，就可以心情轻松地离开曼谷了。

可是，公主听着本多的讲述，渐渐溢满泪水的双眼，必定有了别离的预感。话题自然挑选那些富有童趣的故事，然而公主硕大眸子里的悲伤越来越深沉。

本多断断续续地讲述着，菱川手舞足蹈地一段段翻译，突然，公主的两眼瞪得溜圆。女官们立时目光严峻起来，一同斜睨着本多。本多不知道出了什么事。

公主猝然尖叫一声抓住本多，女官们起立，跳过去拼命想拉开公主。公主的面孔蹭着本多的裤子，一边喊叫，一边痛哭。

先前的噩梦再次重演。女官们好容易将公主从本多的身子上扯开，她们暗示本多"快逃"。当菱川将这个暗示翻译给本多时，他正要被哭喊的公主再次抓住。本多穿过桌间椅缝奔逃，公主边哭边追，女官们从三面包围过来。路易十五式样的椅子重重地倒在地板上，宫殿的客厅变成了捉迷藏的庭院。

好容易甩开了，本多穿过门厅，从正门沿着大理石石阶跑下来，这时听到背后大殿高高的天棚上，回荡着公主的嚎哭。他又犯起了犹豫。

"女官们叫我们快逃！其余由她们想办法。先生早点离开吧。"

经菱川这么一督促，本多汗流满面地跑过宽阔的前院。

汽车一旦开出，菱川对气喘吁吁的本多说道：

"对不起，让您受了惊吓。"

"没关系，也不是头一回了。"

本多用洁白的大手帕擦擦汗水，故作镇静地回答。

"先生刚才对公主，说什么'本来想从印度乘飞机回来，但军用飞机订不到席位'。对吧？"

"我是这么说的。"

"是我翻译错了，一下子漏底了。我译成：'不久就要乘飞机回日本，因为是军用飞机，包括您的席位，都订不到。所以不能带您去。'接着她又说：'我不让你走。''无论如何，你都得带我回去。'由此大闹起来。女官们怪您违反约定，才那样两眼瞪着您的。哎呀呀，都怪我不好，我实在对不起您。"

菱川若无其事地表白一番。

±
二

　　日泰定期航线，去年即昭和十五年开通。日本为了封锁救援蒋介石的物资，向法属印度支那派遣了监视委员。于是，法属印度支那的态度全然软化，除了恢复已有的台北—河内—曼谷航线外，再开通一条经由西贡的南亚迂回航线。

　　这是由日本航空股份有限公司经营的民用航线。可是，五井物产每当招待重要客人时，总要偷偷订购军用飞机票。因为他们认为，军用飞机固然座位设备差，但速度快，发动机优良，不失为最佳选择。他们这样做，一方面给迎接的人以公务紧急的印象，一方面对军方显示一下五井物产的威势。

　　本多对热带风物抱着惜别之情。随着金色的佛塔在浓绿的密林中渐渐变小，他觉得，自己在这里品味到的转生的机缘，将全部化作一篇童话，一场梦幻。转生的证据如此齐备，因为月光公主年幼无知，致使一切都纷然杂陈于童谣的哀欢之中，未能触及清显和勋一生的系列流程和湍激的归结，却好似一辆吸引游人奇异目光的疯狂的彩车。

奇迹也要有日常性，这真不可思议！随着飞机飞临日本，本多变得心性安然。因为他要回归的地方，只剩下免除奇迹的日常性了。他不仅丧失了理性的法则，甚至也丧失了感情的桎梏。就连同月光公主分别一事，也没有格外的悲伤。即便在机舱里，遇见口沫四溅谈论即将来临的战争的军人，他不但不嫌烦扰，反而无动于衷。

看到前来接机的妻子的身影，本多自然涌起一股怀念之情。正如预料的那样，他切实感到，离开日本时的自己同归来时的自己，以这张因睡眠不足而略显浮肿的面孔为媒介，眼见着融为一体了。二者时间间隔的消失，旅行留下的深红的伤口，看来早已云消雾散，不留任何痕迹了。

"您回来啦？"

妻子站在出迎的人们的背后，从肩膀上扯下素色的羊绒披肩，冲着本多鞠躬致意。她那有着固定形状的熟悉的刘海蓬松着，几乎碰到本多的鼻子尖，散发着些许烤焦的药水味。她平时对美容院的造型颇不中意，一回到家就忙不迭亲手将电烫的卷发捋直些，以便符合寻常的发型。

"婆婆身体很好。不过，夜间太凉，不能让她感冒，所以留在家里等候你。"

梨枝未等丈夫发问就先提到婆婆的情况，语气里不带任何例行公事的口吻，本多听了很舒心。生活本应如此啊！

回家的汽车上，本多吩咐道：

"明天早些去商店，给我买个娃娃来。"

"好的。"

"我在泰国见到小公主，答应送她一个日本娃娃。"

"普通的光头日本娃娃行吗？"

"对了，不要太大的，这么大小就行了。"

本多两只手掌相隔一段距离，由胸到腹比画了一下。他本来打算送个寓意"女变男"[1]的男娃娃，但因显得不太自然而作罢了。

本乡住宅的大门外，年迈的母亲身穿细条纹和服，耸着双肩，迎接儿子的归来。剪短的头发染得乌黑，金丝眼镜的细腿儿越过鬓发，架在耳轮上。本多本来想找机会劝母亲不要这样，但他的想法总是落后一步。

本多在母亲和妻子的陪伴下，穿过榻榻米走廊，进入那依旧宽广、晦暗和阴冷的里屋，这时他感到自己举步之间，有点像父亲归宅时的足履了。

"这下子好啦，趁着没打仗能回来。我可一直揪着心呢。"

曾经是爱国妇人会一名热心干部的母亲，一边走在寒冷的夜风穿堂而过的廊缘上，一边喘息着说。老母亲害怕战争。

——歇息了两三天后，本多开始到丸大厦的事

1　佛教认为，女人有"五障"，必先转生男儿身，方能成佛。

务所上班。虽说工作繁忙，但总算过上了安稳的日子。日本的冬天迅速唤醒了他的理性。那理性宛若东南亚之旅无法见到的冬季的候鸟，像一飞到他回归日本的冰冻心灵的港湾的仙鹤。

十二月八日的早晨，妻子来到他的卧室叫醒他：

"这么早喊醒您，真是对不起。"

妻子静静地说。

"什么事？"

莫非母亲的身体发生了异变？他立即起来了。

"和美国开始作战了，刚才，收音机广播说……"

梨枝的语调里，依旧带着提早叫醒丈夫的歉意。

——那天一早，他到事务所上班，攻打珍珠港的消息闹得沸沸扬扬，根本不能安心做事。年轻的女职员一阵阵狂笑不止。本多对此甚为惊奇，他想，女人这东西，难道只知道将爱国的欢乐和肉体的欢乐搅和在一起加以表现吗？

午休的时间到了。事务所的同事们商量一起到皇宫前的广场去。本多送走他们，锁上事务所，一个人独自踏上饭后的散步小路，然而，他也不由自主朝着二重桥前的广场走去。

丸之内一带的人，或许都有一个共同的想法。宽阔的步行道上挤满了人。

"我已经四十七岁了。"本多思忖着，无论肉体还是精神，不再葆有青春、勇武而无垢的热情了。再有十年或许就得准备后事了。不过，再怎么着，自己也不会死于战火。本多没有军籍，即便有，也不必担心会被派往前线。

对于那些年轻人果敢的爱国行为，他正值站在远方拍手叫好的年龄段上。快去轰炸夏威夷！从他的年龄上说，已经同这种英勇卓绝的行为无缘了。

与之隔绝的只是年龄吗？绝非如此。本多本来就不是为行动而活着的。

他的人生，一步步走向死亡，无论谁都一样。总之，他是个只知道向前跨步的人。他不曾奔跑过。他曾经救助过别人，可未曾遭遇被人解救的危急关头。他缺乏被人救助的资质。他从未感受过这样的危急，即人们对自己不由自主地伸出手臂；自己也希望实施具有重要或光辉价值的救助。（这不正是自寻烦恼吗？）遗憾的是，他是一个缺少烦恼特立独行的人。

如果说，本多对进攻珍珠港的狂热感到嫉妒，这话未免有些夸张。他只是确信今后自己的人生不再会大放异彩了，他被这种利己而忧郁的信念所征服。他这个人，打心眼里从未奢望过那样的辉煌！

然而另一方面，印度贝拿勒斯的梦幻一旦浮出，无论多么壮烈的荣光都黯然失色了。莫非转生的神秘，使他心灵委顿，失去勇气，所有的行动均告无效……最终令一切哲学皆为自爱所役使吗？就像那些躲避焰火在身旁爆炸的人，本多感到，人们的狂热反而使得自己的心胸变得无比狭窄起来。

群集于二重桥前边的人们，手里挥动着太阳旗，高呼"万岁"，站在远处既能看到，又能听到。本多和他们之间，隔着广阔的沙石地面，远远可以眺望护城河岸的枯草和冬日松树的颜色。他两手插在外套口袋里站立着，身穿蓝色工作服的两位姑娘手挽手，欢笑着打他身旁经过，向二重桥方向奔跑，洁白的牙齿在冬日的太阳下闪耀着莹润的光亮。

温婉而秀美的冬日的芳唇，飘然离去的倩影，澄澈的空气，瞬息间嫣然一笑、娇艳无比、倏忽闪过的少女咧开的小嘴……可以肯定，轰炸机上的勇士有时会梦见这样的樱唇。青年人尽皆如此。他们一边寻求最苛酷的，一边迷醉于最柔媚的。所谓最为柔媚的，或许就是死吧？……本多自己也曾经是这样的青年。但他绝非一心追求死的"有为的青年"。

此刻，本多的眼里，冬日照耀下的广阔的沙石空间，突然化为一片漠漠荒原。三十年前，清显给他看过的日俄战争影集中的照片《凭吊得利寺附近战死者》，清晰地浮现在脑海里，以至于同眼前的风景相重叠，最后全部被占领。那是战争终结，这是战争开始。尽管如此，这也是不祥的幻景。

远景是一带模糊的倾斜的山峦，左手宽阔的山裙徐徐隆起；右手的远方是稀稀落落的小树林，消失在黄尘的地平线上。代替山峦渐渐向右手升起的树林之间，透露着灰黄的天空……

这是那张照片的背景。画面正中央有一个插着白木墓标，飘卷着白布的小小祭坛，上面放置着鲜花。几千名士兵围在四周，垂手而立。

　　本多的眼睛清清楚楚看到了这幅幻景。再次响起"万岁"的呼声，眼前又出现了鲜亮的太阳旗。这一幻景，使得本多满心里充溢着莫名的悲伤。

十三

——战争年代，本多一有余暇就专心于轮回转生的研究，他尝到了到处搜寻这种不合时宜的书籍的甜头。随着新出版的书越来越无聊，战时旧书店里尘封的精装图书畅销起来。只有这种地方，才会公开销售超然于时代的知识和趣味。而且比起世上物价的飞腾，不论西洋书籍还是日本书籍，售价既稳定又低廉。

本多从这些古书中，认真学习了西洋的轮回转生学说。

那是公元前五世纪爱奥尼亚哲学家毕达哥拉斯的著名学说。他的轮回学说，接受了公元前七世纪至前六世纪先行的俄耳甫斯教这一风靡整个希腊的秘教的影响。而俄耳甫斯教是贯穿动乱和不安的二百年，到处煽风点火的酒神狄俄尼索斯信仰的末裔。

狄俄尼索斯来自亚洲，同希腊各地的地母神崇拜以及农耕礼仪相结合，暗示这两者本是同一源流。而且，大地母神如今鲜活的姿态，本多曾在加尔各答的迦梨女神庙亲眼见到过。酒神很早来到北方之国色雷斯，与冬同死，与春共醒，体现着自然循环的生命。尽管酒神装出多么快活和骄纵的样子，他都是那些夭折的美少年——以阿多尼斯为代表的年轻的五谷精灵们的先祖。如同阿多尼斯必将和女神阿芙洛狄忒相会，狄俄尼索斯自此以后，也将于各地的密仪里，同大地母神相结缡。在德尔斐，酒神与地母神并祀。还有，勒拿密仪的主神，即为这些男女诸神的神圣组合。

酒神来自亚洲。这种带来狂乱、淫荡、啖生肉和杀人的宗教，正是作为"灵魂"所必须解决的问题而来自亚洲。此种狂热，既不容许澄明的理性，也不容许人类与诸神停留于坚固的美的形态中。这就好比阿波罗希腊丰饶的原野，突然袭来隐天蔽日的浩大的蝗群，转眼之间吃光了庄稼，使田园变成枯野。本多不得不联想起自己印度之旅的经历。

一切邪恶的东西，酩酊、死亡、发狂、热病和破坏……所有这些，为何能那样迷惑人类，将人们的灵魂引向"邪路"？人类的灵魂为何会如此割舍安适、幽暗而静谧的家室，非要跑到外面去不行呢？他们的心灵为何如此害怕平静的停滞呢？

这种事既产生于历史，也产生于个人。因为人类感觉到，只有这样，才能用指头触及整个圆形的宇宙，那种整体，那种圆满。酩酒，披发，自毁衣衫，裸露生殖器，口啖生肉，鲜血淋漓……毫无疑问，人们是想通过这些行为，用自己微小的指尖去接触一下"整体"。

这就是经过俄耳甫斯教一番洗涤，又被密仪化的"凭灵"（灵魂附体）和"脱自"（灵魂脱出）的"灵的体验"。

其中，最初将希腊的思考引向轮回转生的就是"脱自"体验，因为转生最为深刻的心理源泉是"恍惚"。

俄耳甫斯教所信奉的神话中，酒神本唤作狄俄尼索斯·扎格柔斯。扎格柔斯是地母神的女儿珀尔塞福涅和大神宙斯生的孩子，从婴儿时起，就受到父神钟爱，被委任为未来世界的统治者。传说天神宙斯热恋地母神女儿珀尔塞福涅时，是化作大地精灵大蟒蛇同她交合的。

这事惹恼了忌妒心很深的宙斯的妻子赫拉，她唆使地下巨人提坦，利用玩具诱骗幼儿扎格柔斯，将其虐杀肢解，煮熟而啖之。赫拉将唯一留下的心脏献给宙斯，宙斯又转给墨默勒，由此获得新生，即为酒神狄俄尼索斯。

另一方面，提坦的行为得罪了宙斯，宙斯发动雷霆轰击，将其烧成灰烬。其后提坦由灰烬转化为人。

因此，人类一方面继承了提坦邪恶的品性，同时又因为吞下的扎格柔斯的肉香，而体内保有神的要素。俄耳甫斯教倡导应由"脱自"皈依酒神狄俄尼索斯，通过自我神化而达到神圣的本源。其圣餐的仪轨，后来甚至波及基督教的圣饼和葡萄酒。

被色雷斯的女人们割断四肢而死的乐人俄耳甫斯，仿佛再现了狄俄尼索斯之死。他的死与复活，以及冥府的秘密，组成俄耳甫斯教重要的教义。

由"脱自"而脱出体外的游魂，既然于瞬间可以接触狄俄尼索斯的神秘，人类应该早已知道灵与肉的分离。肉产生于提坦罪恶的灰烬；灵残留着狄俄尼索斯的清纯的余香。而且，俄耳甫斯教义上说，地上的苦并不与肉体之死同归于尽，脱离死亡肉体的灵魂暂时留驻在黄泉，不久重新出现于地上，寄宿于别的人或动物的肉体里，围绕无限的"生成之环"旋转不止。

其实，带有圣性的不灭的灵魂，之所以必须围绕如此黑暗的弯路迂回不息，归根结底，是由肉所犯下的原罪，以及提坦杀害扎格柔斯所引起的。地上的生活又添新罪，罪罪相加，人永远摆脱不了轮回之苦。因为有罪，不一定转生成人，也可能变成马、羊、鸟、狗，或者变成冰冷的蛇终生在地上爬行。

所谓俄耳甫斯教之祖述或深化的毕达哥拉斯教团，以轮回转生说和宇宙呼吸说为其教义的特色。

后来，本多在同印度思想作永恒对话的弥兰陀王[1]的生命观灵魂观里，找到了这种"宇宙呼吸"思

1　即米南德一世，印度－希腊王国国王，佛教三大护法王之一。

想的痕迹。这种思想也和我们古神道的密仪相似。

比起小乘佛教那种童话式的明朗的《本生经》，与之教义相通但充满爱奥尼亚灰暗的忧愁的轮回说，弄得本多身心疲惫，他很想听听主张万物流转的哲学家赫拉克利特的论说。

正是在这种流动的统一的哲学中，"凭灵"和"脱自"合二为一，一就是一切，一来自一切，一切来自一。在超越时空的领域，自我消失，很容易同宇宙合为一体。在神的体验里，我们将成为一切。在那里，人、自然、鸟兽，以及随风絮语的森林，鱼鳞闪耀的小河，云遮雾绕的山峦，绿岛簇簇的海洋……所有这些，都互相脱出存在的樊篱，融合为一体了。赫拉克利特所宣扬的就是这样的世界。

> 无论生者与死者，
>
> 无论清醒与沉睡，
>
> 无论青年与老年，
>
> 一切都化为一体。
>
> 此方流转为彼方，

彼方再流转为此方。

神就是昼与夜，

神就是冬与夏，

神就是战争与和平，

神就是丰饶与饥饿。

神随时可以变成一切。

昼夜为一体，

善恶为一体，

圆周上的终点起点皆一体。

　　这就是赫拉克利特雄浑的思想。当本多接触这种思想、受到炫目的光明时，确实获得一种解放感。同时，他又不想将自己捂住眩惑眼睛的双手仓促移开。这是因为，他一方面害怕盲目，另一方面觉得自己的感性和思想尚不成熟，还不足以饱享如此无边无际的光明。

十四

……因而，本多暂时转移目光，埋头钻研十七、十八世纪意大利得以复苏的轮回转生学说。

生在十六、十七世纪的修道士托马索·康帕内拉[1]信奉轮回转生学说。这位异端和叛逆的哲学家，历经二十七年牢狱生活之后，被法国收容，度过颇具荣耀的幸福的晚年。路易十四诞生时，他以此作为自己轮回学说的实证而献上赞歌。

康帕内拉向鲍提罗学习婆罗门教徒的轮回转生论，他甚至通晓猴子、大象和牛等死后灵魂转生的秘密。他又假托毕达哥拉斯教团信奉灵魂不灭和轮回转生，将其代表作《太阳城》的居民，定为"来自印度，

---

1 托马索·康帕内拉（Tommaso Campanella，1568—1639），意大利哲学家，著有乌托邦名作《太阳城》。

以身逃逸莫卧儿人篡夺和暴虐的贤人"。既把他们称作"毕达哥拉斯式的婆罗门教徒",又对他们的轮回信仰闪烁其词。但是,康帕内拉本人却宣扬"死后的灵魂既不进地狱和炼狱,也不进天国"。

据闻,可以约略窥见其轮回说的,是他的《高加索十四行诗》。康帕内拉在诗中充分流露了悲伤的感怀。他在歌中唱道:人类不会因为自己的死而向上,即使转化祸端,邪恶将愈益荣光。此种事亦非鲜见。死后虽然感觉永存,那仅是为了忘却现世的烦恼。既然不知道前生是苦还是和平,又怎会明白死后的情景?

比起贝拿勒斯的欣求,倡导轮回说的西欧人尽皆沉沦于现世的不如意和现世的悲愁之中。不求来世之欢喜,但求将其忘却。

说到这里,十八世纪的哲学家,那位笛卡尔的激烈反对者维柯,论及勇气和斗志,虽然同样倡导轮回说,但立于尼采那种回归永劫的先驱地位。维柯基于一知半解的知识,称扬日本人是尚武的民族,他说:"日本人就像迦太基战役中的罗马人,礼赞英雄的人性，武事勇猛，具有拉丁语似的语言。"本多欣然读到这一节。

维柯用回归的观念解释历史。就是说，各种文明都是以较之最初"感觉的野蛮"更加恶劣的"反省的野蛮"为其终结的。前者意味着高洁的未开化性，后者意味着卑劣狡猾、奸佞谲诈。这种有毒的"反省的野蛮""文明的野蛮"，在几个世纪的过程中，又不能不受到新的"感觉的野蛮"的入侵而走向衰亡……本多似乎在不长的日本现代史上，也如实看到了这种情形。

维柯相信天主教神支配一切的教义，但他吐露如下一个不可知论者的言说时，似乎又极为接近"业感缘起论"。

"神与被造物是个别的实体，而且存在理由和本质为实体所固有，因而被创造的实体，即便在本质方面，也与神的实体各异。"

如果将这种作为实体的被造物看作是"法"与"我"，将存在理由看作是"业"，那么，要成为别一时空的神的实体，只能靠"解脱"。

维柯在他的神学理论中倡导说，神的创造"内里地"转化为被创造的物体，"外部地"转化为事实，因此，世界是在时间中创造的。他认为，作为神的反映、思念无限和永恒的人的精神，不受肉体限制，因此也不受时间限制，所以是不死的。至于无限者如何堕入有限的事物中，他却委弃于不可知论，不愿涉及。然而，轮回转生说的睿智正表现于此。

细思之，印度哲学一味依赖不排除幻想和梦的不屈的认识力，最终竟然能同不可知论无缘，实在令人吃惊。

十五

……直到本多弄明白西洋这些轮回思想，均由极其孤独的思想家，自古代细细传承下来之后，他对下述这件事，也就不觉得奇怪了。公元前二世纪，当统治印度西北方的弥兰陀王会见那先比丘，提出种种问题的时候，他随之对佛教的轮回转生说抱有极大的怀疑和好奇心，似乎将希腊自古以来的毕达哥拉斯派哲学彻底抛诸脑后了。

日译版《大藏经》里的《弥兰陀王问经》卷一，开头这样描写王都：

　　如是所闻。希腊人（殖民）建国之地方，有奢羯罗都府。那里是通商贸易之一大中心地，山紫水明，有公园，有花圃，有森林，有池沼，有湖水。山川林野（天然的）成为极乐净土愉快之土地。居于此地之人民，富有敬虔之念。不仅如此，因其敌手尽皆扫荡，彼等未感丝毫不安与压迫。此座王城，周围鹿砦叠叠，堡垒种种。城门宏壮，拱门威严。粉墙高耸，壕沟深广。防备严整，万无一失。且市街之广场、十字街、集市等，均设计精巧。商厦店面装饰美丽，高价商品琳琅满目。数百座慈惠院，更显市街之庄严。数千大厦高阁，恰如喜马拉雅山巅，巍巍乎高耸云表。然市街之上，男子如松树，女子赛鲜花，婆罗门、刹帝利、毗舍、首陀等，上中下各阶级人等，群集往来。

彼等市民，为欢迎各教各派学者教师，奢羯罗府呈现各宗长老硕学巢窟之观。此外，街头之上，贩卖名为克茨姆巴拉的贝拿勒斯纺织品及其他各种布匹的大小商铺鳞次栉比。花香市场上发散着馥郁的芳香，净化了闹市。出售如意宝珠及其他宝石类的商店，以及金银铜石等杂货店不可数计，宛如走进眼花缭乱的宝山一般，良多趣味。（随步移转别地）既有大型谷物商店，又有储存高级商品的仓库。还有各种饮食店、各类糕点商店，毫无不便之处。总而言之，这座奢羯罗府，富可与北俱卢州相匹敌，其繁华之状可与阿拉卡玛达，即天上街市相颉颃。

自恃才高、巧言善辩所向无敌、视印度为智慧之秕糠的弥兰陀王，初次会见具有真知灼见的那先比丘，就是在这座光怪陆离的都市里。

接着，弥兰陀王向那先比丘提出这样的疑问："高僧啊，当我呼唤那先比丘的时候，这位那先比丘是何许人也？"

比丘反问：

"您以为那先比丘是何许人也？"

"高僧啊，我认为那先比丘就是存于身体内部，作为风（呼吸）而出入的生命（灵魂）。"

本多读到这里，从王的回答里，不能不想起毕达哥拉斯的宇宙呼吸说。就是说，希腊语的灵魂，本来意味着气息，如果人的灵魂是气息，人就好像是靠空气维持生存的。全宇宙都是如此，有赖气息和空气相互抱合在一起。这就是爱奥尼亚所提倡的自然哲学理论。

比丘进一步反问，吹法螺者、吹笛者，还有吹角笛者的气息一旦吐出再也不能回返，但他们却不会死，这是为什么？王回答不上来。于是，那先比丘用一句话暗示了希腊哲学和佛教的根本差异。

"灵魂并不存在于呼吸之中。出气和进气只能成为身体的潜势力（蕴蓄）。"

……本多此时立即预感到下一页的问答。

"王问曰：

'高僧，无论什么人死后都能还阳吗？'

'有的人能，有的人不能。'

'他们是什么样的人呢？'

'有罪障之人能还阳，没有罪障、清净之人不能还阳。'

'高僧您能还阳吗？'

'我死时，如果心中执着于生，可以还阳，否则

不能还阳。'

　　'善哉，高僧啊。'"

　　——从这时起，弥兰陀王心中产生了炽烈的探究欲，就轮回转生说一个接一个执拗地提出一系列问题。佛教之中"无我"的论证，还有王关于"既然无我，为何有轮回"等轮回主体的追究，均以希腊式对话螺旋状的穷理方法，对那先比丘紧追不舍。这是因为，如果轮回是由善因乐果、恶因苦果的业业相续产生的报应，那么就需要有对行为负责的恒常性的主体。可是，比丘所属部派佛教的阿毗达摩教学中，既然明显地否定《奥义书》时代承认的"我"，那么不知后世精巧的唯识论体系的长老，只能停留于这样的回答："没有作为实体的轮回的主体。"

　　那先比丘将轮回转生比作一盏明灯，那傍晚的火焰、深夜的火焰，将近黎明时刻的火焰，既不是完全相同的火焰，也不是另一种火焰，它们依存于同一盏灯光，彻夜长明。本多感到这种比喻具有无可形容的美。作为缘生的个人的存在，并非实体的存在，只能是此种火焰般的"事象的连续"。

那先比丘又说：

"所谓时间，就是轮回的生存本身。"

这同很久以后出现的意大利哲学家的主张十分相似。

十六

……不过，弥兰陀同佛教徒对话，他只能这么做。王作为一个外国人，从一开始就置身于印度教之外。他虽然是统治者，但未能享受印度种姓制度的生活，无论怎样想接近印度教，也只能被排除在外。

本多最初接触"轮回转生"这个词，是三十年前在松枝清显家听月修寺门迹讲解佛法之后，亲自阅读迭朗善的《摩奴法典》法译本的时候。公元前二世纪至公元二世纪之间出现的这部法典，传承了始于公元前八世纪"梵我一体"的《奥义书》时代确立的轮回思想。《奥义书》上说：

"诚然，善业之人为善，恶业之人为恶。因净行而得净，因恶业而获黑。故曰：人由欲而成，从欲而有意向。从意向而有业，因业而有轮回。"

看来，本多在贝拿勒斯的体验，或许早在很久之前的十九岁阅读这部法典时就已注定下来了。《摩奴法典》包含宗教、道德、习惯和法律等，森罗万象，始于开天辟地，终于轮回。且由于贤明的英国人的帮助，在英国统治印度期间，对于居住在印度的印度教徒来说，这部法典实际上作为现行法律一直在发挥作用。

重读此书的本多，再一次得以接触贝拿勒斯那般欢喜和渴仰的源泉。这是因为《摩奴法典》在庄严的第一章里，描写了这样的情景：排除混沌的幽暗、自行光辉而出的自存神，首先造水，置种子于水中，种子成长为太阳般光辉闪耀的黄金蛋。一年后，金蛋破壳，诞生了全世界之祖梵天。养育梵天成长的水，就是贝拿勒斯的水。

《摩奴法典》讲述的轮回之法，大体将转生分为三种：支配一切众生肉体的三种性之中，欢欣、寂静，且充满清洁、光辉感情的"智"的性，转生为神；好事业，优柔寡断，从事不正工作，又常耽于感觉的享乐的"无智"的性，转生为人；放逸慵懒，无气力，残忍，无信仰，惯于邪恶生活的"闇钝"（Tamas）的性，转生为畜生。

转生为畜生的罪，规定精细。杀害婆罗门者，投胎于狗、猪、驴、牛、山羊、绵羊、鹿和鸟；盗取婆罗门钱财的婆罗门，一千回投胎于蜘蛛、蛇、蜥蜴以及水栖动物；侵犯尊者卧床者，一百次转生为草、灌木以及蔓草，还会转生为食肉兽；盗窃谷物者，投生为鼠；盗窃蜂蜜者，变成牛虻；盗窃牛奶者，变成乌鸦；盗窃调味品者，变成狗；盗窃肉类者，变成秃鹰；盗窃肥肉者，变成鹈鹕；盗窃盐者，变成蟋蟀；盗窃绢丝者，变成鹧鸪；盗窃亚麻布者，变成蛙；盗窃棉布者，变成鹤；盗窃牛者，变成大蜥蜴；盗窃香料者，变成麝香鼠；盗窃蔬菜者，变成孔雀；盗窃火者，变成苍鹭；盗窃家具者，变成黄蜂；盗窃马者，变成虎；盗窃妇女者，变成熊；盗窃水者，变成布谷鸟；盗窃果实者，变成猿猴。

十七

……在这方面，泰国的小乘佛教依据保存完好的巴利语原典版本《南传大藏经本生经》朴素的教义认为，即便是佛陀，在其过去世菩萨行时期，无罪而轻易转生为鼠、金天鹅，也不足为怪。

泰国流行的南传佛教，直至明治时代尚不为日本所知晓。佛陀入寂之后约百年乃至二百年间，小乘佛教分裂为多数部派，号称小乘二十部。其中，公元前三世纪，由阿育王治下的摩哂陀传至锡兰的分别上座部，如今仍然流行于锡兰、缅甸、泰国和柬埔寨等国家。

用巴利语撰写的分别上座部的巴利三藏之中，巨细罗列殆尽的律藏规定，时至今日依然是泰国修行僧的戒律，其日常规制极其细微，比丘二百五十戒，比丘尼三百五十戒。

这里的轮回转生观又是怎样的呢？和唯识论有何区别？带有何种特色？且不说年幼公主的信仰，曼谷街头随处走动的穿着郁金衣袒露一臂的僧侣们，他们每人藏在心底的轮回思想怎么样呢？本多多方涉猎佛典，务必想弄个明白。

他终于知道了，南传上座部的这些教义，皆源于同弥兰陀王对话的那先比丘所属的阿毗达摩教学。关于《弥兰陀王问经》流布的过程，有的学者认为，起初可能是在希腊殖民地印度西北所作，后来经改写为巴利文，最后再行增补，传到锡兰，不久又由锡兰流布到缅甸、泰国等国家。而后成为暹罗版的《大藏经》——《弥兰陀王问经》。

因此，泰国人信奉的轮回观，可以认为和那先比丘的轮回观相等。这个部派认为：

"引起轮回转生的业的本体，是'思'，即意志。"

此种认识，同《阿含经》所说颇为一致，近似佛教最本原的思想。从动机论的立场来说，正如该派所主张的，人的肉体和外界的事物，本来无善恶，使其为善或为恶者，悉来自心灵，也就是"思"，是"意志"。

说到这里可以停止了，但阿毗达摩教学为了说明"无我"，又从物质界全体的"无记"进一步说明。就是说，假如这里有一辆车，构成车子的诸要素，尽管只是物质的诸要素，但乘车的人轧死人后逃逸，车子成为罪之器，而心和意志则成为罪与业的原因。因此，我们本来是无我的。然而，"思"乘坐其上，以贪、嗔、邪见、无贪、无嗔、正见等六业道，引起轮回转生。尽管"思"是轮回转生的原因，但不是主体。主体最终弄不明白。来世只是今世的连续，同现世连成一体永不熄灭的长明灯，即是生。

要说泰国年幼的公主内心里发生了什么变化，关于这一点，本多倒是很能理解。

每年一到雨季，曼谷所有的河流泛滥，道路和河川、河川和田埂的界限骤然消失，道路成河，河成道路。那里的一颗幼小的心灵也会梦见洪水泛滥，冒犯现世，来世和过去世也将掘开堤坝，使得今世变成一片汪洋。这无疑是不稀奇的。而且，经泛滥涵濡的田畴，又会冒出青青的稻叶，原来的河水和田畦里的水，沐浴着同样的太阳，辉映着同样的乌云。

就这样，月光公主的心里，也会出现自己意识不到的来世和过去世的洪水，在雨后月光辉煌照耀的水域，当她遥望各处残留的岛屿般的现世的证迹，也许反而使她难以置信吧？堤坝已经崩溃，境界已经打破。剩下的只有过去世，任人自由评说。

十八

……本多没有料到，仅凭留在曼谷的一缕美丽而可爱的谜丝，就能轻而易举地使他回到曾经给年轻时的自己带来极大苦恼的唯识论，回到那宏伟的大伽蓝般的大乘佛教的体系之中。

尽管如此，唯识毕竟是一座令人眼花缭乱的崇高的智慧宗教的殿堂，它以最周到而精密的理论，化解了一时否定"我"与"魂"的佛教围绕轮回转生的"主体"而出现的理论上的困难。那错综复杂的哲学的组合，宛若曼谷拂晓的寺庙，以充满黎明的凉风与微光的幽玄的时间，贯穿着早晨淡青色的广大空间。

轮回和无我的矛盾，几个世纪都未能解决的矛盾，终于通过唯识解决了。是什么轮回于生死，或者往生于净土？究竟是什么？

……

本来，最早使用"唯识"一词的是印度的无着。无着的一生因他的名字于公元六世纪初叶，通过《金刚仙论》传往中国，所以有一半包裹于传说之中。唯识论本发端于《大乘阿毗达摩经》，如后来所阐述的那样，《阿毗达摩经》的一个偈子，成为唯识论最重要的核心。无着在其代表作《摄大乘论》中，将这些加以系统化了。因而，"阿毗达摩"在经、律、论三藏中，即为意味着"论"的梵语。因而，所谓《大乘阿毗达摩经》，等同于《大乘论经》。

我们平时以"六感"的精神作用而活着，就是眼、耳、鼻、舌、身、意六识。唯识论又先行建立了第七识即末那识，可以理解为是包含自我以及个人自我意识之全部。然而，唯识不止于此，还为未来之底里设想了阿赖耶识这种终极之识。如同汉译为"藏"，这是保藏存在世界一切种子的一种识。

生命在活动。阿赖耶识在运动。这个识是总报的果体，包藏着一切活动结果的种子。所以我们的生存，毕竟只是阿赖耶识活动的结果。

这种识正如瀑布一样不断流动，飞洒白沫。虽然瀑布常在眼前，但一瞬一瞬的流水都不相同。水不断地相续流转，奔腾，水花四溅。

集无着之说为大成，著有《唯识三十颂》的世亲说过一句话：

恒转如暴流。

二十岁的本多为了清显而访问月修寺时，曾经听年老的门迹说过同样的话，当时他下意识地记住了这句话。

这又使他想起不久前印度之旅去阿旃陀的情景，当他走出似乎刚有人待过的僧院时，立即闯入眼帘的是落入瓦格河的一对瀑布。

也许这一对最终极的瀑布，和当初会见勋的三轮山的三光瀑布，还有遥远的往昔，映出老门迹姿影的松枝宅邸的瀑布，如镜中影像一般相互辉耀吧？

阿赖耶识里种植着所有会结果的种子。只要活着，上述七识就要运动，且不论其活动的结果，不仅那种心法的活动，就连作为对象的色法的种子，于心法的伴随下，一起种植在这里。这种种植，好比衣服上熏香的移转，成为"熏习"，并将此称作"种子熏习"。

不过，这种阿赖耶识本身是否是未曾受到玷污的中性之物，则看法不一。假若它本身是中性之物，引起轮回转生的力量必然是外力，即所谓业力。存在于外界的一切东西，一切诱惑，不，存在心里的第一识至第七识的所有迷蒙的感觉，都不得不以其业力施加影响。

然而，唯识论将这种业力，以及业力所带来的种子即业种子，看作是间接的原因（助缘），认为阿赖耶识本体包含引起轮回转生的主体和动力这两种要素。它导致人们这样的看法，即如无着所主张的，阿赖耶识自身当然不是无染的东西，而是水乳交融的和合识，一半受到污染，成为通向迷界的动力，另一半清纯无垢，成为通往达晤的动力。并且，这些内含的种子，在善、恶、业种子的帮助下，作为来世苦或乐的因果报应而现行。看重业力活动的俱舍论和唯识论相异之处就在这里。唯识认为，阿赖耶识现行于阿赖耶识的种子，形成自然法则（同类因等流果），业种子帮助此种子，使之产生道德法则（异熟因异熟果），在此展开独自世界的构造。

阿赖耶识就是这种有情总报的果体，是存在的根本原因。例如，人类的阿赖耶识现行，就只能是人类的存在。

阿赖耶识就是如此显现这个世界，我们所居住的迷界，是一切认识的根，包括一切认识的对象，并使其得以显现。这个世界是由肉体（五根）、自然界（器世界）和种子（可以使物质、精神一切现行的潜势力）组成的。我们囿于"我执"而考虑的实体——自我，以及我们死后继续思考的灵魂，如果都来自产生一切诸法的阿赖耶识，那么一切都归阿赖耶识，一切都归于识。

但是，假如我们由唯识一词引出一种唯心论的话，亦即考虑这一边会有一个作为实体的主观，并将映现在那里的世界一律看作都来自这里，那么必须指出，我们将我和阿赖耶识混为一谈了。为什么呢？因为作为常数的我，是个不变的实在，而阿赖耶识则瞬间不停地进行"无我的流动"。

无着的《摄大乘论》，把受到阿赖耶识熏染显现迷界的种子，分成三种熏习加以说明：

第一是名言种子。

例如，玫瑰是被当作美丽的花。为了使玫瑰这个名字同别的花名相区别，以便确定它如何美丽，我们来到玫瑰前面，认清它同其他的花有何区别。玫瑰首先以名字出现，概念引起想象，被引起的想象接触实体，其色香，其形态储存在记忆里。或者不知道花名而看到花很美，印在心底，促起认识它的欲望，遂知道它的名字叫玫瑰，然后纳入自己的概念世界中。我们就是这样知道了意思、名称、词汇和对象，也了解了与其相关的事情。学习未必停留于美好的名称，也不仅是正确的意思，还要把知觉和思考获得的所有成果，一概存储在无始[1]以来的记忆之中，以便今后产出世界环境来。

1　佛教用语，没有开始。佛教认为一切事物，如众生、生死、时间等都是没有开始的。因果关系即建立在"无始"的理论基础上。

第二是我执种子。

八识中第七的末那识，针对阿赖耶识发起与之有差别的我执时，这个我执主张绝对的"个我"，不久又运动其他六识，将我执熏习重复下去。本多不能不认识到，一切现代的自我形成以及自我哲学的迷蒙，都由这里产生。

第三是有支种子。

有即是三有（三界），指欲有、色有和无色有全体迷界，支即是因。造成一切迷苦世界的作为因的这个种子，正是所谓业种子。命运的差别，运与不运的不公平，都依靠这种业力的功能。

——这样就明白了，什么是轮回转生的主体，什么是生死轮回。这就是滔滔地进行"无我的流动"的阿赖耶识。

十九

……本多学习唯识论，越学越对阿赖耶识如何显现世界的情景产生兴趣。因为唯识论认为，来自阿赖耶识的因果，"同时"也就是一刹那交互起作用。而本多认为因果是按时间先后相继产生的，所以对于他来说，阿赖耶识和染污法这种同时交互因果的观念，实在难以理解。这正是唯识以及整个大乘同小乘的区别，显然表明了各自对根本世界的解释上的差异。

小乘佛教的世界，就像曼谷的雨季，河水、田水和田野不分彼此，总是连成一片，无边无际。现在那里雨季泛滥的洪水，过去也有过，未来同样会泛滥。院里开着红花的凤凰木，昨天站在那里，明天还会站在那里。如同所有的存在，假如本多死后确实还继续存在的话，本多的过去世也必定会平安地重叠转生，延续到来世。世界这种原原本本的容认，就像土地吸水一般的热带自然的容认，就是南传上座部的小乘的教诲：我们的生存横跨过去、现在和未来。过去、现在和未来像一条褐色的河悠悠流淌。河岸上长满了红树根，河水浓厚而阴郁地奔流着，存在着。这种学说就叫"三世实有法体恒有说"。

与此相反，大乘尤其是唯识，将这个世界解释为瞬时奔腾不息的激湍，或者是白花花跌落的瀑布。这个世界的姿态如果像瀑布，那么这个世界的根本原因，其认识的根据也就是瀑布。那是个一瞬一息都在生生灭灭的世界。过去的存在，未来的存在，没有任何确证，唯有亲手所及、亲眼所视的现在一刹那才是实有的。大乘这种特有的世界观，被称作"现在实有过未无体说"。

但是，为什么是实有的呢？

眼所视，手所及，如果是一枝水仙花，至少现在一刹那，水仙花以及围绕它的世界是实有的。

这是已经确认的。

那么，睡眠的时候，人们即便将水仙养在枕畔的花瓶里，深夜的一刹那一刹那，还能不能继续确证水仙花的存在呢？

当被挖眼、削耳、割鼻、切舌、分身、灭意的时候，一枝水仙花，以及围绕它的世界还存在吗？

然而，世界不能不存在！

第七识末那识，也许是以我执肯定世界，或否定世界。既然有自我，而且既然有自我的认识，哪怕失去五感，它周围的钢笔、花瓶、墨水瓶、红玻璃水杯（水杯上面，白色窗棂的十字架，在晨光里映出一条优美的曲线）、《六法全书》、镇纸、桌子、墙板、画框，及其延长线上所罗列的世界也都存在。或者说，既然有自我，而且既然有自我的认识，世界的一切只不过是现象的影子，认识的投影。所以，世界归于无，世界不存在——这种我执的习气，尊大倨傲，是想把世界当作一个美丽的皮球踢来踢去吗？

然而，世界不能不存在！

为此，必须有生产世界，并使世界存在，使一枝水仙存在，一瞬一瞬不断受其保护的识。这就是阿赖耶识，使无明的长夜存在，且在这无明的长夜独醒，

一刹那一刹那，像持续保护实存和实有的北极星般的
究极的识。

为什么呢？因为世界不能不存在！

即使第七识之前将整个世界都说成无，或者即
使五蕴[1]悉灭，死来临，只要有阿赖耶识，世界依此
就能存在。万物皆靠阿赖耶识而存在。因为有阿赖耶
识就有了一切。但是，假如阿赖耶识毁灭了呢？

然而，世界不能不存在！

因此，阿赖耶识不会毁灭。就像瀑布，一瞬一
瞬的水虽然都不一样，但都在不断地奔腾流泻。

为了使世界得以存在，就这样，阿赖耶识永远
流淌。

无论如何，世界都不能不存在下去！

那么，为什么呢？

为什么？因为只有作为迷界的世界存在下去，
才能被带向悟的机缘。

世界不能不存在，这是究极的道德的邀请。这

---

1 生命存在的五个要素：色、受、想、行、识。

就是阿赖耶识对为什么世界必须存在这一问题的最终回答。

假若作为迷界世界的实有是究极的道德的邀请，那么只有产生一切诸法的阿赖耶识是那个道德的邀请的源头。到那时，不能不承认阿赖耶识和世界，亦即阿赖耶识和染污法所形成的迷界是相互依存的。为什么呢？因为没有阿赖耶识，世界就不会存在；世界不存在，阿赖耶识就没有亲自作为主体实行轮回转生的场所。因而，通往悟达之路就永远被封锁。

在最高的道德的邀请下，阿赖耶识和世界互相依存，阿赖耶识也依据着世界存在的必要性。

而且，如果只是现在的一刹那是实有，保证一刹那实有最终的根据是阿赖耶识，那么同时，显现世界一切的阿赖耶识就存在于时间的轴和空间的轴的交叉点上。

到这里，本多终于明白了，唯识论独特的同时更互因果的理产生了。

佛典之所以为佛典，因为是释迦佛陀直接的教

诲，是典据。就是说必须具有圣教量[1]。但唯识论在
《大乘阿毗达摩经》最难理解的一偈中才找到典据。

> 诸法藏于识，
>
> 识在法里躲。
>
> 二者互为因，
>
> 又常互为果。

本多所理解的，就是这些。

根据阿赖耶识的因缘相续，若将世界当作现在
一刹那的断片来看，该是下面这种情况。

就像把黄瓜切成圆片，在现在的一瞬间，也把
世界切成圆片，看看它的断面吧。

虽然世界是在瞬息之间生生灭灭，但在这横断
面上，只有生生灭灭的三种样态：一是"种子生现
行"，一是"现行熏种子"，一是"种子生种子"。"种
子生现行"是种子使得现在的世界得以存在的姿态，

1　圣者所说之教示正确无误，依之可以量知种种义趣，故称圣教量。
　又叫正教量或至教量。

其中当然包含过去的习气，过去拖着尾巴。"现行熏种子"描绘了现在的世界，受阿赖耶识的种子的熏习，未来污染下去的情景。当然，给未来投下了不安的阴影。但是，并非所有的种子因现行而污染再产生现行，那里自有虽被污染但种子只是延续为种子的部分。这就是"种子生种子"。而且只有这第三个因果，不会在同一刹那间实行，必定按照时间的顺序"异时"延续。

世界以这三种样态，于现在的一刹那，全部显现在这里。

而且，"种子生现行"和"现行熏种子"，于同一刹那间新生，且于同一刹那间交互影响，并于同一刹那间灭亡。一个瞬间的横断面，紧紧依靠种子延续、舍弃，转移到下一个瞬间的横断面。我们的世界构造，可以说就像将阿赖耶识的种子穿成串儿，不停地匆匆穿透无数个刹那的横断面，就像穿过切成的黄瓜片一般，穿过一些，丢弃一些。

轮回转生的准备贯穿人的漫长的一生，并非死后才开始进行。世界一瞬一瞬刷新，同时一瞬一瞬废弃。

种子就是这样一瞬一瞬使得世界这朵巨大的迷惘之花开放，且又不断废弃，不断延续。种子生种子这种延续，正如前边所述，需要业种子的助缘。至于这种助缘由何而得，靠的是一瞬间现行的熏。

唯识真正的意义不外乎是，这个世界所有的一切，都能出现于我们现在的一刹那。而且，一刹那的世界，一旦湮灭于下一个一刹那，又会出现新的世界。现在出现于这里的世界，于下一个瞬间继续变化，继续存在下去。就这样，整个世界都是一个阿赖耶识……

二十

……经过一番思考，在本多眼里，周围的事物看起来和从前大不一样了。

本多被一件旷日持久的官司所拖累，这一天偶然被招到涩谷松涛的一座宅第，在楼上的客厅里等人。那位原告来东京没有地方可住，就时常住在一位乡下出身的富豪家里，那位富豪疏散到轻井泽，房子空了下来。

这是一场超越时代、没完没了的空前未有的诉讼。案子起始于明治三十二年制定法律时，而争端则可追溯到明治维新之初。由于内阁的更迭，被告一方也由过去的农商务大臣转为农林大臣，律师也换了好几代了。目前，本多就是按照"如果胜诉，原告所有山林的三分之一作为报酬"这一历代的契约受理此案的。本多琢磨着，这桩案子，在他活着期间也不会有结果。

本多是冲着原告从乡下给他带来白米鸡肉，借口办案应约来涩谷这座宅第玩玩的。本该早已到达的原告迟迟未到，肯定是火车旅行靠不住的缘故。

在这酷热的六月的下午，穿着国民服[1]、打着绑腿的本多，为了凉快一些，推开纵长的英国制窗户，站到窗边。没有行伍经历的他，现在还打不好绑腿，腿肚子像缠个球，走起路来仿佛拖着个布口袋，实在不得劲儿。妻子梨枝说，要是在拥挤的电车上绊倒了那就更危险。

今天，汗水已经浸湿了绑腿圆鼓鼓的一带。本多心里有数，他那身人造棉夏季国民服，粗鄙黯淡，满布皱褶，坐在身底下的部分，皱巴巴向上翘起，不管怎么熨烫都不起作用。

窗外，六月的阳光下一片宽广，可以直接望到涩谷车站一带。一周前这里刚刚遭到空袭，身边的居

1　太平洋战争期间，日本政府规定男子所穿的类似军服的服装。

民街虽然未被焚毁，但从高台脚下到车站之间，随处都是烧焦的楼房新鲜的灰烬。昭和二十年五月二十四日至二十五日，B29轰炸机五百架次，连续两个晚上轰炸了山手各个地区。至今还有硝烟味，白昼烈日之下，仿佛依然飘荡着鬼蜮般阴森的气氛。

近似火葬场的气味，而且混合着平时那种厨房里烧火的烟气，甚或还夹杂着机械化学药品工厂的那种气味。本多对这些烧焦的气味早已习惯了。所幸，本多本乡区的宅第没有罹灾。

炸弹从头顶上落下来，像钻头钻过夜空，伴随一连串尖利的金属呼啸，炸弹轰然震撼着大地，燃烧弹发出火光。在那样的夜晚，天空的一隅必然会传来一派既不像人也不像鬼的尖厉的叫声，本多后来想想，那是多么凄苦难耐的嚎叫啊！

面前的废墟上，烧红的瓦砾，坍塌的房屋原样未动。各种柱子像烤焦的黑乎乎的围栏，高低相连。上面剥落下来的灰烬，随着微风飘舞。

各处都闪耀着灿烂夺目的光芒。那是大部分被毁坏的玻璃窗，以及被烧得歪斜的玻璃扭曲的表面，还有被砸碎的瓶瓶罐罐反射过来的光亮。这些东西都争先恐后地将六月的阳光收敛于自身，本多第一次看见了瓦砾的光辉。

各座房屋的混凝土地基，虽然埋在崩塌的墙土底下，但依然界限分明。每一块地基的高低，都被午后的太阳照耀得清清楚楚。因而，烧毁的废墟整体上看宛若报纸的纸型，但又不像报纸纸型那般布满灰暗而沉郁的凹凸，而底色近似红褐瓦盆的颜色。

因为是商业街，所以庭院的树木很少。剩下的半被烤焦的街道树依然伫立路旁。几幢被烧毁的楼房，这边没有一片完好的玻璃窗上，看起来明显重叠着对过窗户射进的阳光。而且，窗外四周被喷发的火焰熏得又脏又黑。

由于这块土地坡道和高低交错的小路很多，剩下的混凝土石阶一直通向空无一物的地方。石阶上面和石阶下面也是空空如也。在这块到处都是瓦砾、不知从哪里来到哪里去的地方，只有石阶朝向一定的方向。

周围一派静寂，似乎有一种东西微微爬动，绵软地浮游着。定睛一看，仿佛黝黑的尸体被无数蛆虫吃空了，但看起来又像在蠕动。那是错觉，那是随处剥落下来的浮灰随风飘飞，有白灰，也有黑灰。飘浮的灰又附着在崩塌的墙壁上休息。有的像稻草灰，有的是书页的灰，有的是古书店的灰，有的是被褥店的灰……所有这些都一无差别交混在一起，或者不相交混地浮游着，在整个废墟上跟跄地游动着。

再看一些柏油马路，闪射着黝黑的光亮。爆裂的水管里涌流出的水，就那么放置着无人过问……

天空异样宏阔，夏云格外洁白。

——如今正是第五识给予本多的世界。战争期间，仰仗着充分的储蓄，只接受那些自己中意的工作，腾出空儿专心研究轮回转生。但这种研究眼下在本多心里，似乎正是为了显现这片废墟特意设计的。破坏者正是他自己！

然而，这一望无际烧成焦土的末日的世界，它本身既不是终结，也不是起始。它是一瞬一瞬平然更新着的世界。毫无疑问，阿赖耶识没有被任何东西动摇，它将这红褐色的废墟作为世界接受下来，于下一个瞬间又倏忽舍弃，再接受一个相同的每日每时都在加深衰亡之色的世界。

和往日的城市作比较，本多没有一点感怀。他只是切实体验到，眼睛要是迎着废墟炫目的反射，眼珠会被一片碎玻璃的闪光刺疼的话，那么下一个瞬间这块玻璃就会消失，整个遗迹也会消失，又会迎向新的废墟。以破灭对抗破灭，以更巨大更整饬的一瞬一瞬的灭亡处置无限度的颓败和破灭……是的，心中牢牢记住一刹那一刹那确实的规律性的整体的灭失，同时准备迎来不确实的未来的灭失……本多从唯识论学来这样的思考，陶醉于浑身震颤的清凉之中。

二十一

谈话结束之后，本多收下礼物，来到涩谷车站，乘电车回家。有消息说，B29 轰炸机实行大空袭，轰炸了大阪，目前瞄准的目标以关西为中心，这类谣传很多。看来东京暂时是安全的。

因此，趁着还有太阳，本多想出外逛逛，他打算登上道玄坂看看，那里有松枝侯爵宅第的遗迹。

据本多所知，松枝家于大正中期将十四万坪宅基地中的十万坪卖给箱根土地开发公司，好容易筹来半数钱款，由于后来十五银行的倒闭，损失大半。其后，松枝家继承家业的一位养子，行为放荡，剩下的四万坪土地也被他一点点抛撒光了。眼下的松枝家，也就是仅有一千坪大的普通民宅。本多以前也曾坐车打门前经过，现在他已经同这里无缘，再也没有踏进

过门槛。上个星期的空袭有没有烧毁这座宅子呢？本
多多少抱有一些好奇心。

烧毁的大楼一旁就是通往道玄坂的人行道，已
经清理出来，一路登去并不感到困难。到处都是防空
壕，上面遮盖着烧焦的木材或白铁皮，他看到人们都
开始躲在防空壕里过日子。快到吃晚饭的时候了，炊
烟袅袅，有的人从裸露的水管里向锅里接水。天空晚
霞灿烂。

从坡顶通往南平台一带，全都属于昔日十四万
坪松枝府邸的范围之内。过去，这里区划细密，比屋
连甍，如今全都变成一望无际的废墟。广袤的天空布
满晚霞，一切又恢复到往古的规模了。

只有一座宪兵分队的建筑未遭火焚，戴着袖章
的士兵出出进进。那里该是松枝家的近邻。果然，对
面看到了松枝家的石雕门柱。

本多站在门前一看，千坪大小的地面也显得十
分狭窄，因为被好多临时住房占满了。府邸遗址上的
泉水和假山，仿佛是昔日广阔的湖池和红叶山寒酸的
模型。后院没有石墙，木板墙已经烧毁，因而毗连南

平台的广阔废墟尽收眼底。细想想，那片土地正是从前广阔湖面填平后的遗址。

湖内有湖心岛，红叶山的瀑布也注入那里。本多和清显一起划着小船到湖心岛，从那里望见了一身淡蓝的聪子的倩影。清显还是个天真烂漫的青年，本多也是个比自己的感觉更加年轻的青年。一些事在那里发生，又在那里终结，而且丝毫不留痕迹。

松枝家的领地，因遭到实实在在、不分厚薄的大轰炸而原形毕现。起伏的地貌一如往昔，无边的废墟上，湖沼、"神宫"、正房、洋馆、大门内的小花园……几乎都在指呼之间。本多对这座常来常往的松枝府邸依然记得很准确。

然而，翻卷的火云下边，扭缩的白铁皮、破碎的瓦片、断裂的树木、融化的玻璃、烧焦的墙板，还有白骨一般悄然而立的火炉烟囱、破烂变形的大门等，无数的碎片一律布满朱红的锈斑。所有这些都毁坏了，一股脑儿俯伏于地面，那样自由奔放、无拘无束，看上去，宛若眼下地面上萌发的奇怪的荨麻草，每一棵上都一一映着夕阳的影子，越发加深了这种印象。

散乱的云层布满天空，一派火红。云的颜色浸染到云的骨髓。断裂之后剩下的云丝，全都放散着金光。本多第一次见到天空如此凶险的景象。

蓦然间，他看到远处广漠的废墟上有一块院石，上面坐着一个人。那人穿着紫藤色的劳动布裤，脊背在夕阳里泛着暗紫的光亮。黑黝黝的束发濡湿了，深深俯伏的身姿显得很悲伤。似乎在抽泣，可肩头不见唏嘘的抖动；虽说悲痛难熬，但脊背也没有苦闷的起伏。就是那样一直低伏着身子，仿佛已经枯死。纵然在沉思，那纹丝不动的时间太长久了。看那光艳的头发，或许是一位中年妇女，要么是这座宅子的主人，要么同这块地方有着深切的缘分。

本多想，要是疾病发作，总得去救救她。随着越走越近，发现那女子坐着的石头旁边放着黑色的提包和拐杖。

本多将手搭在她的肩头，小心翼翼，轻轻摇晃了几下。因为他觉得，只要稍微加点力，那女人就会崩倒变成一堆灰。

女子斜斜抬起脸，看到面孔，本多这才感到恐怖。

那黑黝黝的头发原是假发，一看到额头不自然的发根就立即明白了。两眼深陷的眼窝和皱纹涂着一层厚厚的白粉，下面涂着鲜艳的口红胭脂，上唇描成宫廷风的三角，下唇则似有若无。本多从这副难以形容的衰老的底色上，认出来是蓼科的脸孔。

"这不是蓼科女士吗？"

本多不由喊出了她的姓名。

"您是哪一位先生？"蓼科说，"请等一下。"

她慌忙从怀里掏出老花眼镜，张开眼镜两腿儿，架在耳朵上。这副充满诈术的动作，依稀闪现着昔日蓼科的影像。她假借戴老花镜认人这个幌子，在心中盘算着，要尽快判断这个人究竟是谁。

然而，她的企图未能实现。老婆子即便架起眼镜，也还是没有认出伫立面前的这位陌生者。蓼科的脸上开始出现不安和极为古旧的皇亲国戚般的偏见，一种经过长久而巧妙的模仿得来的柔和的冷淡。这回，她接着前面的话头，说道：

"实在对不起，我的记性很不好，您是哪一位，真的想不起来……"

"我是本多，三十多年前，我和松枝清显君在学习院是同学。我俩很要好。我经常到这座宅子里玩。"

"哦，原来是本多少爷啊，好久没有再见到您了。怎么没能认出来呢，真是对不起呀。本多少爷……对呀，对呀，确实是本多少爷。还是年轻时那模样，没有变。这真叫人……"

蓼科说着，连忙用袖子挡在眼镜下边。过去，蓼科的眼泪时常令人怀疑，可如今，眼下的白粉如雨点打在石灰墙上，眼见着濡湿了，泪珠从混浊的眼睛里机械般地滚滚而出。这种同悲伤和喜悦无缘的眼泪，像决堤的河水涌流出来，较之往昔的眼泪可信多了。

不过，蓼科的那副老态看了真叫人难过！那埋在浓厚白粉下的肌肉，长满了老斑。唯有那缜密而超出常人的理智，依然像死者腰中的怀表，分分秒秒，始终不停地跑动着。

"看样子身板挺硬朗，太好啦。您今年多大岁了？"本多问。

"今年都九十五周岁了。托您的福，只是耳朵有点背，没什么大病。腰腿儿也还壮实。这不，靠着一根拐杖，一个人想到哪儿到哪儿。现在住在侄子家里，他们不愿意我一个人外出。其实，我这把老骨头随时都可能倒在哪里，趁着还能自由行动的时候，总想出来走走。空袭也没有什么好怕的，什么炸弹啦，燃烧弹啦，要是掉在头上那倒也好，死得舒服，省得给人添麻烦。说出来不怕您见笑，现在我看到那些倒在路旁的死尸，打心眼里羡慕。前些日子，听说涩谷被大火烧毁，一心想看看松枝老爷的宅第遗址，所以趁着侄儿夫妇不在意，偷偷跑出来了。要是侯爵老爷和夫人健在，看到这番景象，真不知会怎么想呢。他们没有看到这种惨象就去世了，说不定倒是福分。"

"幸好，我家的房子没被烧毁。家母也是同样的想法啊。她是日本节节取胜的当儿辞世的，这样或许是值得庆幸的事。"

"哎呀呀，您是说令堂大人也已经过世了？……真是的，真是的，我竟然不知道……"

蓼科依然像往昔一样，不会忘记那番不含任何感情的谦恭的礼节。

"绫仓家后来到底怎么样了？"

本多话一出口，立即觉察到问了一个不该问的问题。老婆子果然眼见着犯了踌躇。不过，蓼科越想表现出"显而易见"的感情，就越发使人觉得，那感情只不过是装装门面，离真率还差老远老远。

"唉，小姐剃度之后，我也离开了绫仓家，其后只是在举行伯爵老爷的葬礼时去过一次。夫人可能还健在，老爷去世后，变卖了东京的府邸，寄身于京都鹿谷的亲戚家里。还有，小姐……"

"你又见过聪子小姐吗？"

本多问道，心里不由一阵悸动。

"在那之后又见过两三次。我每次去看她，她都待我很亲切，还跟我说，今晚你就住在庙里得啦。您看，她心眼多好……"

蓼科这回摘掉水汽朦胧的眼镜，连忙从袖子里取出一篇粗糙的草纸，长久地捂住眼睛。当她拿下草纸的时候，眼眶周围露出一圈儿白粉剥落的痕迹。

"聪子小姐还好吧？"

本多又问了一遍。

"她当然很好。叫我怎么说呢，她越来越清纯、俊美了。那是洗去俗世恶浊的美，上了岁数之后，反而愈见雅致了。请您一定去看看她，想必彼此都很怀念吧？"

本多蓦然想起那个深夜从镰仓返回时，只有他和聪子两个人坐在汽车里一路兜风的情景。

……当时，聪子已经是个"他人之妇"了，可是作为女子，她实在有些不守礼法。

聪子预感到即将来临的结局，她的侧影充分显露出这样的觉悟。浓密的树木打黎明前的窗外闪过，这个背景映衬着聪子猝然闭上双眼的长长的睫毛。本多就像昨天一样，清晰地回忆起那战栗的瞬间。

定睛一看，蓼科故作谦恭的面色已经消失，她正向自己这边窥伺。正如纺绸被拧过留下的疙皱，嘴角两端的皱纹微微翘起，围在"人"字形口红的四周，一副似笑非笑的样子。两只眼睛像斑驳残雪中的枯井，瞳仁一转，倏忽闪现一丝媚态。

"本多少爷想必也很喜欢小姐吧？您的心思我瞧得出。"

经年累月的不快又被无端挑起，但比起这个来，蓼科那副媚态遮掩下的余热更令本多害怕。本多想转换话题，于是立即记起刚才委托人送的礼物。他从中拿出两个鸡蛋和一点鸡肉分赠给蓼科。

果然，蓼科伸手接过鸡蛋，露出喜悦和感谢的神情。

"哎呀，鸡蛋。眼下这时候，鸡蛋该有多金贵啊！好多年没见到了似的。这鸡蛋，哎呀！"

接着，她便絮絮叨叨说了许多感谢的话。本多明白，这个老婆子肚子里没有吃饱。更使他惊奇的是，她把已经塞进提包的鸡蛋又掏出来，向着晚霞消隐、暮色苍茫的天空高高扬起：

"不带回家去啦，对不起，也顾不得什么脸面了。干脆就地……"

说罢，老婆子又将另一个鸡蛋恋恋不舍地举向淡蓝而昏暗的天空。鸡蛋夹在颤抖的衰老的手指之间，浮泛着致密而冷艳的光亮。

然后，蓼科把鸡蛋放在手心里爱抚了老半天。周围没有一丝响动，只能微微听到老婆子干枯的手掌和鸡蛋互相摩挲的声音。

至于在哪里磕破鸡蛋，本多没有管这等事。他怕会干出什么不好的事情，所以不愿意插手。谁知蓼科格外灵敏，她在自己坐着的石头上磕破了鸡蛋。老婆子生怕掉到地上，小心翼翼送到嘴唇前边，慢慢仰起头，对着晦暗的天空张开嘴巴，将蛋白蛋黄灌进闪闪发光的假牙缝里。流经口腔的一团黄莹莹的蛋黄倏忽一亮，蓼科的喉咙管里咕嘟一声，听起来贼响。

"很久没有尝到过这种高级的营养品啦，好像又从死里活过来喽，感到满嘴都是往日那样的色香美味。您可知道，我做姑娘的那阵子，人们都称我什么什么小町 [1] 哩！我想您怎么也不会相信的吧？"

蓼科的语调突然变得毫不在乎起来。

万物的轮廓尚未被暮色包裹的那一刻，看上去反而清晰、精致。眼下正是这个时候。废墟上焦黑的散乱的木材以及裂开的树木鲜明的颜色，连同积着雨水的凹坑里扭曲的白铁皮，令人不快地闯入眼帘。西

---

[1] 小野小町，日本古代美女。

边天际突兀矗立着两三幢黑魆魆烧毁的楼房，其间保留着一条朱红的霞光。那红色的断片穿透了焚毁的楼房的窗户。在那无人居住的废宅里，看过去犹如点燃着一盏红灯。

"真是多谢啦。以前您就是个待人亲切的少爷，如今的本多先生还是那么和善。我实在没有什么报答您，只好……"

蓼科把手伸进提包摸索着。本多想拦住她的手，蓼科早已抢先掏出一本线装书来，交到本多手里。

"……那就把我的宝贝、随时带在身边的经书送您吧。这是一位和尚师傅传给我的一部真经，说是能祛病消灾呢。再说，今儿偶然遇见本多先生，谈起了好多往事，再也没有什么可牵挂的了，所以我把这个送给您。今后再有大轰炸或可怕的热病流行的日子，只要随身带着这部经书，定能免除灾难。好了，这是我的一点儿心意，您就收下吧。"

本多恭恭敬敬捧着经书，朝封面上瞥了一眼。

"大金色孔雀明王经"，标题上的这行字在暮色里依稀可辨。

二十二

打从这一天起，本多很难抑制住会见聪子的愿望。聪子至今依然像当初一样漂亮，这是他从蓼科嘴里获取的证言，这句话对他来说很起作用。他看到了战火遗迹般的"美丽的废墟"，感到比什么都可怖。

然而，战局一天比一天吃紧，假如没有军方的大力帮助，连一张火车票都无法弄到手，更谈不上那种随心所欲的旅行了。

在这段日子里，本多翻阅了蓼科送给他的《大金色孔雀明王经》。这之前，他从未接触过密教的经典。

书上印着细密而难以辨认的文字，开头部分写的是《解说》和《仪轨》。

孔雀明王属于胎藏界曼荼罗苏悉地院自南端数

过来的第六位，因住于诸佛能生之德，故亦称"孔雀佛母"。

本多对照过去搜集的佛典，发现这位女神明显源于印度教的性力信仰。因为性力信仰是面向湿婆的妻子迦梨或杜尔迦的，本多曾经参拜过的加尔各答迦梨女神庙那位血腥的迦梨女神像，就是孔雀明王的原型。

知道了这些，偶尔到手的这部经典立即使他心情激动。密教密仪使用的咒文（陀罗尼）和真言，伴同印度教古老的诸神，变换着花样，接连不断向佛教世界的内部蜂拥而来。

《大金色孔雀明王经》本来是佛陀讲述的咒文，是为防止蛇毒，或即使被蛇咬伤也可使之立即痊愈的咒文。

孔雀经上说：

有曰吉祥者，出家未久，为众僧伐洗浴之薪，此时，异木之下有一黑蛇，来螫比丘之右足趾。闷绝躄地，目翻吐沫。此时，阿难诣佛

所问曰："何可治之？"佛告阿难曰："汝持如来
大孔雀王咒经，拥吉祥比丘，结戒结咒，使毒
不能为害，刀杖亦不能加众患。悉除。"

不仅蛇毒，这部经典还具有被除一切热病、一
切外伤、一切痛苦的效验。临场诵读自不必说，只要
孔雀明王自然浮现于心中，就能被除恐怖、怨敌和一
切厄难。因为此经难得，平安时代只允许东寺长者和
仁和寺宫主持的孔雀明王经法之密仪，凝聚着所有消
灾灭病的祈愿，自天妖地怪到瘟疫灾病和怀孕分娩，
皆可摒除尽净。

孔雀明王不同于其原型迦梨女神那副耷拉着舌
头、脖子上挂着一串血淋淋人头的姿态。画像中的孔
雀明王宛若已经神化的孔雀，姿态华丽豪奢。

模仿孔雀的啼鸣"诃诃诃诃诃诃诃诃诃诃诃"
的陀罗尼，意味着"孔雀成就"的"摩谕罗吉罗帝莎
诃"的真言，及其仪轨中被煞有介事称为"佛母大孔
雀明王印"的反绑两手，将两只大拇指和两只小指重
叠在一起的特殊的印相，所有这些都是孔雀庄严的直

叙和摹写。这印相原本就是孔雀的形状，小指是尾巴，大拇指是头，其余的指头象征羽翼。一边唱诵真言，一边闪动着六指，这种样子代表着孔雀跳舞时的情景。

乘着金孔雀的明王的背后，正摇曳着印度的苍穹。为了使得人心怀抱绚烂的幻影，必定需要那热带的天空，那魁伟的云层，那午后的倦怠，那夕暮的微风。

金孔雀面向正前方，两腿着实地站在地上。它张开羽翼，背上载着明王，以绚烂而宽阔的尾屏代替后光，护卫着明王的背后。明王结跏趺坐在敷设于孔雀背的白莲花上。明王四只手臂的右侧第一只手，擎着一枝开敷莲花，第二只手拿着具缘果；左侧第一只手，握着吉祥果贴于胸前，第二只手举着三五根孔雀翎。

明王一副慈悲相，向着正面的脸孔和肌肉显得非常白嫩，只披一件罗纱，头戴宝冠，颈饰璎珞，耳朵坠着耳饰，腕上镯着手镯，珠光宝气，庄严肃穆。那半睁半合的沉重的眼皮，仿佛刚刚从午睡中醒来，笼罩着寂寥的愁绪。他大慈大悲，普度众生，也许会产生好似"无为的假寐"般的感情来，就像本多在印度明丽的旷野发现的那样。

较之这白皙而沉稳的身姿，相当于背光的孔雀尾屏五彩缤纷，灿然夺目。在鸟类的色彩中，唯有这种羽尾最接近晚间彩霞，就像使混沌世界变得井然有序的密教的曼荼罗，使得失去一切秩序的晚霞色彩的泛滥、形态的不羁、光芒的纷乱，按照几何学的图形重新组合，变得秩序井然，色彩浓淡相宜。不过，金色、绿色、蓝色、紫色和焦褐等黯淡的光彩所显示的，是随着晚霞沉没下去太阳本体也几乎看不见的最后时刻。

孔雀尾屏只是缺少绯红。如果这个世界有绯红色的孔雀，在它尽情展开尾屏的脊背上，驮着绯红的孔雀明王，那么她只能是迦梨女神了。

在同蓼科见面的废墟上，遍布天空的晚霞一定会有这样的孔雀出现的。本多想。

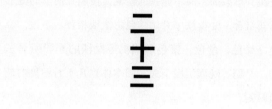

二十三

　　“好漂亮的桧树林啊，从前这一带是寸木不长的荒地呢。”

　　本多的新邻居说道。

　　久松庆子是一位光彩照人的女子。

　　虽说年近半百，但风传经过整形美容的面部，却依然葆有青春的艳丽。她早年离异，是个十分特殊的日本人，竟然敢对吉田茂和麦克阿瑟等人出言不逊。她现在的情人是一位美国占领军的青年将官，在富士山脚下的军营里供职。她为了把久已闲置的御殿场二冈别墅收拾一下，以便常在那里幽会，又借口所谓“要给积攒下来的信件慢慢写回音”，于是搬来这里，做了本多别墅的邻居。

　　昭和二十七年春天，本多五十八岁了，有生以来头一次拥有别墅，明日为庆祝别墅落成，邀请了东京的客人。他今天临时在这里住一个晚上，为明天做准备。同时请邻居庆子一人过来查看一下这座房子以及面积五千坪的庭院。

"就像对待自家房子一样，我一直盼着早点完工呢。"庆子穿着细高跟鞋，像只水鸟踮着脚尖一步一步走在霜打的枯草上，"这草坪是去年种植的吧？长得很好。先造园，然后慢慢盖房子，要是个不喜欢养花弄草的人，万万做不到。"

"正因为没有地方落脚，只得住在御殿场，每天到这里来造园。"

本多回答。为抵御刺骨的严寒，他穿了一件恰似巴黎事务管理人穿的已经绽线了的厚毛衣，围着一条丝绸围巾。

面对庆子这个一生游手好闲的女人，本多想到自己勤苦一生，及近老年才急忙学得游惰起来，他害怕对方看破自己这种卑微的心理。

本多想到自己能成为这座别墅的主人，多亏明治三十二年四月十八日以天皇名义颁布的《国有土地森林原野归还》，如今已经很少有人知道这个古老的法律了。

明治六年七月，下达改正地租诏书时，政府官员走村串户调查土地所有者的情况。地主们害怕征收地租，对属于自己的土地也佯装不知，加以否定。于是，众多的私有地和集体私有地成为无主地，转为国家所有。

直到很久以后，人们对这一状况后悔不已，怨声载道。基于此，明治三十二年又制定了新的法律。该法第二条规定，凡申请归还土地者，需负责证明曾是该土地所有者这一事实，并至少提交相关文件以及其他六种证明材料之一种。而且，新法第六条规定，有关本项的诉讼案件由行政法院审理。

明治三十年代倒是提交了许多案子，不过只经过行政法院一审判决，未出现过上诉，也没有审判事务监督机构，万事都显得很优游自在。

由于一时撒谎而被没收乡村所有山林的村落共同体，大字[1] 遂成为诉讼权人，即此种行政诉讼的原

1　乡村区划的基层单位，有大字小字之分。

告。即使合并为町，大字依然作为"财产区"继续是权利主体。

福岛县三春地方的一个村子，自打明治三十三年开始提起此类诉讼以来，由于国家一再拖延，原告也落得个轻松愉快。长达半个世纪，辗转几代，被告也几经更换，由农商务大臣转为农林大臣，代理诉讼的律师也一个接一个地去世了。昭和十五年，大字的代表到东京拜访了名闻遐迩的本多大律师，委托他协助这场毫无希望的官司的审理事宜。

战争的失败打破了半个世纪的胶着状态。

根据昭和二十二年施行的新宪法的规定，撤销了特别法院，废止了行政法院。纷争中的行政诉讼案件交由东京高等法院审理，并作为民事案件处理。因此，在这一案子的审理中，本多轻易获胜。当然，这个胜利只能说是当事人的一种侥幸。

本多根据明治以来连绵承继下来的合同，获得了胜诉的报酬，即领得了回归大字所有山林的三分之一。是直接收受山林，还是按当时行情折成钱款，一任本多的选择。本多选择后者，于是他获得三亿六千万日元现金。

这件事从根本上改变了本多的生活。战时的本多，渐渐对律师生活产生厌倦，他只是保留颇有名气的本多律师办事处的招牌，实际工作交给下属去做，自己只是偶尔在办事处露露面罢了。交际变了，心情也变了。至于将近四亿日元的金钱如此轻易滚入自己腰包，还有使得这种事成为可能的新时代，都不可认真对待。因而，他自己也只好装糊涂了。

对于本乡的旧家，本多打算拆掉重建。这座破烂不堪的老宅子，他早就巴不得一把火烧了。他一直想在东京建一座新的住宅。对于这个恒久不变的幻想，如今的本多已经有所转变。他认为，说不定什么时候，下一次战争又会将这里烧成一片废墟。

妻子梨枝认为，与其夫妇二人住在这所古旧的广宅大院，不如变卖土地租住公寓。本多的想法是，找一处人迹罕至的地方建立别墅，以便病弱的梨枝保养身体。他拿这条理由作为实现自己愿望的挡箭牌。

经别人介绍，夫妇两个到箱根仙石原看地点，但听说那里湿气重又有些打憷。司机陪伴他们越过箱根山，到御殿场二冈四十年前开发的别墅区转了一圈。虽说是往年达官显贵的别墅，但战后人们碍于富士演习场周围的美国占领军以及为他们服务的妓女们，家家都紧闭门扉。这片别墅区西边的荒地原属国有地，农田改革的结果是无偿分给当地农民，如今倒成了十分抢手的宝地。

位于箱根外轮山麓的这一带地方，虽说不是富士山周围那样的火山灰地区，但土质贫瘠，只适合种植桧树林，这很使老百姓伤脑筋。这块土地芒草和蓬艾遍布斜坡，向溪流方向缓缓倾斜，前方正好可以望见富士山，本多甚感满意。

实际一看，地价十分低廉，本多便不顾梨枝再考虑考虑的劝告，及早预付了五千坪的定金。

梨枝说，她不喜欢这块荒地所具有的说不出的阴暗和格格不入的感觉。梨枝所惧怕的，其实是一种忧愁。她总有一种直觉，认为老后的生活不需要这个东西。然而，本多所梦想的是快乐，为此，土地带来的忧愁必不可少。

"放心吧，等整好地，种上草坪，盖起房子来，就会成为一座富丽堂皇、令人心情开朗的别墅。"

本多说。

——房屋建筑选用当地的木匠，植林、造园也雇用当地人。这样做虽然进度慢一些，但可以节约费用。本多没有丢掉"挥霍金钱可耻"这一传统的家风。

不过，陪伴别人在自己宽阔的领地里慢慢转悠，这种快乐无疑是从少年时代时常出入松枝府邸时起，就在本多内心所养成的一种欲望。微风裹挟着箱根残雪刺骨的寒冷，这春寒不是别的，正是自家庭园的寒冷；偌大一片草坪只印下两个人孤寂而寥落的身影，这寂寥不是别的，正是自家土地的寂寥……他感到第一次将私有财产掌握在自己手里。而且，他丝毫不是因为对此抱有什么狂痴的迷信讨得便宜，而是彻头彻尾凭借理性和时势的惠顾所获取。

再看庆子，一副过于富态的侧影，既无妩媚之态，也无警戒之心。但她能使身边的男人（别看本多这样五十八岁的男人！）不由得感到又回到少年。庆子有这种能力。

这是一种怎样的力量呢？这是女性的力量。她能若无其事地强使一个五十八岁的男人忽而化作少年，乍看起来既沉静又明朗，内心里一边对女人混杂着焦灼和敬意，一边诚惶诚恐精心装扮，用清纯的伪善和虚荣心捆住自己的手脚。

从本多这方面来说，年龄早已无足轻重，不在考虑范围之内了。四十多岁已经排在年龄借贷对照表的最后了，本多对此十分敏感，在他心里如今对年龄实际上抱着"无所谓""由它去吧"的态度。五十八岁的肉体里，有时发现明显保留着孩子般的心绪，他也并不觉得惊奇。因为所谓老，无非就是一种破产宣言。

对于健康，他胆小胜过常人一倍；对于感情，他并不害怕放纵。理性若有抑制的机能，就不必太紧急。而经验只不过是盘子里剩下的鱼刺。

庆子站在草坪中央，望望东边的箱根，望望西北的富士，带着一副堪称"睥睨"的威严。她穿着西装的高耸的胸脯，昂首挺立的颈项，浑身充溢着军队司令官的气韵。她的那位青年将官，想必领教过她那令人头疼的命令吧。

对比箱根残雪点点的清晰棱线，富士一半包裹于云层，看上去若梦若幻。由于眼睛的错觉，本多感到富士山忽高忽低。

"今天初闻黄莺的叫声。"

本多遥望着枝条幼弱、新叶初放的稀疏的桧树林说道。那是他从附近买来移栽的。

"三月半黄莺就来了。到了五月，可以看到杜鹃鸟。不是让您听，而是让您看。能见到杜鹃鸟边叫边飞的样子，可不就是在这些地方吗？"

庆子说。

"进屋去，烧火沏杯茶吧。"

本多催促道。

"我带饼干来了。"

庆子指着刚才放在门口的一包东西说。银座尾张町街口的服部钟表店，终战以来变成一家PX[1]，一向进出自由的庆子，经常到那里买东西。战前就深受

1　post exchange，美军基地内的商店。

欢迎的英国名牌饼干，在那里可以很便宜地买到手。
这种饼干夹着又薄又硬的杏仁果酱，那香甜的口感，
将她吃午茶的少女时代和现今紧密联系在一起了。

"我有一枚戒指，想请您鉴定一下哩。"

本多边走边说。

二十四

含苞待放的瑞香花围绕着露台。露台一角的鸟舍是同本馆一样的红瓦屋顶。聚集在那里的一群小琼雀叽叽喳喳地鸣叫着，一看到走近的本多和庆子的姿影，訇的一声飞走了。

玄关内部另外又设置一扇中央镶嵌五彩玻璃的门扉，左右两边安着荷兰住宅式的橘黄色玻璃格子窗，可以朦胧窥见室内的情景。本多喜欢站在这里，望着自己精心布置的室内，浸染在夕阳沉痛的色彩里，包括从农家一整套买来后就地安装的粗大的梁柱，德国北方古玩店素朴的玻璃吊灯，描绘着大津画的多段嵌木板，兵士的铠甲和弓箭等。这一切都沉浸在金黄而病态的光线里，宛若尼德兰画派的扬·凡·艾克[1]似乎取材于日本风物的忧郁的静物画。

本多请庆子坐在壁炉边的椅子上，随即取柴点火，可是怎么也点不着。唯有这壁炉是从东京请专家来修造的，还不至于低劣到黑烟倒灌，充满室内。本多每当用木柴烧火，就不由想到，遍寻自己一生，从来没有机会学习这些最质朴的知识和技术。他根本未曾接触过"物"，不是吗？

这是他进入这个年龄段之后奇妙的发现。纵观本多一生，虽说他几乎不知道闲暇为何物，但这足以证明：他既和劳动者通过劳动接触可知的自然，比如大海及其波涛、树木及其硬度、石头及其重量，还有船具、拖网和猎枪等物件无缘，也和改换角度、通过闲暇亲近这些自然之物的贵族式生活无缘。清显将其闲暇用于感情，没有用于自然，他长大以后只能成为一个懒汉。

1　扬·凡·艾克（Jan Van Eyck, 1386—1441），同其兄胡勃特·凡·艾克两人都是文艺复兴时期尼德兰画家，油画形成期的关键性人物。

"我来帮您吧。"

庆子十分麻利地弯下腰。好长时间内，她一直紧闭双唇，微微咬着舌尖，看着本多笨拙的动作，最后才这么说。她的腰肢在本多扬起的眼睛里，显得宽阔无比。她穿着颇为考究的紧身西服和十分合体的裙子，肥满的腰部犹如一把硕大的豆青色瓷壶。

趁着庆子点火的当儿，无事可做的本多去取刚才提到的戒指。他回来的时候，野蛮的红色火焰正刺溜刺溜沿着木柴升腾起来。谄媚般的烟雾缠绕中，木柴紧咬牙关，依然新鲜的部分煮出了树液。壁炉内部的砖墙看过去摇曳不定。庆子放心地拍拍手，满意地盯着自己的成果。

"怎么样？"

"真有本事。"本多就着火光拿出戒指交给庆子，"这就是刚才说的那枚戒指，怎么样？买来准备送人的。"

庆子染着艳红指甲油的手指离开炉火，伸向窗外射进的光亮，对这枚戒指翻来覆去仔细察看。

"男人戴的。"

庆子嘀咕着。

这枚戒指围绕着四边形的浓绿的宝石，镶嵌着极为纤细的镂金门神亚斯卡魁伟的半人半兽的脸孔。庆子换了换手，以免自己艳红的指甲同这浓绿相互映照。她把戒指夹在指头之间瞧看，接着又套在食指上。虽说是男人佩戴的，但在尺寸上是按纤细而浅黑的手指定做的，所以庆子戴在手上也不觉得宽松。

"这祖母绿可真漂亮。不过缺点是时间一长，内部的罅隙会逐渐风化，翠绿的底子发暗、变脆。这个也一样。但确实是块好玉石，雕刻也很精良，具有收藏价值。"

"你猜我是在哪儿买的？"

"在外国？"

"不是，就是在烧毁的东京，洞院宫殿下的商店。"

"哦，是那个时候。听说殿下无论多么困难，也要开个古玩店，我也到他店里去过两三次呢。原想能遇见个满意的古董，谁知都是过去在亲戚家见过的东西……据闻那座商店关门了。因为关键人物洞院宫殿下从来不去商店露面，还不是那位王公贵族出身的店长将全部货款席卷而去了吗？战后，大凡皇族家的人做生意，没有一个是成功的。其实，不管缴纳多少财产税，只要善于守住余额，公平交易，就能获得最大收益。然而，总有人从旁教唆。尤其是洞院宫，他一直是个军人吧，说句不中听的话，他那叫武士开店，光赔不赚。"

然后，本多向庆子讲述了戒指的来历。

昭和二十二年，本多听说失去皇籍的洞院宫从无力缴纳财产税的旧华族手里廉价收购艺术品，开了一爿专门面向外国人的古玩店。他估摸着即使见到洞院宫他也不会认识自己了，于是出于好奇，暗自到那家商店逛了逛。他从玻璃橱柜的最里头发现了这枚戒指。本多没有忘记，这是三十年前在学习院学生宿舍，暹罗王子乔培丢失的月光公主送给他的订婚戒指。

他由此明白了，当时失落的戒指实际是被盗走的。店里的人当然不会讲明来历，但既然来自旧华族家里，那么那位因手头拮据而将戒指变卖的人，说不定就是和本多同时入学的同学。本多出于一种侠义心肠买下这枚戒指，是想亲手使它物归原主。

"那么，为了挽回学校的名誉，您想再到泰国去还戒指吗？"

庆子调侃地问道。

"本来是想去一趟的，不过没有这个必要了，月光公主已经来日本留学了。"

"死人也能来留学？"

"不，是第二代月光公主。我请她来出席明天的宴会，当场将戒指戴在二代公主的手指上。她十八岁了，这姑娘长着一头漂亮的黑发，一双水灵灵的眼睛，看来出国前拼命用功，日语说得相当不错。"

本多说道。

二十五

第二天早晨，本多独自在别墅醒来，为了防止受寒，他围上围巾，穿上毛衣，外头又加了一件厚厚的风雪大衣，然后来到院子里。他穿过草坪，走向西端的凉亭。因为他最喜欢在那里观望黎明的富士山。

富士山浸染着黎明的红霞，山顶闪耀着玫瑰紫的光彩，映入他惺忪的睡眼，仿佛又见到梦中的幻影。那是端庄的伽蓝的屋脊，是日本的晓寺的丽姿。

自己所寻求的是孤独，还是浮薄的享乐？本多有时也闹不清楚。对于他来说，要成为真正快乐的追求者，似乎还缺少点本质的东西。

到了这个年纪，他内心深处才萌发了彻底转变的欲望。本多一直以恒久不变的视点观察别人的转生，对于自己不可能转生并不感到烦恼。可是眼下这个阶段，随着年龄最终的闪光，一旦展望自己平板的生活原野，总是时时涌起不快。于是，本来确定不可能的事，反而荡起可能的幻影。

自己也可能做出自己未能预料到的事情来！过去一切行为都在预料之中，理性犹如夜行者的手电筒，光芒只扩散于面前一步之遥。时时计划着、预判着，以免对自身产生惊愕。最可怖的（包括转生的奇迹）是，一切谜团都化为法则。

要使自己感到震惊，这几乎是生活的必要。如果有一种特权可以轻视和践踏理智，那么也应该有仅限于本人默许的理性的自负。这样一来，就应该将这个坚固的世界卷入不定形之中。对于他来说，就是走向最不熟悉的人事中去！

本多很清楚，他已经完全丧失了必要的肉体条件。头发稀薄，两鬓斑白，腹部后悔地鼓了起来。年轻时眼中丑陋的初老的特征，无所不至地布满全身。当然，年轻时的本多并未像清显那样觉得自己很美，但也不认为自己很丑。至少没有必要将自己这样的人置于美的负数，由此组合一切数学公式。如今，丑已是不言自明的前提，但世界依然美好。这究竟是怎么回事啊？这是比死还要更坏的死，更恶的死，不是吗？

六点二十分，富士已经拂去曙色，三分之二的山体包裹在白雪之中，以敏锐的美丽刺破蓝天。看起来明晰，更明晰。雪肌充满着严谨、微妙而敏感的起伏，使人联想起没有一点脂肪的筋肉细密而端正的组织。除山脚之外，山顶和宝永山一带，只有一些赤褐色的细小斑点。没有一丝云，只有硬朗的晴空，仿佛投去一块石头，也能听到"当"的一声回响。

这座富士山影响着整体的气象，支配着所有的感情。那君临其上、俨然存在的清澄的银白，就是一切问题的来源。

……镇静的感情中，出现空腹的征兆。本多拿出从东京买来的面包，加上自己做的溏心蛋和咖啡，在小鸟的鸣啭中，愉快地吃着早点。午前十一点钟，妻子领着月光公主赶来为晚宴作准备。

吃过早饭，他走进院子。

快到八点了。富士山头背面升起一片稀疏的云翳，雪雾般紫聚成一团。那云雾似乎远远地向这里悄悄窥探着，随即摊开四肢，以稀薄的形态向前翻滚而来，忽而又被硬朗的蓝天吞没了。

现在看起来软弱无力的态势不可小觑，临到中午，那团云雾又不知不觉麇集一处，反复奇袭，覆盖了整个富士山。

本多在凉亭里一直坐到十点钟，心里一片茫然。一生须臾不离手的书籍也被他抛开了。他梦见了生活和感情未经过滤的元素。他无所事事地一直坐在那儿。山顶左边的云层时隐时现，不久就停留在宝永山上，高扬着海兽般反转的云尾。

*

本多反复叮嘱妻子遵守时间，十一点妻子乘出租车到达，却不见月光公主的影子。堆积如山的行李搬上搬下，妻子满脸的不耐烦。本多冲着她问：

"哎呀，怎么一个人？"

妻子没有立即回答，抬起庇檐般沉重的眼皮。

"回头再给您细说。着实费了好大的劲啊。还是先帮我搬行李吧。"

梨枝一直等到约定的时间，月光公主始终没有出现。再三通过电话约好的时间，都没有按时赶来。她唯一的联络地点是留学生会馆，向那里打电话一问，说她昨晚没有回来过。又听说有个泰国新来的留学生住在一个日本人家里，她应邀到那里吃晚饭去了。

梨枝很伤脑筋，想拖延一下和本多约好的时间，告诉他晚些时候到，可别墅里还没有拉电话线。于是，她急忙又去留学生会馆，用英语仔仔细细标明路线和画好地图，托付给管理人员。要是一路顺风，晚上的宴会开始前月光公主应该能到达这里。

"这事早知道交给鬼头槙子小姐就好了。"

"我不愿意给客人添麻烦。再说，槙子小姐到处寻找一位未曾见过面的外国姑娘，再把她带到这儿来，该有多烦心啊。还有，人家那么一个有名气的大小姐，也不会表现得那么亲切，这回肯赏脸到这儿来已经够给面子了。"

本多沉默了，不再坚持自己的想法。

长久悬挂的画框一旦摘下来，原来那块墙壁就会留下一样大小的白色印痕，虽说洁白无垢，这是毫无疑问的，但这种洁白却过于强烈，同周围很不协调，似乎过于宣示着什么。如今本多从职业的正义引退，所有的正义一并交付给妻子。"我是对的，我是对的，谁能指责我呀？"这就是那块白墙的口头禅。

从墙壁上摘下寡言少语、性情柔顺的梨枝的肖像画，大概是因为本多偶尔发了横财以及梨枝自觉老丑的缘故。随着丈夫的暴富，梨枝有些害怕丈夫了。但越是害怕越是逞威风，耍脾气。对谁都怀着莫名的敌意，就连长年以来的肾病，也成了炫耀的资本。比起从前来，更打心眼里希望得到别人的疼爱。而且这种希求疼爱的欲望，使得梨枝变得越来越丑。

到了别墅，将行李中的食品运进厨房，梨枝就忙不迭放水哗啦哗啦洗涤本多早饭用过的碗筷。她巴望疲劳增加疾病的症状，尽管没有谁命令她，但总是制造必须立即干活的借口，一再跟自己的身体过不去，等着本多前来劝止。本多觉得要是不加劝止，后果将难以收拾，所以还是进行一番安慰。

"稍微歇息一下，等会儿再拾掇，有的是时间嘛……月光公主真是让人操心啊，明明说好要来帮忙的，到了关键时刻，看来非得我亲自动手不可了。"

"要是叫您帮忙，只能越帮越忙啊。"

梨枝甩甩湿漉漉的手，回到屋里去了。

正午的太阳只照射到窗棂上，室内暗凄凄的。梨枝浮肿的眼睑下的瞳孔变成小小的洞穴，好像枯井的井口。数十年来，一年胜似一年对于不育的悔恨，使她那副肉体鼓胀得如兜风的车篷。"我是对的，然而我是个失败的女人。"——梨枝始终如一地孝敬已故的婆婆，这一副柔肠就是来对自己的苛责。要是有个孩子或一群孩子，就能用那堆温润而甘甜的肉体将丈夫层层包裹起来，彻底融化掉。就像从拒绝繁殖的世界开始衰退的鱼，于秋日的午后被海潮冲到岸上，渐渐腐烂下去。梨枝面对获得重金的丈夫震颤不已。

以往，对于不断追求不可能的妻子的烦恼，本多总是给予体贴的谅解。现在，自己内心也萌生了对不可能的渴望，他很忌讳妻子和自己在微妙的部分成为同案犯。对此，他不能容忍。然而，这种新鲜的厌恶更增添了梨枝存在的重量。"昨夜，月光公主睡在哪里呢？她为何要外宿？留学生会馆有女管理员，管理很严格呀。这是为何？又是同谁在一起？"

本多围绕这些问题想来想去，心中一阵阵不安。就像胡子没能刮净的早晨的不安，头在枕头上不习惯的夜晚的不安。人情相似又不相似，总有些疏远，但又是适应着生活紧迫需要的不安。他感到自己的精神中被投放了异物，这异物好似用泰国密林里的黑檀木雕刻的黑色小佛像。

妻子啰唆个没完，如何迎接客人啦，留宿的客人如何分配房间啦。不过，这些都不在本多关心的范围之内。

梨枝慢慢发觉丈夫有些心不在焉。过去，对于成天关在书斋中的丈夫（法律将他死死捆在那里），梨枝未曾感到过一次不安。如今，丈夫的走神意味着看不见的火焰在他心中燃烧，沉默说明他正抱有某些企图。

梨枝向丈夫眼睛盯着的方向望去，想从那里找出些什么来。然而，本多透过窗户所遥望的前方，是只有两三只小鸟飞来的枯草坪的庭院。

——午后四点请客人来，是想趁着有太阳的时候让客人欣赏景致。午后一点，庆子来帮忙了，她是难得的帮手，本多、梨枝都很高兴。

梨枝感到奇怪的是，本多在所有的新朋友中，只肯对庆子敞开胸怀。她凭直觉认为庆子不会成为敌人。那是为什么呢？因为庆子所拥有的亲切感、丰满的胸脯、肥硕的臀部、沉静的言语，甚至那香水的香味，似乎都会向生来谨小慎微的梨枝作出某种保证。犹如面包房的奖状上盖着政府鲜丽的大红印。

本多一边倾听着厨房里女人们的会话，一边以悠然的心情坐在壁炉旁摊开梨枝从东京带来的早报。

日美和平条约生效后，保留十六处美国空军基地的《行政协定附表全貌》，占满了一个版面。旁边刊登着史密斯参议员表达美方意志的谈话——“担起护卫日本的义务，防止共产主义势力侵略”。第二版则是令人心情不安的大标题报道——《美国景气动向》表明了因“民需生产减退，以及西欧不景气的逆流”而形成的新形势。

然而，本多的一颗心一直记挂着没有到场的月光公主。他设想着种种可能的情况。这些胡思乱想搅得他不得安生。他由最不吉利的可能直至最淫乱的可能都一一设想到了。现实如五彩玛瑙一样展开多层断面。他极力回溯往事，觉得从未见过那样的现实。

他叠起报纸，那一阵阵清亮的响声使他惊讶。朝向壁炉的纸页又干又热，他漠然想到，报纸灼热这种事，本是不应该发生的。这种感觉同他肉体深处的倦怠奇妙地结为一体了。于是，向着新添的木柴蔓延的火焰，突然使本多想起贝拿勒斯火葬场的烈焰。

"饭前酒就选用雪利白葡萄酒、掺水威士忌和杜博尼好吗？鸡尾酒太麻烦，算了吧。"

围着大围裙的庆子出来说道。

"一切都由您决定吧。"

"那位泰国公主怎么办呢？要是不能喝酒，那就配点清凉饮料吧。"

"哦，那姑娘也许不来了。"

本多平静地说。

"是吗？"

庆子也平静地应和着，退下了。这种颇为得体的礼仪反而使本多对庆子的洞察力有几分敬畏。但他也觉得，像庆子这样的女人，或许正因为那副典雅的淡漠之态，才赢得人们对她的好感吧。

——最先到达的是鬼头槙子。她是乘坐弟子椿原夫人配有专职司机的轿车，同夫人一起越过箱根山来到这里的。

槙子作为歌人，其名声已为世人啧啧称道。本多并不懂得什么推断歌坛名声之类的基准，当他从一个意想不到的人的口里听到槙子的名字，才知道她是多么受人敬重。昔日财阀的椿原夫人，虽说和槙子年龄相仿，是同辈人，但对槙子却敬若神明。

椿原夫人的儿子原为海军少将，战死疆场后她为儿子服丧七年，直至今日。本多不了解她的过去，如今不外乎是浸泡在醋汁里的一枚苦果罢了。

槙子如今依然美丽。肌肉虽然衰老，但白皙的皮肤像残雪一般鲜烈，增多的白发也不再染黑，这为她的和歌留下"真实"的印象。她长袖善舞，给人以神秘感，对于关键又关键的人物，不忘施以重礼和宴飨。她千方百计堵住那些可能说她坏话的人的嘴巴。她的内心早已干涸，但依然维持着自己半生的悲哀和孤独的幻影。

和她相较，椿原夫人的悲哀是多么鲜明可见，两者又是多么残酷的对比。经过千锤百炼，变成一副假面具的艺术的悲哀，虽然制作出一首又一首所谓名歌，但这位弟子永远无法治愈的生的悲哀，只停留于作品的素材，而无法创造出打动人心的和歌来。椿原夫人作为歌人虽说小有名气，但若无槙子作后盾，也只能是昙花一现。

再说槙子，她随时从身边这个生的悲哀中汲取自己作歌的灵感，抽出早已不属任何人的悲伤的元素，再添上自己的名字。于是，悲哀的璞玉同宝石雕磨师携手并进，随着年龄的增加，为世界打磨出众多足以遮盖脖颈重重衰纹的名牌项链。

——过早地到达使得槙子颇感难堪。

"司机开得好快啊。"

她回头望着椿原夫人说道。

"可不是嘛，道路也出奇的空。"

"过来想好好瞧瞧你们家的庭院，我们早有所闻了。就让我们慢慢走走，写上几首歌也好啊。您就甭管啦。"

槙子对本多说。本多硬要陪伴，拿着一瓶雪利和下酒菜，准备到凉亭里喝。从午后起，天气变得和暖多了。庭院西边漏斗般向谷底倾斜的远方，借景似的耸峙着富士山，山体裹在绵绵春云之中，只露出洁白的峰顶。

本多一路上边走边说：

"我想赶在夏天前，在这个有饵箱的阳台前面，修建一座游泳池。"

看到女人们的反应很冷淡，本多心里感到自己就像旅馆为客人引路的二掌柜。

本多很伤脑筋，对他来说最难伺候的是艺术家或同类的人种。他和槙子恢复交往，本来始自昭和二十三年勋十五周年忌日的时候，那次再度相逢并非以和歌为媒介，而是过去的律师和证人事务性的交涉（两人的感情近乎同谋犯），虽然相互都没有明言，但实际上都出于对勋的思慕之情，而成为一次私人的接触。这回，槙子带着弟子堂而皇之正欲面对富士山慷慨悲歌之时，本多进退两难，便不择场合地提起了游泳池的事。

不过本多明白，自己还不至于引起女士们的轻蔑，反而是她们可以安心的人。对于她们来说，本多毕竟属于艺术圈外之人，不在竞赛场之内。本多平淡地做着预测，槙子要是碰到为打官司而伤神的人，一定会这样介绍自己吧："本多先生是我的朋友，他虽然不作和歌，但他善于辞令，处理民事和刑事的能力都很强。我可以替你求求他。"

但是，从无法言及的内心深处来说，本多害怕槙子，槙子似乎也害怕本多。或许为了维护自己的名誉，就是槙子和本多重温旧交的最大缘由吧。至少本多是了解槙子的本质的，他知道，这个女人在关键时刻可以任意骗人，不管什么样的弥天大谎她都能精心编制，随口道出。

抛却这些，本多对于她们来说，倒是一个招人喜爱、不会带来麻烦的主儿。当着梨枝的面，她俩突然满嘴都是客套，只有在本多面前才能自由自在地交谈。本多也一样。这两个绝谈不上年轻但依然风姿不减的女人，她们那永恒不变的悲凉的会话，使肉感和过去结为一体，风景和记忆相反相成，自然也发生变形……她们在映入眼帘的美好事物上，即刻贴上抒情的印记，犹如法院执行官——在家具上贴上封条，这简直就像是她们保护自身不受美侵犯的唯一方法。本多喜欢从旁注视她们的这种习惯。拿生物作比，好似陆地上的两只水鸟，在灵感的驱使下笨拙地转来转去，最后还是滑入水里，从而获得过去意想不到的优雅和轻快，忽而游在水面，忽而潜入水中。本多喜欢观看那游弋的姿势，那运动的体态。作歌的时候，她们简直就是肆无忌惮地展示着精神水浴的姿态，正如当年本多在邦芭茵观看年幼的公主和老女官们水浴的情景。

"金茜果真来了吗？她昨晚住在哪儿？"

像突然加入的一句话，这种不安犹如粗糙的木片插入本多心中。

"这庭院实在太美啦。作为借景，东眺箱根，西望富士，待在这里，不作一歌，悠悠度日，实在可惜。我们在脏污的东京天空下被迫作歌，您却在这里阅读法律书籍。这是个多么不公平的人世啊！"

"法律书籍早就扔了。"

本多一边劝她们喝雪利酒，一边说。两人端起玻璃杯，袖子的挥动和手指的屈伸十分优美。准确地说，从轻轻挽起衣袖的动作，到戴着戒指的指尖捏住玻璃杯把，椿原夫人一切都忠实地模仿槙子。

"要是叫晓雄看看这座庭院，他该多么高兴啊！那孩子喜欢富士山，他在进入海军之前，自修室内一直悬挂着富士山的照片，瞧个没完。这才是符合那孩子性格的高雅志趣啊！多么单纯的孩子。"

椿原夫人提到自己死去的儿子的名字。每次谈起儿子，夫人的脸上刹那间就流淌着唏嘘的泪水。她的心底仿佛有个敏感的机关，同夫人的意志毫无关系，一提起儿子的名字，那机关就迅速反应，使得她的脸上浮出一定的表情来。正如一提到皇帝的名字就带着毕恭毕敬的表情一般，她那瞬间出现又旋即消失的唏嘘的征兆，仿佛就是在"晓雄"这个名字上画一下押。

　　槙子在膝头摊开记事本，记下即兴吟出的一首和歌。

　　"已经完成一首了吗？"

　　椿原夫人低着颈项，嫉妒地瞧了一眼。本多也看到了。于是，曾经为年轻的勋所梦寐以求的一片白皙的香肉，如残月一般在本多的眼底下摇曳。

　　"是今西先生，肯定是他。"

　　一看到草坪上向这边走来的人影，椿原夫人叫了起来。远远地从那白皙的额头和高高的身材，踉跄的脚步，还有那印在草地上的顾长的身影，她很快就认出来了。

　　"真讨厌，肯定又会冒出些下流话来，好不叫人扫兴。"

　　椿原夫人说。

　　今西康是德国文学学者，四十岁光景，战时介绍青春德意志派，战后发表过各类文章，梦想性的千年王国。老说要写书要写书，可就是不肯动笔。也许内容对人过于详细地吐露过，从而失去了写作的兴趣吧。真不知他那颇为怪奇且充满忧愁的千年王国，同今西证券公司的二少爷、过着优裕独身生活的他本人，究竟是怎样的关系。

他有一副苍白而神经质的面孔，但娴于交际，能言善辩，财界人士和左翼文人都对他感兴趣。他认为自己发现了战后权威和既定道德崩溃留下的知识的苍白与粗劣，也发现了自己前半生同自己相适应的粗劣。他也由此学到了性妄想的政治意义，并将此作为家传的技艺。以往的他只不过是个诺瓦利斯式的梦想家罢了。

他以贵族式的举措，故意说些污言秽语，专向女人献殷勤的处事态度，获得了女性的好感。那些把他称作"变态"的人，反倒证明自己是封建的遗老了。另一方面，今西也同时不忘他的千年王国未来蓝图，以免使得那些死板的进步主义者感到失望。

他绝不大声说话。因为大声有着将事物从微妙的官能领域剥离开去，使之化为思想的危险。

——在等待其他客人期间，他们四个坐在凉亭里沐浴着午后的阳光。凉亭紧挨崖下的山溪，溪水的流动震荡着四人的耳鼓，打乱了思维。本多不由联想起那首"时世常变幻，恒转如暴流"的俳句。

今西将自己的王国命名为"石榴国"，这因由来自那爆裂而出的鲜红的石榴米儿。他说，他常来常往于梦幻与现实之间，所以大家都向他打听"石榴国"的消息。

"最近'石榴国'发生了些什么事啊？"

"依然是人口没有调节好。

"由于近亲相奸太多，同一个人既是伯母，又是母亲，又是妹妹，又是堂姐妹。这样的例子不在少数。或许这个缘故，人世所没有的俊儿以及丑儿各占一半。

"漂亮的孩子不分男女自幼加以隔离，'爱儿乐园'这个地方，设备之好一如人间天堂。始终有人工太阳布撒着适度的紫外线，全都过着裸体生活。努力参加游泳等体育比赛，鲜花盛开，放养着小动物和小鸟。儿童们在这个地方摄取富于营养的食物，每周进行一次体检，防止肥胖。这就不能不越来越美了。但是这里绝对禁止读书，这是当然的措施，因为读书最容易损害肉体的美丽。

"不过，到了一定年龄，每周必须出园一次，开始成为园外丑人们性的玩弄对象。如此持续两三年后，就被杀戮。俊儿们趁着年轻被杀戮，难道不是人性爱的表现吗？

"对于此种杀戮法，国家艺术家发挥了所有的独创性。这是因为，举国任何地方都有性的杀人剧场，在那里，肉体美的姑娘同肉体美的青年，扮演各种角色遭人玩弄，继而被杀戮。神话和历史上所有那些年轻貌美之际即遭残忍杀戮的人物获得了再现，当然也有许多是虚构出来的。艳丽的富于性感的服装，明亮的灯光，出色的舞台装置，动听的音乐……一般说来，就是在此种环境中被壮丽地杀戮，于将死未死之际，为广大观众所侮弄，遗体也将被吞噬。

"坟墓？墓地就广泛分布在紧挨'爱儿乐园'的外围。这也是美好的场所，那些丑陋的残废者月夜在这片墓地里散步，沉醉于罗曼蒂克的情绪之中。每座墓碑皆由死者生前肖像替代，因而没有比这墓地更加充满美丽肉体的场所了。"

"为何要全都杀掉？"

"因为对活着立即感到厌倦。

"'石榴国'的人们非常聪明。大家都很清楚，这个世上唯有被记忆的人和保留记忆的人这两种类型。

"话说到这里，无论如何都必须谈谈'石榴国'的宗教。因为这些习惯的产生都来自这个国家的宗教观念。在'石榴国'内，不相信复生。为什么呢？因为神本应显灵于最高的瞬间，一次性是神的本质。复生之后不可能比以前更加美好。既然如此，复生也就没有意义了。不可想象，洗涤褪色的衬衫比新做的衬衫更加洁白。'石榴国'的神的作用只限于一回。

"因此，这个国家的宗教虽说是多神教，但只能说是时间的多神教。无数的神将整个肉体作赌注，永远代表着各自最高的空间而消泯。弄明白了吧，'爱儿乐园'就是神的制造厂。

"为了使这个世界的历史化作美的连续，神的牺性必须永远继续下去。这就是这个国家的神学。您说这不是合理的神学吗？还有，这个国家的人们一概没有伪善，所谓美就是性的魅力的同类语。他们都十分清楚，要想接近神亦即美，只有靠性欲。

　　"只有通过性欲才能拥有神。所谓性的拥有就是处于性欢乐最高潮的拥有。因为性欢乐的高潮不能持续，所谓拥有就只能将此种非持续性和对象存在的非持续性相互结合在一起。最为可靠的手段，就只有把达于性高潮的对象杀死才行。因而，将性的拥有归结为杀人和吃人肉，已经成为家喻户晓、人人必备的普通常识了。

　　"奇妙的是，这种性拥有的奇谈怪论，竟然统治着这个国家的经济结构。因为'杀戮爱儿'是拥有的原则，因而拥有完成的同时也将失去。持续的拥有是违反爱的，因而私有财产制遭到爱的见解的否定是当然的事。体力劳动只许用来造就美好的肉体，所以丑陋的爱儿被免除劳动。这个国家的生产完全实现了机器自动化，不需要人力了。什么是艺术？艺术就是杀人剧场千变万化的戏剧和美丽死者的雕像。出自宗教见解的官能性的现实主义成为基调，抽象主义被彻底排斥，而且严格禁止将'生活'纳入艺术。

"要接近美就得有性欲，但永远传递这一瞬间的是记忆……'石榴国'的基本构造大体如此，懂了吧？'石榴国'真正的基本理念是记忆，可以说记忆就是该国之国是。

"性欢悦的高潮这一肉的水晶体，在记忆之中越来越被晶化，于美之神死后唤醒最高的性欲。'石榴国'的人们正是为了到达这一境界才活着的。比起天上的宝石，人的肉体的存在，爱者被爱，杀者被杀，可以说都是到达此种境地的媒体。这就是这个国家的idea[1]。

"记忆可是我们精神的唯一素材啊。尽管神显现于性拥有的最高潮，但在其后，只有经过神成为'被记忆者'、爱者成为'记忆者'这一颇费时间的手续，神才能获得真正的证明，美才能到达，性欲才能净化为脱离拥有的爱。因为这个缘故，神与人的存在并非

---

1 英语：理念。

空间的隔绝，而是时间的交错。这里有时间性多神教的本质。各位弄明白了没有？

"一提到杀人就心惊肉跳。其实杀人完全是为了使这一记忆更加纯粹化，是为了将记忆蒸馏成更加浓密的要素所必需的手续。而且，那些丑陋的残废的居民都很杰出，真的都很杰出。这些人都是放弃自我的智者，使自己虚幻地生活着。这些人，爱者等于杀人者，也等于记忆者，大家都忠实扮演着自己的角色，至于自己，不作任何记忆，只为崇尚被爱者美丽死亡的记忆而生活下去。所以，只是这桩记忆的作业，就成为这些人一生的工作。鉴于此，'石榴国'又是丝柏之国、美丽的遗物之国、腕章之国、世上最平静之国和回想之国啊。

"我每次去那个国家，啊，什么日本，再也不想回来了。那个国家洋溢着人性中最甘美、最温暖的东西。因为只有那里才是真正的人性主义与和平的国度。首先，那里没有吃牛肉和猪肉的恶习。"

"我想问一下，吃人是吃什么地方呢？"

槙子颇感兴趣地问。

　　"这还不是不言自明的吗？"

　　今西用低沉的声音答道。

　　——原为审判官的本多淡然地倾听着他们的谈
话，觉得十分滑稽，一个人暗自取乐。本多甚至做
梦都未想到会有这类人种，要是让龙勃罗梭[1]见到了，
他肯定主张要尽早将这种人从社会上剔除出去。

　　本多一方面对今西的性的趣味抱有反感，一方
面沉浸在另一种梦想之中。假如这不是今西的空想，
那么，我们也许全都是"性的千年王国"的居民。神
使得本多作为记忆者而永远活着，将清显和勋作为被
记忆者而杀戮，这也许就是神的剧场上的一出滑稽剧
吧？然而，今西却说不存在复生。那么，轮回不是同
复生相对立的思想吗？保证各自生的最终一次性，不
正是轮回的特色吗？今西认为，人的存在和神之间有
着时间的交错，人只有在记忆之中才能同神相遇。他
的这个主张具有一股力量，促使本多展望自己的一生

1　龙勃罗梭（Cesare Lombroso，1836—1909），意大利精神病学家，犯
　　罪人类学创始者。

和行旅，从而引诱他走向渺茫的幻想。

尽管如此，他到底是个怎样的人呢？

他将自己的黑暗心理故意暴露于光天化日之下而自鸣得意。而且，他说起话来泰然自若，仿佛是谈论别人家的事情。他的表情里负载着所有的dandyism[1]。

长期待在司法部门的本多，内心隐藏着对政治犯的一种抒情式的敬意。其实，真正的政治犯少而又少，除了勋之外，他不曾记得见过一个像样的政治犯。

另一方面，本多对于悔改的罪犯却怀有厌恶和轻蔑相混合的感情。

今西到底属于哪种类型呢？

今西决不会悔悟，但也彻底缺少政治犯的高贵。他那企图用 dandyism 装扮卑劣的告白者的虚荣心，幻想将告白的优点和 dandyism 的优点这二者全都据为己有。他就是一个既丑陋又透明的人体标本……话

---

1 英语：时髦，潇洒。

虽如此，但本多多少被今西所吸引，所以才会邀请他到别墅来。不过，本多就是不肯承认这些都扎根于对今西那股"勇气"的一种羡慕。何况自己隐瞒这一点，并非出于决不陷入"告白者的卑劣"的自负与克己，而是也许因为惧怕今西那双 X 射线般的眼睛。事实就是这样。本多将自己的这一点，暗自命名为"客观性疾病"。那是决不参加的认识者所陷入的最终充满快活战栗的地狱……

"这个人生着一双鱼的眼睛。"

本多在心中忖度着，偷偷睃了一眼在女人面前夸夸其谈的今西的侧影。

——客人都到齐了。这时，太阳眼看就要落山了，富士山左面的云彩一片通红。

四个人离开凉亭回房的时候，庆子的恋人美军中尉已经在厨房里帮忙了。接着，年龄老迈的原男爵新河夫妇到了。此外，外交官樱井、建筑公司总经理村田、著名新闻记者川口、流行歌星京谷晓子、日本舞蹈家藤间郁子等，济济一堂。这在过去的本多家简直无法想象。梨枝受到众宾客的尊敬，但没有什么喜色。本多的心扉似乎也没有敞开。因为金茜没有来。

二十六

新河原男爵被安排坐在壁炉旁边的椅子上，冷然地瞧着其他客人。

新河已经七十三岁了。每次外出之前总要嘀嘀咕咕半天，但他又不忘被邀请的喜悦，到了这把年纪，依旧热衷参加宴会。因为流放期间尝尽了孤苦，不管哪里宴请，他都欣然前往。他被解除流放之后，仍然保留这个老习惯。

但是，新河如今同他那位喋喋不休的夫人，不管到哪里都被当作最扫兴的客人。新河讽刺中的毒性已经减弱，寸铁杀人的表现力也变得单薄，见到人时常想不起人家的名字。

"他……叫什么来着？……就是……那个经常被画进漫画的政治家……对……小个子，胖墩墩的……

叫什么呀？……名字极为平常……"

此时，对方必须仔细瞧着新河同"忘却"这头看不见的野兽搏斗的情景。这头虽说很老实但又很顽固的野兽时隐时现，揪住新河不放，长长的鬣毛一圈又一圈扫拭着他的前额。

新河终于死心了，他继续往下说：

"不过，那位政治家的妻子真是了不起啊！"

但是，关键的名字一旦忘却，这样的插话就早已失去了风味。每当新河想把自己尝到的风味传达给别人而又焦灼不安时，他的内心已经培养起一种生平未曾有过的祈求别人的感情。仿佛只指望单纯而潇洒的笑谈让人了解自己的苦衷，那种求人了解的手续又这么繁杂，这就不知不觉将年老的新河推入卑屈的境地。

于是，经年坚持过来的那种洗练的矜持，被他亲手撕得粉碎。在不止一次面临的悲悯命运中，以往那副在鼻尖上漠然吐着烟圈的轻蔑态度，如今成了新河最大的人生资本。与此同时，他又费尽心思，极力使藏匿于心底的这种轻蔑不被人发现。所以，他很害怕得不到邀请。

宴会进行中，他不时牵动一下妻子的袖口，对着她咬耳朵。

"这帮土包子、乡巴佬，说话真令人恶心，他们根本不知道如何用最优雅的语言表达最下流的事情。日本人到了这个份上真是了不得。小心，我们这种看法千万不能让他们察觉啊！"

新河迷蒙地望着炉膛里的火焰，颇为自豪地回忆起四十年前出席松枝侯爵府邸的游园会，那时自己也怀着这番轻蔑的心绪。

然而，只有一点不同：过去他所轻蔑的对象都不可能伤害他；如今他所轻蔑的对象只要存在，就会毫不留情地对他造成伤害。

——新河夫人十分活跃。

到了这把年纪，她越来越对谈论自己感兴趣。她到处搜罗听众，这种心情同一心要打破阶级界限的精神十分合拍。因为她从一开始就不大讲究听众的素质。

她以对待皇家的毕恭毕敬的态度向流行歌星献殷勤，跟人家大讲自己的事。她用顶级的言辞褒奖鬼头槙子的和歌，然后告诉槙子，一位英国人曾经夸赞她："夫人，您真是个诗人啊！"原来她在轻井泽仰望晚夏的云彩，说很像西斯莱[1]画的云彩，这句话被那位英国人听到了，于是这样夸奖她。

但是，夫人一旦回到炉旁的丈夫身边，一种不可思议的直觉就促使她不由谈论起四十年前松枝府邸的游园会来。

"想想那时候，要举办豪华的宴会，就只好将艺妓招到家里来，除此再也想不出好办法来了。真是个粗野的时代啊！如今这种不文明的风俗已经没有了。社交场上夫妇相伴，显得十分自然。日本真的进步多啦。您瞧，这个宴会上的女士们，再也不是沉默寡言的了。过去的游园会很少说话，简直无聊极啦。可今天，大家不都在畅所欲言吗？"

不过，四十年前和现在都只顾谈论自己的新河

1　西斯莱（Alfred Sisley，1839—1899），法国印象派风景画家。

夫人，有没有挤出一分半秒听听别人的发言呢？这真令人怀疑。

新河夫人又连忙离开那里，穿过壁镜前时，倏忽向黑暗中的镜子瞟了一眼。她绝不害怕镜子。所有的镜子只是一个字纸篓，夫人将照出的皱纹全都丢进去了。

陆军会计中尉杰克很会干活。大家都以亲切的目光望着这位心地善良、富于献身精神的"占领军"。庆子对他阃威森严，调教有方，真是无与伦比。

杰克时时从背后恶作剧般地伸手摸摸庆子的乳房，庆子沉静地微笑着，颇显难为情地默许了他。她只得听凭男人将戴着戒指的毛茸茸的手伸到自己的胸部。

"别胡闹。这人，真拿他没办法。"

她对每个人都看了看，遂用干瘪的教训的口气说道。杰克那裹着军服裤子的屁股硕大无朋，人们比较着它和庆子的堂堂肥臀哪个更大。

——椿原夫人一直同今西聊天，依然带着一副悲伤而痴呆的表情。她第一次遇到一个彻底贱视自己宝贵的哀伤的人，心中很感惊讶。

"您不管多么悲哀，儿子也不会复活过来了。再说，您为了不让自己心中的气球混进杂物，一味地只用悲伤充填它，只有这样您才放心，不是吗？说句失礼的话，您已经判定没有任何人能使您心中的气球鼓胀起来，所以只得补给自己制造的悲伤的燃气，以便使气球飞翔起来。我说得对吗？因为这样一来，您就不用担心会受到别的感情的困扰了。"

"瞧您说得多么玄妙，可真残酷。"

椿原夫人用手帕掩住呜咽，透过缝隙抬眼看看今西。在今西看来，那目光就像巴望被人强奸的童女的眼神。

——村田建筑公司总经理像见到财界大前辈一般，对新河表达了过分的敬意。但从新河方面来说，被这类泥瓦匠们奉为前辈，心里并不怎么情愿。村田在本公司的建筑工地上大肆张挂自己的名字，无所不至地宣传自身。但没人像他那样远离"泥瓦匠老头子"的风采，苍白而扁平的脸孔上，依然保留着战前革新官僚这一履历的影子。一个仰人鼻息的理想家，一旦成功地摆脱控制而开始新生，俗众性的明媚自由之海，就会突然展现于自己眼前。他纳日本舞蹈家藤间郁子为妾，郁子穿着漆丝和服 [1]，佩戴五克拉钻石的戒指，即使笑的时候也挺直腰杆。

"好漂亮的房子，不过先生，要是交给我们盖，可以便宜好多好多啊，真遗憾。"

村田再三对本多说道。

外交官樱井和名记者川口，围住京谷晓子讨论国际问题。樱井鱼一般滑腻的肌肤和川口因嗜酒而变得粗劣的老皮，形成职业的冷血和职业的热血的绝妙对照。男人们高谈阔论一般是说给女人听的，对于那种微妙的虚荣心的相互竞争，这位完全麻木不仁的流行歌星一边不停咬着 canapé [2]，一边比较着两个男人散乱的白发和有条不紊的黑发。她的嘴巴先张开像发"O"音的形状，然后再将 canapé 断然送进那金鱼般的嘴唇里。她始终带着黯淡的眼神继续进行着这项可

---

1 即用漆染纤维织成花纹的和服。

2 法语：上面摆着奶酪和肉菜的面包片。

爱的作业。

"你呀,胃口倒是挺大啊!"

鬼头槙子特意走到今西面前对他说。

"向您的弟子求爱,难道都要一一经过您的允许吗?我是怀着对自己老娘求爱的心情的。我感到一种神圣的战栗。尽管如此,即便错了,我也绝不会向您求爱。您对我是什么看法,早就写在脸上了。对于您来说,我的这副长相最容易引起您的性反感,是吧?"

"你倒有自知之明啊。"

槙子放心了,对着这个世界也娇声娇气起来。接着,她就像给榻榻米加了一条黑边,沉默片刻,然后开口道:

"你即使将她俘获,也不可能扮演她儿子的角色。对她来说,死去的儿子才是她最神圣最美好的东西。因为她只是个侍奉神仙的巫婆。"

"啊,我认为这些都靠不住。说什么活着的人能继续代表死者纯粹的感情,这简直是冒渎神明。"

"所以说,她不正是在侍奉死者的纯粹感

情吗？"

"这都是生存的必要。要是这样，光是这一点也是值得怀疑的，不是吗？"

槙子厌恶之余，眯细着眼睛笑了。

"这个宴会一个男人也没有！"

她这么一说，就被本多喊走了。椿原夫人坐在墙边靠背椅的角落里，歪斜着身子哭泣。窗外黑夜寒气凛凛，水蒸气凝结在窗玻璃上，似大汗淋漓。

本多打算请槙子照料一下椿原夫人。假若不是因怀旧所引起，而是少量酒精的作用，那么椿原夫人也许属于那种一喝酒就爱哭的人。

梨枝带着一副苍白的面孔走过来，对着本多的耳朵说道：

"好像有个奇怪的声音。刚才就在院子里……也许耳朵听错了？"

"想去看看院子吗？"

"不，我害怕。"

本多走到窗前，用手指揩了揩玻璃上的水汽。枯草坪对面的桧树林上一派惨白的月色。一条野狗拖着黑影在那里徘徊。它站住，夹起尾巴，挺起胸毛，向着明亮的月光吼叫，远方传来猎猎的犬吠。

"是它吧？"

本多叮问妻子。妻子孩子般不安的原因揭穿了，她不肯马上认输，脸上浮现出飘浮不定的脱毛鸡般的微笑。

侧耳倾听，桧树林对面很远的地方，同这里相呼应似的，传来两三声时远时近的犬吠。

风吹过来了。

二十七

深夜，本多透过楼上书斋的窗户，眺望着空中那轮小小的凄清的月亮。月光公主到底没有来，那月亮代表她前来作客。

宴会结束时已近夜间十二点。只剩下留宿的客人，又稍稍聚会了一会儿，然后各自回客房去。楼上有两间客房，与此毗连的有本多的书斋，再下面是本多夫妇的卧室。梨枝同客人分别后，因为累了，浮肿的手指也麻痹了，便撇开丈夫独自回卧室了。本多一个人待在书斋里，回想着刚才妻子特意向他展示的那双暗淡的、浮肿发麻的手背。

内部增生的恶意使得胀大的白皙的皮肤失去棱角，那像天真的小孩子一般肿胀的手背，始终在眼前闪现。他曾向妻子提议举办别墅落成典礼，被妻子拒绝了。假如她答应了，又不知会有些什么事发生。一些凄怆的事情又会打那令人不快的亲切和慰藉的皮下脂肪下边掠过。

本多环顾着这间格调高雅、窗明几净的西洋式书斋内部。他真正工作时的书斋不是这个样子。充满生气、未经收拾的杂乱，有着鸡窝般的气味。而现在，一整块具有民艺风格的磨光的桧木板书桌上面，摆放着全套英国风格的摩洛哥皮革制作的文具。笔盘里放着几支自己精心削好的铅笔。还有父亲遗留下的青铜鳄鱼文镇，上面嵌着一排候补士官领章一般新鲜的烫金英文字，以及一个空下来的竹编信匣。

他几次离开座位，去揩拭没有拉上窗帷的凸窗的玻璃。室内因为有暖气，月亮很快就歪斜得一片模糊了。因为他很清楚，要是不使这月亮清晰地映现出来，心底的空虚与厌恶将越发膨胀，这种驳杂的灰暗的膨胀，最后必然转化为性欲。想到漫长人生的终极仅有这样一种风景，随即惊讶于生命的干瘪无味……狗的远吠再起，脆弱的桧树林又经受着风的扑打。

隔壁的妻子静静地睡了。过了好长一段时间。

本多熄掉书斋的电灯，走向紧挨客房那面墙壁边的书架，悄悄抽出几册西洋书，堆放在地板上。这就是他所命名的"客观性疾病"。当他被这种疾病抓住的一瞬间，便受到一种巨大强制力的左右，不得不将过去全部站在自己一边的社会推向敌对一方。

这是为什么呢？这也只是他常年站在法庭上，以辩护人身份客观观察人世诸相的一部分。但为何那种观察是遵循法则，而这种观察却是违背法则的呢？为何那种会获得人们的尊崇，而这种会受到人们的轻蔑和非难呢？……假如这是一种罪愆，那么也是快乐招来的罪愆。作为审判官，本多从经历上当然明白摒弃私欲、心静如水的快乐。如果说这种快乐只有在胸中没有任何悸动的情况下才是崇高的，那么罪恶的本质就只在于心中的悸动吗？难道人最自私的为获取快乐的悸动，才是违背法律的最大缘由？……

总之，这一切都于理不通。当本多从书架抽出西洋书的时候，他已经超越年龄限制，胸中涌起孩子般的悸动。他匹马单枪面对社会，不能不感到自己孤立无援，只是个虚弱而无任何防御的存在。他拆除使自身保持在半空里的全部枷锁，犹如一只沙钟从而开始无止境的颓落。此时，法律和社会已经成为他的敌人……假如本多能多少产生些勇气，这里也不是自家的书斋，而是花草茂密的公园的一隅，或者夜幕包裹、人家的灯影斑驳照耀的窄巷小径，那么这种场合的他就成了最为可耻的犯人。人们将高声嘲笑："瞧，他从审判官变成律师，又从律师变成犯人！""站在这里的，是个终生酷爱法庭的人啊！"

抽去书本的墙壁开着一个小洞。布满尘埃的晦暗的空间刚好容下一张脸。尘土的气味蓦地诱发着本多内心对幼年亲切的回忆。少年时代秘密的快乐，似乎又在黑暗里爆出微弱的、通红的火花。他想起睡袍深蓝色的天鹅绒领子泛着一股屎尿气，第一次在字典里查到"猥亵"一词，以及所有那些忧郁和腥臭的往事。而且他从自我悸动的心胸里发现了最卑微的调情画，正是这些图画将清显拖入了内心高雅的悸动。尽管如此，这确是将十九岁的清显和五十八岁的本多联系起来的唯一的阴暗的通道。闭上眼睛就会出现一种幻象：透过灰暗的书架，散射着肉的红色微粒子，犹如聚集的蚊柱交互飞旋。

隔壁客房住着槙子和椿原夫人，再下一间客房住着今西。不过刚才两个房间似乎有过交流的迹象，本多听到了悄悄打开房门的声音以及压低嗓音拍击水面般的叱骂。这声音停止了，过一会儿又重新响起。仿佛有个东西顺着斜坡向最深沉的黑夜滚落，就像一颗象牙牌滚落下去一样。

这一切都看到了。不过本多看到了更多的东西。

隔壁客房里，和墙洞平行并排摆着两张床。墙洞下面的一张很难看到，远处的一张全都能看清楚。只亮着枕畔的灯光，床上是暗的。

本多吃惊的是，在同一高度于薄明中睁大的眼睛同自己窥视的眼睛对上了。那正是槙子的眼睛。

远处那张床上，槙子穿着洁白的睡衣端坐着。睡衣的领口整齐地扣着，单一方向的灯光朦胧地照射着她银白的头发，卸过妆的脸上仍旧带着往昔的冷峻的惨白色。浑圆的双肩虽然显现她已到了发福的年龄，但从那极有规律的均匀的呼吸来看，她的胸部依然饱满而富有弹力。可以说，夜的精髓全被她的一身洁白覆盖了。本多有了仰望月夜富士的感觉。裙裾周围埋在蓝条纹毛毯幽婉的襞褶里，槙子将一侧的膝头伸进毛毯，一只手在毛毯上轻轻摇动。

起初本多觉得槙子的眼睛看到了自己偷窥的眼睛，实际上她绝没有面对墙洞这个方向。她的视线向下，一直盯着靠墙的这张床。

但是，如果单看槙子那双眼睛，只能认为她在作歌，似乎眸子猝然凝视着眼下的河水。其实，这是正待发射箭矢的猎人的锐眼，精神看到了某种生机勃勃的混沌，企图将其凝结。只看到这一点，并不妨碍人是崇高的感觉。

槙子向下窥视的既不是河水，也不是鱼鳖，而是微明中在床上蠢动的人影。本多挺起脑袋，颅顶抵着书架的天花板，透过小小墙洞斜斜地向下窥视。隔着一道墙壁的床上，似乎发生了什么事情。一双女腿，缠绕着一双清白而瘦削的男腿。就在眼皮底下发现两具绝谈不上洋溢着生命感的肉块，水栖动物般缓缓蠢动的接点。黑暗里泛着水淋淋的微光，贪婪胶合，神醉骨酥，抽提纵送伴随着生硬的颤抖，两个湿漉漉的草堆时离时合。女人雪白的腹部裸露在迷离的灯影之下，似乎有一张草纸夹在两股之间。诸般情景恭恭敬敬映入本多的眼帘。

今西恬不知耻地伸展着一双可怜的知识分子的大腿。一切都等同于他的言说，露出瘦削尾椎骨的扁平的屁股，描摹出无聊的水波似的颤动，只不过是虚空的幻影，一种诚实的阙如激怒了本多。

与此相比，椿原夫人的一声声呻吟，只能说十分真诚。转眼一看，只见椿原夫人的手指伸向今西的头，像个溺死者死死抓住他的头发……夫人最后喊出了儿子的名字，不过声音审慎而又细弱。

"晓雄……晓雄……原谅我吧。"

话音里只剩下不断的唏嘘，今西一直没有动。

本多突然感到事情的严肃与可怖，他咬住嘴唇。眼下，有件事终于弄明白了。先不管是否有槙子的命令，夫人在槙子面前（恐怕只限于槙子面前）公然干起这种勾当，看来并非始于今晚。不，这也许是槙子和夫人师徒关系的一种献身和自侮的本质吧？

本多再度看看槙子。槙子摇晃着银光闪亮的白发，泰然自若地俯视着。本多觉得，除了性别不一样，槙子和自己完全属于同一人种。

二十八

　　第二天依然是个大晴天。本多夫妇偕同留宿的三位客人，再邀上邻居庆子一起游山。他们分乘两部车奔往富士吉田的浅见神社。除庆子外，其余人参拜神社之后都想回东京，所以别墅上了锁。本多锁门时突然想到，家中没人，要是金茜赶来怎么办呢？他一时畏惧起来，但这种事不大可能。

　　今天早晨，本多读完了今西送给他的礼物《本朝文萃》[1]。不用说，本多很想读一读书中都良香的那篇《富士山记》，特意托今西捎来的。

　　　　富士山在骏河国，峰如削成，直耸属天。

1　日本平安后期汉文集，藤原明衡撰，十四卷。

这种记述虽说没什么意思，但下边一段却是本多以往读过且深深留在记忆中的。其后未能获得再次阅读的机会。

古老传说云：贞观十七年十一月五日，吏民仍旧致祭。日午，加之天甚晴美。仰观山峰，有白衣美女二人，双双舞山巅之上，去天一尺余。土人共见之。

富士山唤起眼睛种种错觉，晴天里出现幻景并不奇怪。山麓的风很平静，一到山顶就变成强风。晴天里经常可以望见飞扬的雪雾。那雪雾令人联想起两位美女的形状，映入当地人的眼睛。这种事也是可能发生的。

富士山虽然冷静非常，但却以独有的典型的纯白与冷峭，蕴蓄着所有的幻想。冷静至极也有眩晕，正如理智至极有眩晕一样。富士形态端正，但这是一个十分暧昧的情念的极端，或者说境界。两个白衣美女在这个分界线上翩然起舞，也不是绝对没有可能。

再加上浅间神社的祭神是女神木花开耶公主，这对本多更富有诱惑力。

两辆汽车，槙子、今西乘椿原夫人的车，本多因为要回东京，另租了一辆车，供本多夫妇和庆子乘用。这是极其自然的分组，本希望和槙子坐在一起的本多，心里留下一抹遗憾。他想同她肩并肩坐在车内，再次端详一下她那箭在弦上的双眼。

前往富士吉田的路上并不轻松。这条国道从须走越过笼坂岭，沿山中湖畔的旧镰仓公路一直北上，一半是尚未铺柏油的险峻山道。这条国道同山梨县的分界线通过笼坂的山顶。

本多听凭并肩而坐的庆子和梨枝两个女人聊着，自己像孩子似的一心盯着窗外看。他请庆子一道来，为躲避梨枝的唠叨起了很大作用。梨枝已经变成拔掉塞子、白沫向外溢出的啤酒瓶子，她从今天一早开始，就极力反对乘车回东京。她说自己从小就不习惯这种长久、无聊和豪奢的旅行。

梨枝一旦同庆子谈起话来，就变得既温顺又可爱了。

"肾脏不必过分担心。"

庆子颇为洒脱地说。

"是吗？经您这么一说，我更有信心啦。真奇怪，我丈夫那种假惺惺的关怀呀，担心呀，反倒惹我很生气。"

这话个中具有微妙的含义。不过，庆子决不会为本多辩护什么。

"本多先生爱讲死理，真没办法呀。"

越过县境，山的北麓一派残雪。因冻结而凹陷的积雪刻印着浅浅的曲折的蛇纹，就像梨枝消肿后的手背的皮肤。

然而，此时的本多对梨枝变得更有忍耐力了。两个女人当着他的面大肆数落自己的不是（尽管其中一位是自己的妻子），但却给予本多一丝淡淡的慰藉。

自笼坂岭向北，随处覆盖着厚厚的残雪，山中湖畔林木稀疏的地面，蒙着一层绸缎般的冻雪。松树发黄了，湖水现出一片明媚。回首眺望富士白色的肌肤，以及这块地方一切白色的源泉，像涂了明油一般闪着光亮。

到达浅间神社的时候是午后三点半。本多猛然看到从克莱斯勒黑色轿车下来的三个人，就像看到从黑色棺材里还阳的人一般可怖。从今天早晨起，他就希望当着大家的面将昨夜的痕迹彻底抹消，可是一旦将他们三人于一定的时间幽闭在一个褊狭的场所，就像穿刺后取不净的腹水，沉淀的记忆又如沉渣泛起，历历在目。由于下行道旁雪的反射，三人狼狈地眨着眼睛。尽管如此，槙子依然挺胸站立着。而本多憎恶今西那身苍白而缺乏弹力的肌肉。这个人昨天白天洋洋自得大肆谈论的所谓悲剧性的肉的美丽梦想，被他自己极不相称的身子亵渎了，埋葬了。

总之，本多看到了。他所看到的人和浑然不觉的人，在翻转的世界的边缘互相依偎着身子。槙子仰望着石头匾额镌刻着"富士山"三个字的巨型石雕鸟居，又掏出作歌的笔记本，拔出系着紫色线纽的细小的铅笔。

六个人相互搀扶着走在湿漉漉的参道上。树木漏泄下来的阳光，将残雪的一部分照射得颇为庄严。从老杉树的梢头飘零下来的落叶堆积在残雪之上，笼罩着薄雾般的光亮。有的树梢似乎拖曳着一带绿色的云。参道尽头闪现出残雪包围的朱红的鸟居。

这神圣的征兆促使本多回忆起饭沼勋。于是，他又看看槙子。槙子受到神力的感染，倏忽一转，让人忘掉了她那深夜的目光。被这流盼的眼神迷住的勋，也许就是被这眼神杀死的吧？

庆子悠然自得，不管遇到什么事，她总是大肆张扬一番。

"嗄，真漂亮，真了不起！这才是日本式的啊！"

听到如此断定的口气，槙子带着一副不耐烦的风情看着庆子。而梨枝却显得小心谨慎，以一种任凭他人获胜的心情远远瞧着。

走在参道上的椿原夫人东倒西歪的脚步，犹如一只可悲的仙鹤耷拉着濡湿的翎羽。她悄悄甩开过来搀扶她的今西，却把手伸向了本多。她根本不想作歌。

她的悲戚因假装而更加纯粹。本多瞥了一眼她那低俯的侧影，几乎被打动了。他的目光正巧同窥探夫人侧面的槙子的目光不期而遇。槙子像寻常一样，从这张映照着雪光的悲戚的女人脸上，发现了诗情。于是，和歌作成了。

一行人来到同富士登山道相交叉的神桥，这时，椿原夫人连说话也哆哆嗦嗦了，她对本多说道：

"对不起。我一想到这座富士神社，就觉得晓雄会在这里含笑迎接我……那孩子特别喜欢富士山。"

不知怎的，夫人悲惋的样子显得很是虚空，使人感到宛若风自由穿越的空无一人的凉亭。而且，出奇地平静。仿佛神灵附体后灵魂的世界一片荒芜，她那稀疏的毛发下一张不带油脂气的面颊，好似一枚和纸变得极易渗透。悲伤仿佛从那里静静地、自由自在地进进出出，宛若呼吸一样。

梨枝看到这种样子，忘记了疾病，感到自己非常健壮。这个时候，本多怀疑妻子装病，什么浮肿全是假的。

一行人终于抵达将近六丈高的朱红大鸟居。钻出这座鸟居，看到朱红门楼前，高高矗立着埋在污秽积雪中的神乐殿。神乐殿三面屋檐上，张挂着稻草绳。高大的杉树梢顶射下一道明丽的阳光，正好照耀着插在基座的白木八朔台上的白纸条。四周积雪的反光照得神乐殿通体明亮。映射着白纸条的阳光令人目眩，高雅的玉串在微风里飘动。

一刹那，本多感到这纯白的纸条仿佛是有生命的活物。

椿原夫人的眼泪像决堤的河水。然而，夫人的嚎哭未能引起任何人的惊讶。

夫人在未看到白纸条之前，似乎遭到一种恐怖的打击，她跑到狮子和龙的石雕所守护的朱红的拜殿前边，一边磕头，一边放声大哭。

战后，夫人的悲伤久久未能得到治愈，本多对此已经不以为怪了。因为他目击到使得这种场面复活的秘诀——就像昨夜那样，此种悲伤获得鲜明的再现。

二十九

　翌日，本多不在家，御殿场二冈的庆子向本多本乡的住宅打电话，因举办宴会而疲劳不堪的梨枝正躺在床上休息，听说是庆子打来的，只好起来接听。

　原来今天月光公主独自一人到御殿场去了。

　"我正在外头遛狗，看到有位小姐在您家门前转来转去。她不像是日本人，一打招呼，她回答说'我是泰国人'。再一问，说是接到本多先生的邀请，由于当天有事没来赴宴。她以为大家都还没有走，所以今天特地赶来了。她那一副满不在乎的谈吐着实叫我吃惊，看她一个人来到这里，要是让她马上回去，实在有些过意不去。我请她到家里喝茶，然后送她到火车站。眼下我刚刚回来。她还说等回到东京以后，一定向本多先生赔罪。因为她不爱打电话，一用日语打电话就脑袋疼。真是个可爱的小姐！她头发乌黑，眼睛大大的。"

庆子说到这里，再次感谢昨天的款待，她说今晚那位美国军官要带同僚到家里来打扑克，得预先收拾一下，不能再聊下去了。说到这里便挂断电话。

本多回家后，梨枝将电话的内容一五一十都对他讲了。本多带着迷惘的表情听了一遍。他昨夜里刚好梦见金茜，这当然不能告诉妻子。

到了本多这种年纪的一个好处是，可以无限制地等待下去。可是他毕竟有些人际来往，不能长久在家中等待金茜的突然来访。他本可以将那枚戒指交代给妻子，但他还是想亲自送到客人手里。于是便把戒指装进西服的内兜带走了。

大约十天之后，梨枝告诉本多，他不在家时金茜来过。她来得真不是时候，当时梨枝正要去参加一位老同学的葬礼，她穿着丧服出门时正巧碰到即将跨进门槛的金茜。

"她一个人吗？"

本多问。

"嗯，是的。"

"真难为她了。下次我主动跟她联络，总得请她吃顿饭呀。"

"她愿不愿意来呢？"

梨枝忍着笑问。

本多以为，用电话联络会给对方造成心理负担，不如由自己选个日子，寄去一张新桥剧场的戏票，来不来由金茜个人决定。剧场刚好举办文乐剧[1]巡回公演，请她观看日场部分，回来途中在最近回到日本人手里的帝国饭店一起吃晚饭。

日场是《加贺见山》和《堀川猴戏》。不过本多对有约不来的金茜已经不再感到奇怪，一个人独自听完了"长局"一段。本多趁着《堀川猴戏》开演前长久的幕间休息到院子里去了。晴天丽日，许多观众都出来呼吸新鲜空气。

这时候，本多注意到前来看戏的人个个鲜衣洁履，同几年前大不一样了。或许有很多艺妓吧，女人

---

1 日本古典戏剧之一种，又称人形净琉璃，舞台上演员在音乐伴奏下手操人形演出。

们的和服华美、艳丽，令人忘却废墟的记忆。尤其是战后，不分老幼一概崇尚摆阔，所以比起大正时代来，观众的服饰更加丰富多彩了。

如今的本多只要愿意，即使从她们中间挑个年轻貌美的艺妓做情妇也是可以办到的。被她缠着买这买那的快乐，眼前玉颜娇媚动人，好似春云笼雾。俨然穿着男式白布袜的细纹木偶般的足趾，也属于自己所有，但是，如此下去，前景立现。快乐的红铜箍樽里，开水沸腾，升腾而起的死亡的灰尘即将覆盖整个视野。

这个剧场的风情在于庭院面临河川，夏天可以享受清凉的河风。但河水浑浊，水面上缓缓流动着驳船和垃圾。本多想起战争时期东京的河川，水面上空袭罹难者的浮尸越来越多，工厂的烟随之断绝。至今，他对格外清澄的河水以及映入水中的世界末日格外湛蓝的晴空，依然记忆犹新。同那时比起来，这污秽的河面正是繁荣的标志。

两个穿着茶色羽织褂的艺妓凭栏站立，她们已经习惯沐浴着河风。一个是手绘的墨染樱花纹的宽幅腰带，一身洒满樱花瓣的鲨鱼纹和服。小巧的身材，圆圆的面孔。另一个浑身装束华美，高高的鼻梁，薄薄的嘴唇，泛着一丝冷笑。她俩不住唠着，互相表现出夸张的惊愕。手指间的进口金丝过滤嘴香烟，静静拖曳着一缕青烟，并未因惊愕而摇动。

　　不一会儿，本多发现女人的眼睛频频望着河对岸。那座至今仍然立着提督雕像的旧帝国海军医院，眼下变成美军医院，住满了朝鲜战争中的伤病员。春天，前院里半开樱花的辉映下，可以看到坐在轮椅上的青年美国兵、拄着松叶拐杖的伤员，还有用纯白三角巾吊着膀子的士兵，在樱花树下散步的身影。这些人既没有隔着河面向这边花枝招展的女子高声呼喊，也没有美国大兵式的调情骂俏。映入眼帘的仿佛是别一世界的景色，经午后阳光煌煌照射下的河对岸，承载着众多对一切并不特别关心、步履踉跄的青年伤病员的姿影，显得一派宁静。

　　两个艺妓显然很喜欢这样的对比。她们周身涵泳在春温般的白粉香绢、骄奢慵懒之中，祝福着他人失掉腿脚和臂腕的伤痛。这些人直到昨天还是胜利者……这份温存的恶作剧，精妙的坏心眼，本来就是她们的秉性所致。

站在旁观者的立场，本多从隔水相望的这种对比中感觉到一种灿烂的东西。本多想必由此察知：河那边，有着过去长达七年统治着这块地方的占领军士兵的尘埃、鲜血、惨苦，以及负伤的骄矜、未能恢复的不幸、眼泪、病痛，被弄得支离破碎的男人的性；河这边，战败国的女人们，正在从以往胜利者的流血中获得利益，用他们的汗水和伤口上的苍蝇养肥了自己，张开黑蝴蝶般玄色的羽织褂，过度打磨而成的女人奢侈的性。河风也无法使得两者交会。可以察知，美国男人为了这些无法到手的无用的艳丽鲜花尽情开放，为了这些不近人情的华丽的卖弄，眼睁睁流尽了热血。他们正为此而追悔莫及吧？

"简直是骗人呢。"

一个女子的声音传进本多的耳朵。

"可不是嘛，真是惨不忍睹啊。那些外国人块头儿大，落到那种地步，挺可怜的。其实咱们也很不幸，彼此都一样。"

"这可是自作自受啊！"

女人们冷酷地谈论着，越发饶有兴味地望着河对岸。当她们的兴趣达到极点就倏忽松弛下来，几乎同时竞相打开粉盒，斜斜地对着镜子，向鼻官上扑粉。浓郁的香粉被河风吹散，飘到女人羽织褂的前裾和本多西服的袖口上。本多瞥见微微蒙上香粉的小小镜面的反光，蓦然闪过一道钝光，宛若飞舞的飞蚂蚁，映照到本多脚边的花丛里。

远远传来开幕的铃声。只剩下一出《堀川猴戏》了。本多向场内走去，心想金茜不会来了。他觉得自己几乎凭着肉感饱享着金茜的不在。他从庭院登上两三级台阶，来到剧场走廊上。金茜伫立在柱子后头，躲避着户外的阳光。

从刺眼的太阳底下走出的双目，看到她那乌黑的秀发和乌亮的大眼睛，好像连成一道闪光的黑暗。发油散发着强烈的香气。金茜露出两排洁白而整齐的牙齿，对着他微笑。

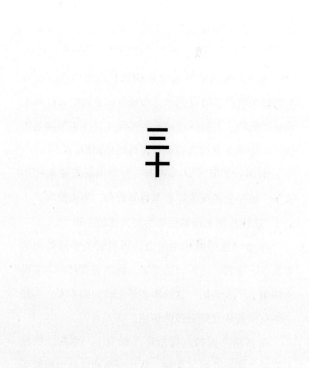

三十

当晚，两人吃晚餐的帝国饭店荒废已久，占领军自以为很懂得灯光艺术，却擅自在庭园的石灯笼上涂抹了白漆。大餐厅哥特式的天棚比以前更加阴凄惨淡，一排排餐桌雪白的桌布显得格外刺眼。

本多点了菜，立即从内兜里掏出装着戒指的小盒子，放在金茜面前。金茜打开盒盖，不由惊叫。

"这枚戒指无论如何都得回到你的手指上。"

本多尽量用最单纯的语法诉说着关于戒指的因缘关系。金茜一边听一边微笑，她的笑有时同本多说出的情节不太合拍，这给本多带来瞬间的不安，不知金茜有没有认真倾听他的讲述。

金茜将高挺的胸脯抵压在桌面上，那胸脯同她天真烂漫的面孔极不相称，犹如一尊迎风破浪的船头像[1]。学生式样的长袖衫下面，不用说也明白，那里隐蔽着阿旃陀洞窟壁画女神们的肉体。

看似轻捷实则储满黑沉沉果实般的肉体，酷暑般漆黑的头发，以及自略显扁平的鼻翼至上唇间暧昧而颇费人猜疑的线条……整个肉体也在不住地讲述着什么。不过看起来，她在倾听本多讲故事的同时，将自己肉体的语言随便放过去了。她硕大而幽黑的眸子穿越智慧，看似有些盲目，形态也有些不可思议。金茜在本多面前之所以能够葆有一副芳香醉人的肉体，是因为远国密林温润的灵气，对一路来到日本的她不断施加影响的结果。人们称作血缘的东西，不管走到哪里都是紧紧跟随你的深远而无形的声音，有时是热烈的低语，有时是嘶哑的呐喊。这声音是一切美丽肉体成形的缘由，这形态又是引起人们迷醉的源泉。

当金茜的手指戴上这枚浓绿的祖母绿戒指时，本多于一刹那看到那遥远而深沉的呼唤同这位少女的肌肉紧紧融合为一体了。

---

1 帆船船首的装饰雕像，古代多为狮子，后来以人物为主。

"谢谢。"

金茜的脸上浮现出献媚的微笑，似乎略损高雅的品格。本多明白，只有她知道对方理解自己那种毫不在乎的感情时才会有如此的表现。一旦追寻这种献媚，便如退潮一般立即逃逸而去了。

"你在幼小的时候，认定自己是一位我所熟悉的日本青年的转生，故乡是日本，想尽早回日本，弄得大家十分为难。如今你来到日本，又戴上这枚戒指。对于你来说，终于画了一个完整的巨大的圆环。"

"呀，我什么也不知道。"金茜毫无感动地回答，"小时候的事，我全不记得了。是的，全都不知道。大家都取笑我，说我小时候很怪，就像您所说的，成了笑谈的对象。可我什么也不记得了。提起日本，战争一开始我就去了瑞士，在那里直到战争结束。当时有人送我一个日本偶人，我一直爱不释手。"

那就是我送的——本多没有说出这句话来，他控制住了。"我来日本，原是听了父亲的话，他说日本学校很好，我就来留学了……其实呵，我最近在想，童年的我，是个镜子一般的孩子，别人心中的东西，全都能照出来。或许我当时都把这些说出去了。不管您想些什么,都能在我心中反映出来。我想就是这么回事吧。您说呢?"

金茜将疑问助词"呢"的发音挑得很高,就像英语疑问句的语尾那样。她发音有着这样的习惯。因而,这个"呢"使得本多联想到泰国寺院朱红的瓦甍,想起那尖端反转着锐利刺向蓝天的金蛇般的鸱尾。

本多蓦然注意到近旁围绕圆桌用餐的一家老小。以实业家派头的家长为中心,身边是夫人和已经成年的儿子们。穿戴高雅,而脸部显得卑俗。本多猜想这是朝鲜战争里发了横财的暴发户一家,儿子们像午睡刚醒的狗一样耷拉着面皮,眼睛和嘴粗鄙得全都不着边际。一家人围在一起,喝汤时发出很大的声响。

那些儿子互相打闹,瞅空子朝本多这里看看。儿子们的眼神告诉本多,老爷子带着女学生模样的爱妾用餐来了。那眼神似乎再也不想表达别的意思。本多回忆起在二冈深夜里看到的今西,他不能不将那种极不相称的匹配同眼下的自身作一对比。

本多感到这个世界有着比道德更加严格的规范,

正是在这个时候。不相符合的东西绝不会诱惑人们的梦想，只能招致人们的厌弃并已经受到惩罚。不懂做人的时代的人，对于一切丑陋的现象，应该比现在更残酷。

饭后，金茜去洗手间。本多一个人留在前厅里，心情猝然变得轻松了。从这一瞬间起，他谁也不再顾忌，趁着金茜不在独自逍遥。

一个疑问升上心头。二冈新居落成典礼的前一天晚上，金茜究竟住在哪里，还没个答案啊。

尽管如此，金茜依旧迟迟不回来。本多又想起邦芭茵，那时幼小的公主被女官们围住，临时去小解的场景。随后他又想起红树盘根错节的褐色河水，公主光着身子在水里游泳的情形。不论多么仔细地观察，都看不到她那左侧胁腹本该存在的三颗黑痣！

本多的需要无疑很单纯，命名为"爱"反倒显得不自然了。他只巴望仔细看看如今的公主一丝不挂的裸体：那小巧平板的胸脯现在是什么颜色；那桃红的乳头又是如何像鸟巢里的雏鸟向外探头探脑仰起脑袋，不服气地尖尖而立；还有那臂腕内凸现的河心洲般的部位，以及所蕴含的褐色腋窝重叠而模糊的阴影。本多要检点一下未明的光照中已经成熟的一切完美无憾的部分，并同年幼时公主的肉体比较，从而获得心底里的一丝震颤。飘溢着无限柔情的腹部中央，镇守着小小环礁似的肚脐。为替代门神亚斯卡的深深体毛所守卫着的曾经长期固守沉默的部位，变得不间断地浮出温馨的微笑。秀美的足趾一根根张开，两股光洁，长成的双腿笔直而修长，一心支撑着生命跃动的规律和梦想。所有这些，他都想同从前幼小的身影一一对照。这是为了理解"时光"，弄清"时光"做些什么，究竟使什么成熟起来。这种认真对照的最后，假若依然找不到胁腹的黑痣，那么证明本多最后一定爱上她了。因为妨碍爱的是转生，遮挡热情的是轮回……

金茜回到前厅，梦幻中惊醒过来的本多冷不丁一句问话，尽管出自无心，但话音里还是流露出深深的醋意。

"哦，忘了问你了。御殿场宴会的前一天晚上，听说你好像没有跟留学生会馆打招呼，就住到一个日本人家里了，是这样吗？"

"是的，是日本人的家。"金茜毫不怯懦地浅浅坐在本多身旁的安乐椅上，一边仔细打量着自己的美腿，一边回答。

"一位泰国同学住在他家，那家里的人一个劲儿地挽留我，要我第二天再走，我便答应下来了。"

"他家孩子大概很多，一定很热闹吧？"

"那倒也不是。那家两个儿子，一个女儿，加上我，还有一位泰国同学，大家在一起神聊来着。他家父亲是东南亚巨商，所以对东南亚的人特别亲切。"

"那位泰国同学是男的吗？"

"不，她是女的。那又怎么样呢？"

于是金茜又把"呢"字的发音挑到半空里。

接着，本多为公主很少交日本人朋友而感到遗憾。他忠告说，既然来日本留学，就应该同当地人广泛交流，否则就没有意思了。光是和我在一起太单调了，下次为你多带些年轻人来吧。他先投下鱼饵，约定一周后的七点，再到这家饭店的前厅会合。因为一想到梨枝，本多就有些打憷，不敢将金茜请到家里来。

三十一

回家，下车。凭着两鬓的触感，知道正在下毛毛雨。

学仆出迎，说夫人因劳累早些安歇了，还说有位客人硬要等本多回来见上一面，不得已只好将他让进小客厅，已经等了一个多小时了。学仆问本多，是否知道饭沼这个姓。他一听就晓得准是来要钱的。

本多四年多没有见到饭沼了，上回会面还是在勋十五周年祭的时候。打那时起，他知道饭沼战后很穷，但那次在神社举办的极简朴的祭祀，给他留下很好的印象。

本多之所以立即想到他来要钱，是因为最近阔别已久前来叙旧的人都是为着这个目的。他们之中有失业的律师，有乞讨的检察官，也有潦倒的法庭记者……大家都听说本多交了好运，拿了钱。大伙儿觉得既然侥幸获得一笔钱财，也想前来分点油水。本多只对那些态度谦虚的人掏腰包。

走进客厅，坐在椅子上的饭沼站起身行礼。从那皱巴巴的西服后背到头发花白的颈项都看得十分清晰。装穷较之穷困本身容易学到手。本多请他坐下，叫学仆去拿威士忌。

饭沼说，正好从门前经过，心想无论如何得来拜访一下才是。这明显在撒谎。饭沼喝上一杯酒就像是醉了。当要给他斟第二杯时，他用左手托住小小酒杯的底部，两手一起捧着杯子。本多对此很反感，那种拿法就像老鼠偷吃东西。接着，饭沼抓住机会高谈阔论起来。

"当下的流行语是'开倒车，开倒车'。政府年前要着手改宪法。如今到处风传要恢复征兵，因为接受这一做法的国民基础已经稳固。但令人焦急的是，这种基础未能显现出来，而是处于低迷状态。另一方面，赤色分子势力嚣张，怎么办呢？前几天，神户举行反对征兵的游行声势浩大。又该如何应付？虽然名曰'反对征兵青年大会'，但朝鲜人很多，你说奇怪不？他们用石子、辣椒粉，甚至燃烧瓶和竹枪，同警察队混战一团。听说三百多名学生、儿童和朝鲜人，一起涌向兵库警察署，要求放回被捕人士。不是吗？"

反正是来要钱的呀。本多心里盘算着，哪有心思听他闲扯。但是饭沼也应该弄清楚，不论新政派如何用社会主义政策加以控制，赤色分子如何捣乱，私有财产制从根本上没有发生丝毫动摇……窗外阴云密布，雨势逐渐加急了。本多一直记挂着金茜，心想，虽然自己顺便用车子将她送回留学生会馆，但估计那宿舍设备简陋，湿漉漉的春雨一旦飘进房间，将会给在热带长大的金茜的肉体带来怎样的潜在影响呢？就寝时金茜的睡姿是怎样的呢？她是娇喘频频仰面朝天、酣然大睡，或者含笑微微、团身而卧，还是像涅槃佛殿装金的卧佛，屈肱而枕，露出灿然的脚底板呢？

"京都总评[1]发动的'粉碎镇压法总动员大会'也发生了暴力。看来，今年的'五一'也不会平静的，究竟会闹到什么地步谁也估计不到。各地大学里，赤色分子占领学校，同警察发生冲突。您瞧，先生，这还是刚刚缔结日美和平条约和安全保障条约之后呢。多么绝妙的讽刺！"

该提要钱了吧，本多想。

"吉田首相正在考虑使共产党存在非合法化，我举双手赞成。日本又要刮起一场暴风雨了。这样放任下去，和平条约一旦签字，立即就会转入赤色革命。那时，美军几乎撤光，怎样才能制止大罢工呢？想到日本的未来，经常难以合眼。到了这把年纪，还是本性不改啊！没法子。"

这回该提钱的事了，本多一个劲儿想。但是，酒过三巡，就是不肯进入正题。

饭沼简要地谈了两年前同妻子离婚的事。接着就马上跳向过去，对本多抛却审判官职务无偿为勋辩

1　工人运动核心组织"日本劳动组合总评议会"的简称。

护一事再三道谢，感激涕零，表示终生不忘。本多无法忍受眼下的饭沼再谈到勋，所以对方一旦提起，就连忙将话题转移开了。

突然，饭沼脱去上衣。天气还没有热到这种地步，本多看他醉了。饭沼又取掉领带，解开衬衫和内衣的纽扣，露出因醉酒而发红的胸膛。本多看到那胸毛几乎全白，在灯下好似一簇银针，根根直立。

"其实，今晚我是想请您看看这个才来的。真是太丢人啦，本打算隐藏一辈子的，不过还是想请本多先生瞧一眼。我想，您一定会嘲笑我吧？不过，我只是想让本多先生知道：'饭沼就是这么一个人'，连这次失败也不瞒着……说实在的，比起我那慷慨赴死的儿子，我简直羞愧难当。我这样觍着老脸活着，算怎么回事啊？"

饭沼流下眼泪，话也颠三倒四起来。

"说起来，这是在战争刚刚结束时，我用短刀刺胸企图自杀留下的伤痕。我本来想切腹自尽，但又担心万一不成功怎么办。结果一错再错，刀尖偏离了心脏，就差一点点。血倒是流了不少。"

　　饭沼炫耀似的将紫红发亮的瘢痕亮出来给他看。在本多眼里，那是经多次治疗都未能恢复的结果。红色的肉块凝结、聚合，堵住了粗糙的伤口，硬是草草纠结成一个黑乎乎的疙瘩。

　　往昔饭沼顽强的心胸，如今依然在胸毛的覆盖下傲然挺立。这时本多才开始感到饭沼并非为钱而来，不过，他也丝毫不为自己有这种想法而反悔。饭沼过去和现在没有变。只是这种人也想将以往受到的追逼和羞辱凝结在一起，使之结晶为稀有的玉髓，进而转变为崇高之物，并将此呈献到自己最可信赖的证人面前。他的这番用心也是可以理解的。不管真心还是假意，凝结于胸口的暗紫色瘢痕，毕竟是饭沼人生中保留下来的唯一一颗宝石。对于本多来说，尽管有些不情愿，但作为以往高洁行为的报酬，他也只得沉浸于被选作证人的荣光之中。

　　饭沼穿起衣袖，似乎猛然酒醒，为长时间打扰而道歉，并对受到的款待表示感谢。本多连忙留住他再多待一会儿，便用纸包了五万块钱，拨开饭沼再三推让的手，硬是塞进他的口袋里。

"好吧，您的厚意我拜领啦。这笔钱就充当重建靖献塾的资金吧。"

饭沼十分郑重地说道。

送他走出雨天的大门口。饭沼的背影消失在石榴树叶掩映的耳门之外。在本多看来，不知为什么，那背影就像散在暗夜中的日本周边无数海岛中的一个。这个饥渴的孤岛，只能依靠狂涛巨澜、荒瀚无边的"天水"存活下去。

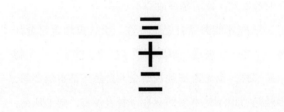

三十二

戒指回归金茜的手指之后，本多不但未能获得一时的安然，反而越发放心不下了。

怎样才能摒除自己的存在，全方位地观察金茜呢？本多一时被这个难题缠住了。要是能像一个生物学家那样，事无巨细地观察金茜自然生活着的姿影，她丝毫意识不到本多的存在，青春焕发，随心所欲，任意开启内心的全部秘密，那该有多好啊！可是，如果添加"本多"这个因素，一切就立即荡然无存了。

一个圆满无缺的水晶球，一个只可容纳纯爱的主观自由游弋的玻璃钵，才是金茜的栖身之所。

至于清显和勋，为了使他们的人生结晶成为这样的水晶球，本多也尽到了微薄的力量，他以此为骄傲。在他们二人的生涯中，本多是他们的援手，同时也是未能起到任何作用的无效的援手。重要的是，本多一无所知地于非常自然而纯粹的愚执中扮演了这一角色（自己本以为是在起着智慧的作用）。然而，一旦"明白了"之后！那灼热的印度严酷地使他知道这些之后，他对"生"还能给予什么援助？寄予怎样的干涉和参与呢？

况且，金茜是个女子。一副肉体涨满无明[1]晦暗的魅惑，犹如一只盈盈外溢的水杯。她的肉体发出诱惑，使得本多不断在"生"的道路上艰难奋进。这是为什么？他虽然无法断定是为了什么，但其一或许是利用"生"所释放的魅惑借他人之手破坏"生"本身，其二是再一次让本多彻底明白参与之不可能。

当然对于本多来说，包含着金茜的水晶球从本质上说所保持的是自己的快乐。然而，这快乐不能和与生俱来的按理行事的欲望分离开来。能否找到理想的办法，将这相互矛盾的两种嗜好引向调和，以便战胜金茜"生"的淤泥中开出的那枝黑色的莲花呢？

1　佛语，意思是"暗于真理"，一切迷妄烦恼的根源。三惑之一。

关于这一点，最好能从金茜身上明显找出清显和勋的转生的证迹。这样一来，热情也就随之减退了。但从另一方面来说，假若金茜身上一开始就同本多所见到的一系列转生的流程毫无关系，她仅仅是个少女的话，那么就根本谈不上什么被她魅惑。要是这样，恐怕严厉嘲讽热情的力量之源，以及这个世界所不存在的魅惑之源，两者都存在于同一轮回之中。觉醒之源是轮回，迷魅之源亦是轮回。

想到这里，本多临近人生终端，越发想做一个蓄财自足的初老之人。本多认识好几位这样的男子。那些对赚钱和处世、对权力之争的俊敏之士；那些对狡黠的竞争对手的心理比谁都熟悉，但同数百女子同床共寝而毫无所知的家伙。这些人满足于利用金钱和权力，使得女人和帮闲们像屏风一般围绕在自己周围。女人们都像月亮一样只用一面并排着朝向这边……本多认为，这不是自由，这是笼子。这是限于自己眼睛可视的范围，是自愿关在将这个世界凝结而封闭的铁笼之中。

还有一些稍微聪明的人，他们是财主、权势者和善于钻营的人。他们对人性了解得十分透彻，从表层琐细的征兆，能够预卜一切内部的情形。他们是以蓼酢之苦辛品味人生的卓拔的心理学家。他们是技艺精湛、追求新奇的庭园主人，只要喜欢随时可以变更草木山石的布置，建设美丽的小庭园，重新凝结、整理世界和人生，使之井然有序。将欺瞒当作一枚庭石，把诌媚变作一株百日红，使真情融入木贼草丛，令追从化作蹲踞、忠实转为小瀑布，将众多的背叛者组合成奇峭的岩群……成天面对这富于寓意的庭园，静静沉浸在以往被夺去的世界和人生相对抗的喜悦之中，从而将一个认识者的苦乐和优越牢牢掌握在手里，就像紧握着倾注在高贵茶碗里的薄茶绿色的泡沫。

本多和这种人不是同种。他只是不知餍足，充满不安，但这已经不属于无知了。只要窥见能知和不能知的境界，就不再是无知了。而且，不安正是我们从青春窃取的无价之宝。本多已经同清显和勋的人生会面，亲睹了伸手不可及的了然无味的命运的形态。这完全就像被欺诈一般。人的存在意味着什么？人的存在就是不如意。本多在印度深深领悟了这个道理。

尽管如此，本多过分迷恋于生的绝对被动的姿态以及寻常见不到的生的极端存在论的形态，过分濡染于非如此就不是生本身的豪奢的认识之中。他彻底缺乏诱惑者的资格。因为所谓诱惑和欺瞒，从命运方面看是徒劳的，诱惑这一意志本身也是徒劳的。当我们考虑除了纯粹被命运自身所欺瞒的生的姿态之外便没有生，这时，我们又怎么可能介入呢？又怎么能够看到这种存在的纯粹的姿态呢？目前，我们只能在其不存在的时候，凭借想象力与之交涉。自我满足于存在一个宇宙中的金茜，本身就是一个宇宙的金茜，必须彻底同本多隔绝。她也许是一种光学的存在，肉体的彩虹。面红、颈橙、胸黄、腹绿、大腿青、小腿蓝、足趾紫色。而且，脸的上部所见不到的红外线的心脏，以及脚底板下所见不到的紫外线记忆的足迹……而且，那彩虹的一端，融入了死亡的天空。她是通向死亡天空的彩虹。假如不可知是色欲的首要条件，那么色欲的极致只能是永远的不可知了。那也就是"死"。

意外获得一笔金钱的时候，本多像常人一样想用钱使自己获取快乐。但此时，对于他最本质的快乐而言，金钱已经不再需要了。为了参与、照料、保护、拥有和垄断，金钱是需要的，金钱是有用的，但本多的快乐一概避忌这一切。

本多知道，唯有不花钱的快乐，才会潜隐着汗毛森竖的欢欣。如漆的暗夜湿漉漉树干上苔藓的触感，坎坷的泥土地上落叶霉潮的气味。这是去年五月的公园之夜。嫩叶馥郁的香气，恋人们胡乱地坐在草地上。森林周围公路上悲壮往来的车灯。灯光照得针叶林如神殿里的一排排柱子。迅疾闪现的光芒悲剧般地将柱子阴影一个接一个砍倒，又战栗地打草坪上一掠而过。其中，刹那间飘起的光影卷起白色内衣时的神圣之美近乎残虐。仅仅一次，那光芒从杏眼微伤的女子脸上倏忽擦过。为什么看似睁着眼睛呢？既然看到一滴光的反射落到瞳孔上，那么无疑那女子的眼睛是半睁半合的。因为这是一气剥除存在的黑暗凄怆的瞬间，所以看到了本不该看到的东西。

恋人们的战栗和战栗相等，脉搏的跳动与跳动相同。他们一起分担同一种不安，在诸般相同的尽头，停留于只需一看而绝不可再看的存在。这种静谧作业的执行者，如蟋蟀一般隐栖于各处的树荫和草丛之中。本多也是无名之辈中的一个。

青年男女互相交合的洁白的下半身浮泛于暗夜中。黑暗格外浓丽的周围缠绵舞动的手臂。乒乓球般肥白的男人的屁股。还有那一声一声的喘息，几乎都有着法制的可信性。

是的，汽车的头灯蓦然照射女人脸孔的一瞬，在剥离存在的黑暗的这一瞬间，畏缩的不是那些行为者。畏缩的倒是那些偷窥的人。夜间公园遥远的外侧，炉火余烬般的霓虹灯反照的周围，抒情似的巡逻车的汽笛远远呼啸而至，恐怖和不安使得偷窥者躲藏的叶荫下一时骚动起来，被发现的女人们毫无所动地沉溺于情欲之中。被发现的男人们凛凛然如野狼，剪影般俊敏地抬起那社会性的上半身。

在一次午餐后的闲谈中，本多从一位老律师口里听到警察告诉他的一件小丑闻。这件尚未公开的丑闻，涉及司法界一位无人不知的著名老者。这位德高望重、受人尊重的老人竟然被警察当作惯犯抓捕了。他六十五岁了。年轻的警官要看他的名片，严加拷问这位羞愧难当的老人，命他详细表演偷窥的姿态，然后施行耐心的说服。年轻的警官越是了解他的身份，越是乘兴大肆揶揄他，将老人的社会名誉和犯罪之间的可怖的落差恣意夸大，使他知道要想在这个深渊之上架桥并非人力所能奏效。以架桥之不可能彻底打倒了这位老人。老人在受到这个孙辈的年轻人"垂训"的当儿，奴颜婢膝，耷拉着脑袋，不断揩拭额头上的汗水。就这样，老人经受基层警察局的一番侮弄，获得宽大释放。两年后，他死于癌症。

要是本多，又会怎样呢？

本多应该知道在这绝望的深渊随意架设桥梁的秘诀。那就是印度的秘方。

那种浸透着眼泪的快乐，人世间最为谦虚的快乐，老法官为何没有用法的语言来说明呢？然而，本多表面上对午餐会上的趣闻装作随便听听而已，但在心里却反复琢磨起来。老律师为何特地向自己讲述这个故事呢？他的用意究竟何在？每到关键时刻，本多都要努力去附和众人的讪笑。世人眼中污秽草履般的可怜的快乐，以及潜隐于任何快乐核心中的严肃，这两者残酷的对比弄得本多晕头转向。自从领教过一个小时午餐会上所付出的辛劳之后，本多与这个幸而不为任何人所知的习惯及其战栗，彻底一刀两断了。

在自己心中已经公然侮辱了理性的他，不会置危险于不顾。因为冒犯真的危险是理性，其勇气也只能由理性产生。

假如金钱不能保证安全，也不能赎回真正的战栗，那么生，对于真正的生，本多的年龄究竟出现了什么征兆呢？对于那种事情的饥渴，越老越强烈，经年不衰。

为此，本多尽管不情愿，难道需要一种媒介物吗？即使金茜和本多一起上了床，她也有决不允许本多看到的隐秘。既然那是本多唯一的欲求，为了得手，必须通过迂回的人工手段。

……为此苦苦思索的不眠的一夜，本多从书架一角抽出尘埃厚积的《大金色孔雀明王经》翻看着。

他吟诵起意味着"孔雀成就"的《摩谕罗吉罗帝莎诃》真言。

这是一组难解的游戏。如果说这部经典使他平安活过来的话，那么如此保全下来的他的人生，也就越来越像一则虚构的故事。

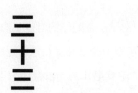

三十三

庆子对于本多讲述的孔雀明王经的故事很感兴趣。

“什么，被蛇咬的时候很有效？请您一定教会我。御殿场家中的庭院里经常有蛇出来。”

“陀罗尼开头一段我还记得些，怛尔也他壹底蜜底底里蜜底底里弭里蜜底。”

“就像《奇利比利比》[1]。”

庆子笑了。

这种不很正经的态度，使得本多像孩子似的感到不快，他对这个话题不愿再谈下去了。

庆子带来她在庆应大学上学的侄子，他穿着进

1 意大利民歌，曾在日本流行一时。

口西服，戴着高价的进口手表，眉毛纤细，嘴唇单薄。本多眼望着当今这类浮华青年，无形中自觉眼睛也变成往昔"剑道部精神"的眼睛，不由心里一震。

庆子依然从容不迫，慢条斯理地吩咐着。一旦托她办事，事无巨细，她都要一管到底。

前天，本多在东京会馆请回到东京的庆子吃午饭，托她给金茜介绍一位手脚麻利的青年男友。庆子一听就全明白了。

"我知道，您不愿意那姑娘是个处女，那样对您很不适宜。下回我把我的那个无可挑剔的侄儿带来给您，这孩子做事干净利落，以后您就一门心思充当那位姑娘的体贴入微的保护人吧……这倒是个绝妙的计划哩。"

不过，"绝妙"这个词一旦从庆子嘴里吐出，早已失去"绝妙"的意味了。谈到快乐，哪怕卖淫也要装出强颜欢笑的心情，庆子彻底缺乏这种情绪，她有些过于死板了。

接着，庆子对自己的侄儿作了说明。他叫志村克己，衣着潇洒，靠着父亲一位美国朋友的关系，将自己的身材尺寸送到纽约，每逢换季时节，都要新作一套布鲁克斯兄弟牌[1]西装。从这件事上，可以略知这位青年的风貌。

——本多讲述孔雀明王的故事时，克己显得颇为无聊地四处张望。帝国饭店的前厅像墓地的入口，一块突出的大岩石将中间的夹层楼低低隔开来。厅内一隅的小卖部摆满美国杂志和五颜六色封面的袖珍本书籍，就像胡乱供在墓前的枯萎的献花。

不注意倾听别人说话这一点，婶母和侄儿很相像。但侄儿的态度只是不懂礼貌，婶母呢，仿佛自己就是一种礼仪。即使面对刻骨铭心的可怖的忏悔，她也权当耳边风，听过就完了。

"头疼的是，不知道金茜到底肯不肯来呀！"

本多说。

"自从别墅典礼宴过后，您得了恐慌症啦。还是耐心地等着吧。不来就不来，我们三人去吃饭，不是也挺开心的吗？我说克己，你也不是个急不可待的性

1　美国知名男士服饰品牌。

子吧？"

"啊……不……是的。"

克己用十分清晰的语调暧昧地回答。

庆子像忽然想起了什么，从手提包里掏出固态香水，擦了擦戴着翡翠耳环的耳朵。

这个动作就像发出一种信号，前厅的灯火猝然熄灭了。

"哎，停电啦！"

这是克己的声音。本多想，停电时才说停电，还有什么用呢？就是有人为着自己的怠惰找借口。

庆子一言不发，摸黑将固态香水收起来，手提包的金属扣发出一声脆响，这声音又冲开一道黑暗。在这黑暗之中，庆子感到随着那飘溢四方的香水的馨香，她那坚实而肥硕的臀部，以及女人富于支配性的肉体，悄悄地漫无边际地膨胀开了。

但是，沉默似乎很快冲决黑暗，这伙遭难者似乎特意开始了充满快活的谈话。

"被占领期间电力缺乏，由于占领军优先使用，所以不断地停电。我们也习以为常了。这种情况今后也许会继续下去吧?"

"有一次全市停电的晚上,我正巧打代代木经过,看到只有代代木高台住宅区灯火辉煌。那些从黑暗中泛上来的灯的聚落,犹如来自另一世界的城镇,漂亮得令人可怖。"

谈到黑暗,隔着前院水池的公路上的车流,头灯的光芒照亮了饭店入口的旋转门。有人出去之后,懒懒转动的玻璃旋转门上,车辆的头灯宛如黑暗的水下摇曳不定的光带。本多想起夜间公园的情景,感到了轻轻的战栗。

"黑暗中可以自由地呼吸啊。"

庆子说。本多本想回她一句:白天人也能够自由呼吸。这时,庆子的身影逐渐胀大,映现到墙壁上。饭店侍者拿来了蜡烛。他在各处的烟灰缸里插上了蜡烛,整个前厅变成了地道的墓场。

一辆出租车停在门外,身穿嫩黄色少女夜礼服的金茜进来了。本多被这一奇迹惊呆了。她离约定的时间晚到不足一刻钟。

烛光映照下的金茜非常美丽。头发融汇在暗夜里，瞳仁中摇曳着众多的烛火。微笑时露出的白牙，比在电灯光里更加洁白。她娇喘频频，嫩黄色礼服下的胸脯放大的阴影一起一伏。

"还记得吧？我姓久松。在御殿场初次见过面。"

庆子说道。金茜没有当场还礼，只是娇滴滴地回答一声"是的"。

庆子介绍克己，克己给金茜让座。本多立即明白，金茜的美貌给克己留下了强烈的印象。

金茜没有特意向本多显示，但她还是有意无意展现了佩戴那枚祖母绿戒指的手指。烛影映照的一团绿色，宛若飞来的甲虫的鞘翅。护门神亚斯卡伟岸的黄金面孔，在阴影里怒目而视。本多认为，金茜戴着戒指而来，是想表露她的满腔柔情。

庆子一眼盯上了，她一下子搜住金茜的手指。

"啊呀，好漂亮的戒指！是贵国打造的吗？"

按理，庆子不会忘记在御殿场曾经对这枚戒指细加检点，但出于礼貌，她做得极其自然，仿佛真的忘记了。

本多瞅着一支蜡烛的火焰，心中暗暗下了小小的赌注——金茜会不会说是本多先生送的呢？

"嗯，泰国的。"

金茜只说了一句，本多对这个回答很满意，他陶醉在自己随意做出的美德之中。

庆子似乎将刚刚看到的戒指的事很快忘却，她从椅子上站起来，开始发号施令了。

"去玛奴埃拉。在别处吃过饭再到夜总会多一层麻烦，不如直接去夜总会，怎么样？那里的菜相当不错。"

大家一起乘上克己利用美国人名义购买的庞蒂亚克[1]轿车，开到玛奴埃拉要不了两分钟。

副驾驶座上坐着金茜，本多和庆子坐在后排。庆子乘车和下车风度翩翩，堪称一景。不妨回忆一下，庆子有着先于别人上车的习惯，她不是收起裙裾一点点地朝里挨，而是瞄准自己应该坐的地方，起动她那花瓶般的臀部，毫无滞留地一气运进车厢。

从后面观察副驾驶座上的金茜，黑发披散在座

---

1 美国通用汽车公司生产的高级轿车。

椅后背，显得格外动人，令人想起颓败的城墙上垂挂下来的爬山虎乌黑的叶丛。白天，叶荫里栖息着蜥蜴……

玛奴埃拉小姐在 NHK 前边大楼地下室开设了一家小型的时髦夜总会。这位皮肤浅黑的混血儿舞蹈家，一眼瞥见从楼梯上下来的庆子和克己，像老朋友一般热情地打着招呼。

"啊呀，欢迎光临！哦，克己君也来了。您来得真早啊！今晚上就把我这儿全包了吧。"

时间尚早的夜总会，舞厅里不见一个人。只有音乐好似呼啸的北风，吹翻了光闪闪的玻璃球薄片，犹如深夜街道上散落的白纸屑。

"那太好啦。我们就全包下来吧。"

庆子向黑暗的空间张开钻戒闪烁的两手说道。同她拥抱式的呐喊相呼应，远处炫人眼目的管弦乐队悲悯地鸣奏着。

"别忙，您先坐在这儿吧。"

玛奴埃拉正要代替服务生为来客订菜，庆子硬要她坐下来。克己起身让开椅子。庆子开始向玛奴埃拉小姐介绍金茜和本多。她指着本多说：

"这位先生是我新交的朋友。我还是喜欢日本味啊。"

"那很好嘛。您呀，太美国化了，还是略微去掉点的好。"

玛奴埃拉小姐虚张声势地在庆子身上大肆嗅来嗅去，庆子也故意装作浑身痒似的。这出玩笑，使得金茜笑得前仰后合，差点把桌上的杯子打翻了。本多稍显困惑地同克己互相望了一下。这是他和克己第一次对视。

庆子像是立即想起了什么，重新恢复了威严，提出了一个颇为扫兴的问题。

"要是像刚才那样停电，还会有什么困难？"

"没什么困难，我这里有红烛迓客[1]啊。"

玛奴埃拉小姐骄傲地说，嘴角明暗之间露出洁白的牙齿，朝着本多投以迷人的微笑。

乐队离去时跟庆子打着招呼，庆子挥动雪白的

---

1 婚宴上新郎新娘为各桌客人点燃蜡烛，以示温馨和幸福。

腕子一一回应。一切都以庆子为中心。

接着，四个人在这里用餐。本多不喜欢摸黑吃东西，但也只得凑合。烤牛排的切口窥见的血色应该是鲜红的，眼下却是阴郁的紫黑。

客人渐次多起来。本多忽而青春再现，置身于此种游乐场所，他回顾着自己，一时感到茫然若失。正如世俗所说，革命还是早一天到来为好。

餐桌其他三个人一齐站起来，本多感到惊讶，不知发生了什么事。原来庆子和金茜去洗手间，克己只是站起身回应女人们离席时的礼数。克己重新坐下，光剩下两个男人了。五十八岁和二十一岁的两个男人置身于音乐和舞影的包裹之中，失去谈话的兴味，默默地互相躲避着对方的目光。

"挺有魅力啊！"

克己突然有些沙哑地说。

"你很中意吗？"

"我就喜欢她那浅黑的肌肤，小巧的身个儿，而且又有肉体的美感。我一直憧憬着这种日语说得不好的女子。怎么说呢？我呀，有着略微特殊的趣味。"

"是吗？"

虽说对方的一言一语越发使得本多感到厌恶，但他依旧报以柔和的微笑。

"你对肉体怎么看？"

这回本多发话了。

"呀，没有想过。您指的是肉体崇拜吗？"

青年一边作出浮薄的回答，一边迅捷地用登喜路打火机为本多点上香烟。

"比方说，你手里攥着一嘟噜葡萄，攥得太用力葡萄就会破。但是，要达到攥而不破的程度，那么葡萄皮的张力就要反过来对手指作出奇妙的抗拒。此时的感觉就是我所说的肉体。懂了吗？"

"这么说，我有点懂了。"

拼命装作大人气的学生，一种自信再添上沉重的回忆，似乎很有来由地回答。

"懂了就好。只要懂得这一点就够了。"

本多说到这里，刹住了话头。

——其后，克己开始邀请金茜跳舞。连跳三支曲子，回到座位时，克己故意若无其事地对本多说：

"刚才我又断然想起本多先生讲的葡萄的故事。"

"你说什么?"

庆子追问道。这样的对话全都了无痕迹地消融于喧嚣的音乐里。

翩翩起舞的金茜!不会跳舞的本多,全神贯注始终看不够。欢跳的金茜解脱了异国生活的羁绊,幸福地流露出本然的姿影。那同身体不太相称的细长的脖颈,飞快地打着旋儿(她的脖颈和足踝天生轻捷自如),飘扬的裙裾下面,一双美腿直起脚尖站立,恰似海岛上两棵高高的处于远眺中的椰子树。肉的倦怠和活力交相更替,摇摆和跳跃瞬息万变。欢舞之中不绝地绽放着笑靥。跳吉特巴[1]时,她在克己指尖的操纵下旋转如风,身子微微后仰,笑口白牙,变幻闪烁,看上去光洁似半圆月。

1　"二战"后流行于美国的社交舞。

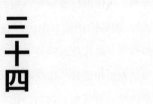

三十四

世上充满不安的征兆。

"五一"那天，皇居前发生骚乱。警官向群众开枪，情况越来越严重。游行队伍六七人为一伙儿，拦截美国人轿车，翻过来放火焚烧。骑着白色摩托的警官受到袭击，弃车而逃，白色摩托车遭火焚。跌落到皇居护城河的美国兵，一旦露脸就被石块砸下去。他们无法游上岸来，只能在水里浮沉十多分钟。广场上到处烈火熊熊。此时位于日比谷的驻日盟军司令部、明治生命保险公司大楼及其他建筑物，都由荷枪实弹的美国兵严加守卫。

这次骚乱非同小可。谁也不会认为就此结束，大家都感到未来更大的起义正在一个接一个酝酿之中。

五月一日，本多没有去丸大厦的办公室。他虽然没有亲睹，但自觉事态严重，所以自始至终坚持听广播，看报纸。对那次战争漠不关心的他，活到现在，对于社会上发生的事件再也不肯忽视过去了。他对财产古典式的三分法产生不安，关于今后的方针，他打算同为他担当财务顾问的朋友好好商量一下。

第二天，他在家里待不下去，外出散步。本乡三丁目一带，初夏的太阳照射着古老街道上的房舍，没有任何异变。他有意避开贩卖法律书籍的一本正经的店铺，走进摆满多种杂志的书店。这是他常年的习惯，散步就等于逛书店。

一排排书脊上的文字给他心里带来慰藉。一切都化为概念归纳在这里。人的爱欲、政治的骚乱，这些一律变成铅字静静排列。这里应有尽有，从编织入门到国际政治。

为什么一到书店就心平气静呢？只能说本多从小具有这样的怪癖。清显和勋都没有这样的怪癖。这是一种怎样的癖好呢？只有不断将世界打理一番，他才能心绪安然。他有一颗执拗而顽固的心，对于尚未记录的现实说什么也不予承认。他虽然不是马拉美，但诸事讲究表现。如果说世界最终是一册美丽的书，那么等它完结以后再赶去也来得及。

是的，昨天的事件已经了结。这里没有火焰瓶，没有怒吼，没有暴力，就连流血的模糊影像也消失了。变得老成的市民领着孩子寻找畅销书。身穿草绿色毛衣的肥胖女子手拎购物袋，大声询问本月的妇女杂志有没有出版。书店老板喜欢在店内养着一瓶菖蒲花，悬挂着一块硬纸板，上面是某文士拙劣的题额：

"读书乃心灵之食粮"。

本多夹在众多的顾客里浏览了一圈，因为没有他感兴趣的书，就来到摆满通俗杂志的书架前。有个学生模样的青年，穿着运动衫，专心致志站在那儿阅读杂志。他的表现有些异常，老是盯着同一页面，看个没完。远远望去颇惹人注意。本多走到那位青年右侧，佯装不经意地瞄了一眼那杂志的页面。

他看到青瓷色模糊的页面上，是珂罗版印制的粗劣的裸女照片。裸女身上捆着绳索，跪坐在那里。那青年从刚才起就用左手捧着这本杂志，目不转睛地凝视着这一页。

他来到青年身边一看，那姿势异常僵直，那脖颈的角度，那侧影，还有那双眼睛，宛若埃及立体浮雕，样子显得很不自然。接着，他清楚地发现那青年插进右侧裤兜里的手，正机械般剧烈地晃动着。

——本多立即离开书店。难得的一次散步使他变得很忧郁。

"那小子怎么啦？他为何当着众人的面干那种事呢？要是那样，我会默默迅速掏出钱买下来送给他。对呀，我为何没有立刻这样做呢？我要是毫不犹豫替他买下那本杂志该多好啊！"

本多走出两根电线杆的距离，随即改变了想法。

"不，不是那么回事。他要是真的想要那本杂志，哪怕留下钢笔作抵押，也会毫不犹豫买下来的。"

无论如何，他都不能买回那本杂志，本多由这一点展开想象的翅膀。不知为何，他总觉得对那青年的事自己不能放下不管。

一路思索着走回家。他讨厌妻子的出迎，没有从美以美会[1]教堂一角拐过来，而是顺着散步道迂回地走回家中。

本多随意地想象着，那青年之所以没敢把杂志带回家，不是怕家人唠叨，也不是没有地方放置。那青年很可能一个人独自住在私家旅馆里。他回到宿舍，等待他的那份孤独正如猫狗一般扑向青年怀抱。他无疑惧怕打开那捆绑的裸女的照相，以免将那份孤独和娱乐分离开来。其中或许有着青年所创造的牢狱般绝对的自由。在那有着荒瀚自由的四方形小小空间，在那充满精液气味的暗巢内，面对那个用绳索捆绑乳房、痛苦挣扎的青瓷色的裸女的脸，还有那双后仰的鸽子翅膀般的鼻孔，无疑是非常恐怖的。在那完美的自由中，和被绳索捆绑的女人相互对视，就如同杀人一样……正因为如此，他选择曝露于众人目光之下。他希望将自己置于他人视线的束缚里，在这种危险和屈辱之中，同捆绑的女子相互对视。作出这种选择的可厌的条件，表现了潜隐于所有性爱中绢丝般纤细而微

1　美国北方的卫理公会于 1844 年至 1939 年间使用的名称。

妙的必不可少之物。

　　一种极为特殊、极为甘美而卑贱的魅惑。青年如果将此看作艺术照的美丽的模特儿，就不会被如此强烈的欲望所驱使。在这座大城市中如日夜呼啸的暴风般的性。幽暗的巨大的过剩。火焰瓶烈火蹿飞的路上，以及地下情念的大暗渠……当本多看到远方从父辈起就威风凛凛、堂皇存在的石柱门时，他会觉察到自己的生活距离年迈的父亲多么遥远！他推开耳门走进门内，看到枝头上雪白而巨大的洋玉兰花竞相开放，猛然感觉到散步的疲劳。他想，自己今后的生活还是写点俳句什么的为好。

三十五

　　本多说过要到庆子那里取回托她代购的雪茄，顺便找克己来三个人一块儿聊聊，克己便开车来丸大厦接他。这是初夏一个阳光酷烈的午后。

　　美军基地商店虽然没有正牌的哈瓦那雪茄，但可以买到美国佛罗里达半岛产的雪茄。他们相约等庆子买好之后，车子直接开到旧松屋百货店的美军基地商店前边迎接她。

　　本多自然不能进入松屋美军基地商店。他让克己把车停在商店前面，从车内注视着商店出口。挂着雪白窗帘的窗户前，众多的画像师转来转去，缠着出来的美国兵不放。朝鲜归来的美军青年们，大都不加抵抗，站在那儿任他们去画。其中一位身穿蓝色牛仔裤前来购物的美国少女，也坐在黄铜窗栏上，请画师给她画像。

这道有趣的风景，倒是消磨车内等人的无聊的好办法。那些美国兵在众目睽睽之下也不觉得难为情，一本正经地站在那儿甘当模特儿，仿佛这是他们的职业义务，闹不清谁是顾客。看热闹的围作一团，看厌了离开，接着又立即新来一批。雕像般身躯高大的美国兵蔷薇色的脑袋，峣峣突兀于人群之中。

"太慢了。"

本多冲着克己的肩膀说。他下了车，想到阳光下面伸伸腰腿。

他挤在人堆里瞧着那位美国少女模特儿。她长得并不漂亮，穿着牛仔裤的腿不住摇晃着，上身是男式花格子短袖衫，布满雀斑的脸孔，有一半斜斜映照在掠过大厦的阳光里。那明暗之交的一条线，随着她咀嚼口香糖的动作时时发生歪斜。她既不骄傲，也不冷淡。即便为人所注目，她依旧自然无损，一双深深凹陷的茶褐色眸子，几乎一动不动地盯着一个方向。

这位少女只把他人的目光当空气，本多蓦然感到，说不定她就是自己所需求的少女。一想到这，心中涌起的感兴，就像头发梢着火，噼里啪啦翻卷着燃烧起来。这时，旁边有个男子跟他打招呼，看来，他从刚才就一直窥探着本多的表情，最后才搭上话的。

"似乎在哪里见过哩。"

对方是个长着鼠眼的小个子男人，穿着一件龌龊的西装，头发自太阳穴剪得很整齐，目光鬼鬼祟祟，含着几分阿谀和恫吓。本多一看就感到不安。

"您是谁啊？对不起……"

本多严冷地问道。那人伸着头凑在本多的耳朵旁说：

"忘啦？不是一同躲在公园树底下窥探的伙伴吗？"

本多极力控制自己，脸色还是变得苍白了。他冷冷地反复强调说：

"你都说些什么呀，认错人了吧？"

小个子听了这话，脸上立即掠过一丝奸笑。本多明白，这地层微微龟裂般的嘲笑具有无穷的威力，无论多么巨大的建筑物，随时就能彻底摧毁。可是，目前找不到任何证据。而且更难得的是，本多早已没有那么值得珍惜的名誉了。他能够清楚地觉察到这一点，可以说应归功于这样的嘲笑。

本多用双肩顶开那个男子，朝基地商店门口走去。正巧遇到庆子出来。

庆子身穿紫色西装，昂首挺胸，后头跟着一个美国兵，他俩手抱着一只大纸袋，几乎盖住了自己的脸。本以为是她的情人杰克，一看不是。

走到柏油路中央，庆子向那个美国兵介绍本多。接着，她指着美国兵说：

"这位，我不知道他的名字。这人很亲切，主动帮我把东西搬上车。"

那个小个子看到本多和美国兵谈话，便偷偷溜了。

庆子佩戴着大勋章般金光灿烂的胸针，冒着五月的阳光向汽车走去。克己站在前面故意开玩笑，恭恭敬敬打开车门向她鞠躬致意。美国兵将纸袋一一交给克己，克己摇摇晃晃好容易接了过去。

这场面很有趣。商店门前的群众随即撒开了画像，张着嘴巴呆呆瞧着这里。

车子开动了，庆子同那位亲切的美国兵挥手道别，美国兵也给予回应。群众里有两三个男子也挥舞着手臂。

"您倒挺受欢迎的啊！"

本多刚才那种精神性的动摇在极短时间内就自行收纳了，他有必要对自己夸示一番，所以带着几分轻薄的口气说道。

"嘻嘻。"

庆子有些洋洋自得。

"'世上没有鬼'，这话说得对。"

说着，她连忙掏出沉甸甸的中国绣花手帕，拿出西洋的架势大声地擤鼻涕。经过一番打理的鼻子，依旧气派地高高挺立。

"这都怪每晚脱得精光睡觉啊。"

克己一边开车一边说道。

"唉呀，太没规矩啦。就像你亲眼所见似的……算了，我们要上哪里去呀？"

本多担心走到银座又会遇到那个小个子。

"日比谷拐角有座新盖的大楼，叫什么来着？"

本多忘记了名称，一时有些焦急。

"日活饭店。"

克己应道。车子不久穿过人流，驶过数寄屋桥，桥下是污秽的浅绿色河面。

庆子极为亲切而富于智慧，但明显缺乏温柔。即使让她谈论文学、美术和音乐，哪怕是哲学，都像谈论香水和项链一般，充满着女性的豪奢和逸乐的韵味。对于艺术和哲学，她绝不是徒有其表，捉襟见肘，而是知识渊博，疏密有致，有的部分搞得十分透彻。

明治大正时代上流社会的夫人，要么是固守旧习的贞女，要么是水性杨花的荡妇。与此相比，庆子不偏不倚，得乎中庸，令人惊奇。但不难看出，男人若娶她为妻，则自讨苦吃。她虽说绝非刻薄，但看那副架势，总觉得她对那些微妙之事决不会放过。

她身披铠甲吗？为着什么？她丝毫没有披挂上阵的必要。在这种家庭长大的庆子，不会以社会为敌而战斗。社会一旦出现在庆子面前，随时就会变成她的家臣。总觉得她的某种无垢富有权威性，足以压迫众多的人。

如果说庆子的人格对恩惠和爱情不加区分，那么享受她的恩惠，同时可以相信也在为她所爱。

现在依然如此。庆子坐在新建的橄榄球场般的大厅侧楼上，面前摆着雪利，开始指指点点。这时候，本多总觉得，自己是在她的指挥下，倾听如何将金茜这只小鸟做成一道法国风味的菜肴。如果说本多的想法有些多余，姑且就算多余好了。

"打那之后，你又有过两次见面吧？感觉如何？走到什么程度？"

庆子首先审问克己。问完之后，她从纸袋里掏出至今忘掉的又大又厚的雪茄烟盒，默默放在本多的膝盖上。

"感觉如何？时机已经渐渐成熟。"

这只绿色的烟盒上缠着桃红的缎带，系着金币，标着金字，在碧绿的底色上闪闪发光。烟盒上的图案使人想起欧洲某个小国的纸币。本多想象着久久没有再闻到的雪茄的香气，一边用指尖抚摩着烟盒，一边听着克己的一言一语，再次感到无比厌恶。但他对于将这种厌恶当作某种预感加以欣赏的自己，实在有些不可理解。

"接吻了吗？"

"嗯，接了一次。"

"怎么样？"

"什么怎么样？我送她到留学生会馆，在门柱后头吻了一下。"

"所以我问你怎么样啊。"

"我看她有点惊慌失措，肯定是头一回吧。"

"你不是没有办不到的事情吗？"

"那姑娘有些特别，人家到底是个公主啊。"

庆子转向本多说道：

"最好还是把她带到御殿场去，不妨撒个谎，就说有宴会，约好留宿，尽量搞得晚一些。上回已经证明，她是可以在外面住宿的。把她叫来也有弥补上回失约的意思，她不会拒绝。还有，单和克己两个人出远门，会引起她的警惕，您也务必一道去。当然还叫克己开车。就说我在那边等着呢，撒个谎也没关系，我无所谓。等到了您府上，她看没有别的客人，会感到奇怪。随她怎么奇怪，一个外国的公主，谅她一个人也不能逃回国去呀。这就看克己的本事啦。当晚，本多先生，您就把她交给克己，悠悠然等着他们烹制一道法式大菜——橘香鸭脯吧。"

三十六

——御殿场二冈半夜零点，本多熄灭客厅的炉火，顺便张着伞来到阳台上。

阳台前边的游泳池已经初具规模，雨点敲打着粗糙的混凝土表面。距离完工还很早，池里还没有安装扶梯。渗进雨水的混凝土表面，映着阳台的灯光，泛着膏药般黯淡的底色。剩下游泳池的工程，只好从东京请人来承担，因此还要耽搁些时日。

池底排水不畅，即便在夜里也能看得清楚，回东京后，要提请他们注意。雨点落进池底，聚成水洼，反弹着雨水，哗哗的水声可怜见地捕捉着阳台上远远射过来的灯影。院子西端的溪谷升起的夜雾，白茫茫笼罩着半个草坪。异常寒冷。

没有建成的游泳池越来越像巨大的墓穴，不论投入多少人骨依然绰绰有余。不是越来越像，而是一开始就这样。一根根骨头投向池底，溅起一片水花，然后归于平静。火烤一般干枯的骨头，眼看着吸足水分，光洁闪亮地膨胀起来。以往，本多这个岁数该是建寿陵的时候了，却煞有介事地要建什么游泳池。满登登一池子清水，浮泛着一副衰老而松弛的肉体，这是多么残酷的试验。本多本来就爱恶作剧，有花钱找罪受的习惯。青青池水映着箱根的群山和夏天的云彩，将为他衰老的躯体增添多大的光彩啊！不说别的，到了夏季，光是就近看着金茜的裸体，让她知道这座游泳池专门为她而建，金茜该是一脸怎样的表情啊！

本多回到房间关门时，撑着伞仰望楼上的灯光。四扇窗户都亮着灯。书斋的灯是关着的，所以四扇窗户的灯光都是连接书斋的两间客室发出的。书斋隔壁住着金茜，再下边的房间住着克己……

伞面上滑落下来的雨滴似乎穿过裤子渗入膝关节。他想象着，在夜的寒冷中，周身的关节悄悄遍开着痛苦的小红花，那不为本多的眼睛所能看到的痛苦的花，就像小轮的曼珠沙华。梵语称作天上之花。年轻时老老实实躲在肌肉里小心翼翼发挥作用的骨头，渐渐高声宣示自己的存在，歌唱，倾诉不满，窥视机会，企图突破衰弱的肌肉，脱离肌肉凝固的黑暗跑到外面，效法沐浴阳光的绿叶、山石和树木，梦想获得和这些物象同等的资格，永远置身于阳光之中。它恐怕知道那一天已经不远了……

本多看到楼上的灯光，想到正在脱衣服的金茜，骤然心头热辣辣的。是骨头带有的热吗？是关节的红花引起的花粉热吗？本多立即关好门，熄灭客厅的电灯，蹑手蹑脚上了楼。他首先打开眼前的卧室的门，以便能悄无声息地进入书斋。他摸黑走到那排书架跟前，颤抖着手一册一册抽掉厚厚的西洋书，终于将眼睛贴到书架后头的墙洞上了。

金茜哼着小曲走入那团朦胧的浑圆的灯光。这可是盼望已久的瞬间啊！那心情宛若夏日薄暮冥冥中期盼着葫芦花开。又如一把折扇正要彻底打开，张开的扇面次第展露出艳丽的绘画。本多在这里最想一见的是这个世界上谁也未曾见到过的金茜，尽管他一旦见了，就已经不存在"谁也没有见过"这个条件了。

然而，绝对没人见过和虽然被人见过但没有觉察，这两者看起来相似而实际上完全是两码事……

——金茜被带到这儿，发现宴会只是个幌子，但她能淡然处之，实在令人不解。

自从回到别墅，虽说对方是个异国少女，但究竟应该如何对待她，着实叫本多大伤了一番脑筋。克己在这种场合为了做个好孩子，一切只好推给本多去应付。不过，也无须多说话。本多点燃了壁炉，劝金茜喝茶，她露出这个世界上最幸福的微笑，什么也没有问。或许她自己以为听错了日语吧。在异国受人家招待，也常常会产生误解，互相不太协调。这回金茜到日本来同本多再会的当儿，带来日本大使的一封信。大使知道本多同泰国宫廷有缘，专门写了介绍信，请本多尽量使用日语接待金茜，以便帮助公主提高日语水平。

见到满脸平静的金茜，本多立即涌起一种哀怜之情。身处陌生的异国他乡，脉脉温情，卷裹于遥远的肉的阴谋之中。眼下，炉火映照着那褐色的半个面孔，她团缩着身子，紧挨着壁炉，头发几乎就要烤焦了。她脸上不断露出微笑，两排美丽的白牙闪闪发光，一副楚楚可怜的神色。

"你父亲来日本时，一到冬天，就直喊冷，好可怜呢。他一心盼望夏天。你也一样吗？"

"是的。太冷了，我不喜欢。"

"哎呀，这冷是临时的，再过两个月，日本的夏天就到啦。这里同曼谷差不多……看到你这么冷，就想起你父亲，也想起我的青年时代。"

本多说着，走过去将烟灰弹到壁炉里，从上面偷看一眼金茜的膝头。于是，张开的双膝像合欢叶一样敏感地闭合了。

大家将椅子远远搬开，一起盘坐在壁炉前的地毯上，其间，他看到了金茜的各种芳姿。例如，金茜在椅子上正襟危坐，始终并拢那双美腿的情景；还有她所演示的西洋女子那种即使一时大意也毫不走光的懒散之态。但有时又突然打乱规矩，实在使得本多吓了一跳。她第一次来到炉火旁边就是这样。她寒颤颤地高耸着肩膀，伸着下巴颏，缩着脖子，高扬着纤细

的臂腕，一面喋喋不休地说着话，那种样子带有一种
中国式的轻薄。当她渐渐挨近火焰而坐时，又像热带
午后集市上顶着浓密树荫卖水果的女人，盯着即将逼
近眼前的灼热的阳光。这时候，她两手抱膝，弓腰塌
背，丰满的乳房紧紧抵在大腿之上，以压扁的双乳和
两腿的接点为重心，整个身子围绕这个重心轻轻摇动。
一副世界上颇为低贱的姿势。这个时候，绷紧的肌肉、
大腿、臀部和脊背等极不高贵的地方胀开，本多嗅到
一股犹如密林枯叶堆上发出的强烈的野性味。

克己呢？白兰地雕花玻璃杯的斑纹映着他那
白净的手，他表面平静，内心焦灼。本多蔑视他的
性欲。

"今夜请放心，你的房间一定会烤得很暖和的。"
未等提起住宿还是不住宿这个问题，本多就抢先说
道，"我将给你的房间搬进两只大电气炉。在庆子女
士的周旋下，我家的电容量已经提高到美国驻军的水
准了。"

但是本多绝口不提这座西式建筑为何不安装火
墙、暖炕等采暖设施。鉴于油很难弄到手，有人劝他

砌一条烧煤的火墙，妻子很赞成，但本多没有采纳。因为要建火墙得有两道墙壁，但对于本多来说，他只需一道墙壁，这对他很重要。

……本多对妻子撂下一句话，说要到一个僻静之处作调查，就一个人趣装来到这里。离家时妻子一番极为普通的叮嘱，简直就像诅咒，黑色煤烟似的驻留于心头。

"那边很冷，别感冒啦。这样的雨天，御殿场的严寒超过预料，千万不能感冒啊！"

——本多眼睛贴在墙洞上，翻转的睫毛剑一般刺了一下眼睑。

金茜尚未更衣，为客人准备的睡衣依然放在床上。她坐在镜台前的椅子上，专心致志看着什么。原以为是读书，但远看又小又薄，好像是照片。什么照片呢？他想等待合适的角度。但还是看不清。

金茜哼着单调的曲子，好像是泰国歌。本多很早就在曼谷听过像拉胡琴似的刺耳的中国流行曲。这使他突然联想起夜间金行金链子连续不断的灿然响声，想起早晨运河上声音嘈杂的船市的情景。

金茜将照片收在手提包里，向床铺走近了两三步，也就是径直向窥视孔走来。本多以为金茜要过来捣毁窥视孔，一时吓得魂飞天外。但是，她却一下子跳上远处那张依然遮着床罩的床，接着又抬腿跳到墙边整理好被褥的这张床。本多眼前只能看到金茜的腿脚了。

金茜在床上跳跃了两三次，每跳一次就要转换一下方向，眼看着袜子后面的那条线歪斜了。

包裹着微光的尼龙袜里的美腿，肌肉坚实而又均匀，逐渐变细，直到足踝。一对脚掌贴在弹簧垫上，轻轻弯下膝盖纵身一跳，裙裾飘扬，刹那间可以看到上面的大腿。甚至也能看到袜子顶端赤褐色浓密的锁口部分，吊带扣子如同藏在豆荚内的青豆。再向上便是微暗的大腿的肌肉，犹如打开天窗窥望黎明前的苍穹。

蹦跳的金茜似乎失去平衡，本多眼前的那只腿失神似的向右倒去，但是终于没有倒下，而是从床上跳下来了。这些动作看起来，多半是按照童年的习惯，试验一下没有睡过的床的弹力。

接着，她仔细查看一遍本多为她准备的女式睡衣。她套在西服上，站在镜子前边，变换着角度反复观看。她终于脱掉睡衣，坐在镜台边的椅子上，两只手绕到颈后，灵巧地摘掉金项链，又把手伸向镜面，想褪掉戒指，但又迟疑了。其间，镜子里映出背朝本多的金茜一副忧郁而缓慢的动作和表情，仿佛被什么东西操纵着潜入海底。

金茜将尚未摘掉的戒指高高举向天花板的灯光。这枚明显是男士用的戒指，燃烧着祖母绿的绿焰，辉映着金质护门神亚斯卡怪奇的面颜。

她好容易将两手绕到背后，解开拉锁上的小铁扣，本多屏住呼吸。

这时金茜放下双手，眼睛转向右首的门扉。锁好的门打开了，这是克己用本多给他配制的钥匙打开的。但是这位克己进来得不是时候，本多为他捏着一把汗。要是再过两三分钟，金茜就已经脱光了衣服。

窥探孔朦胧的圆洞里，无垢的少女突然不安起来，一刹那变成一幅终极的图画。从门口进来的人，一时看不清是谁。屋子里弥漫着百合的馨香，仿佛一只银白的雄孔雀迈着尊大的步子进来了。接着，孔雀抖动翅膀的响声和他那滑车般的啼鸣充满整个屋子，宛如将这座房间变成午后阒无人迹的玫瑰宫的一室……

可是，进来的却是一位虚有其表的凡庸的青年。克己没有说明为何擅自开门进来，只是张口结舌表明自己睡不着，想过来聊聊天。少女恢复了微笑，请他坐在椅子上。两人谈了好久。克己为了讨好使用英语，金茜急急忙忙谈开了，看得本多直打哈欠。

克己把手放在少女的手心上，少女也没有缩回手。本多虽然睁大眼睛，但也不能长久吊着脖子一直窥视下去。

他将身子倚在书架上，这回光凭感觉倾听屋里的动静。黑暗中展开想象力，而想象却很有逻辑性地逐步升级。金茜已经开始脱衣，展示了光辉灿烂的裸体。接着，微笑着举起左手的时候，左侧胁腹上出现了排列整齐的三颗黑痣，那是恼人的热带夜空般肉体的代表之星。对于本多来说，这是不可能的标志……本多闭上眼睛，黑暗中星的幻象立即粉碎了。

好像有了动静。

本多再次将眼睛贴近窥探孔。不巧头撞到书架的一角，比起疼痛他更担心发出的声音，但窥探孔对面的情景表明这种担心已经没有必要。

克己抱住金茜，少女反抗。两副身子摇摇晃晃，时时进入窥探孔，又时时脱离开去。少女背后的拉锁被拉开了，锐角形汗津津的褐色脊背和乳罩的系带显露出来。金茜腾出右手，握紧拳头，宝石的莹绿如飞翔的甲虫闪闪放光。紧接着，拳头划破克己的面颊。克己用手捂着面颊，放开了她的身子……不一会儿，听到克己开门出去的声响。金茜气喘吁吁，环顾一下周围，拉过一把椅子，似乎顶在了门后头。

本多看到这里十分狼狈，心想，这个装得老实巴交的克己说不定会来借药抹伤口呢。

本多大肆忙活起来了。他悄无声息地将一册册厚厚的西洋书放回书架，凭着一种罪犯的绵密用心，又摸黑检查一遍，以免将书放倒了。过后又把书斋锁好，熄灭书斋壁炉里的火，再悄悄回到卧室，换上睡衣，将一直穿在身上的西服放进衣柜，钻进被窝。准备着不管克己何时敲门进来，他都装作一时被吵醒，带着一副睡眼惺忪的风情。

这正是本多不为人知的所谓"返老还童"的经历。如此迅速、如此轻捷，宛如宿舍的学生，出色地瞒过了违反宿舍纪律的行为，又若无其事地睡下了。一番慌乱之后，初看起来，脑袋安稳地放在枕头上，其实一时又按捺不住剧烈的心跳，甚至连枕头也跟着一起跳动。

克己也许正在犹豫，该不该来找本多。他一定在忖度着，单凭一时冲动马上来找本多是有利还是有害……本多在等着克己的当儿睡着了。

——第二天早晨，雨晴了。东边的窗帷射进来金灿灿的阳光。

本多要给青年人准备早餐，他穿一件厚长袍，围上围巾，向厨房走去。一看，大厅的椅子上坐着早已穿戴整齐的克己。

"你早醒啦？"

他朝青年白皙的脸孔瞥了一眼，在楼梯的半道上打招呼。

克己已经亲手点燃了壁炉，也不特别掩饰他的左边面颊。本多就着火光倏忽朝那里一看，他大失所望，并没有留下什么明显的伤痕。若是硬要问起，那只是怎么都能应付过去的一道轻度的擦伤。

"能否坐一会儿吗？"

克己反客为主地请本多坐在椅子上。

"早上好。"

本多又说了一遍，随后坐了下来。

"我想有必要单独同先生谈一谈，所以起了个大早。"

克己希望本多能给予理解。

"后来……怎么样了？"

"挺好的。"

"好到什么程度？"

"一切都不出所料。"青年意味深长地笑着说，"看起来像孩子，实际上根本不是孩子。"

"她是头一次吗？"

"我是她第一个男人……等着遭人嫉妒吧。"

以上的会话实在不着边际，本多就此打住了。

"我说，你有没有注意，那姑娘的身上有特征哩。左胸横胁腹上有三颗并排的黑痣，就像人工画的一样。你看到了吗？"

青年一本正经的脸上骤然掠过一丝混乱的表情。他寻找着谎言被戳破后的几条退路，为了面子，遂决定为了遮掩大的谎言而牺牲小的谎言……目睹着万般情景刹那间打青年眼前一一掠过，本多感到十分有趣。突然，克己将身子朝椅背上一仰，高声喊道：

"我完啦！先生，您真坏。我是个大笨蛋啊。什么头一次，我给她用英语骗啦。原来先生您对那女孩的身子一清二楚啊！"

这回该轮到本多满脸微笑了。

"……所以我才问你有没有看到那些黑痣。"

青年一阵惊愕，不得不为自己装出的虚假的冷静寻找理由。

"当然看到啦。那些黑痣汗津津的，排列着三颗，在恍惚的灯影里隐隐约约。说肌肉倒也是肌肉，可总有一种难忘的神秘的美啊！"

——随后本多进入厨房，准备大陆风味的早餐，只有咖啡和羊角面包。克己主动过来帮忙，一副勤快劲儿平时很难想象。就好像被一种义务所驱使，忙着摆碟子，找茶匙。本多对这位青年，第一次产生了怜悯的友情。

接着讨论由谁到金茜的房里送早餐。本多制止住克己，说明这是主人的特权。他将早点一起盛在托盘里，慢悠悠登上楼梯。

他敲了敲金茜的房门，没有应。本多将托盘放在地板上，掏出钥匙插入锁眼拧了拧。房门似乎被什么顶住了，不容易敞开来。

本多环顾一下朝阳普照的室内，金茜不在了。

三十七

椿原夫人最近经常同今西幽会。

不过夫人是个完全没有眼力的人。她对男人缺乏主见，即便见到男人，单凭眼睛，也无法判断这人属于哪一类型，区别不出是猪，是狼，是青菜。然而，就是这么个女人，却煞有介事地写和歌。

假若情投意合是美好姻缘的一种标志，那么这位对一切无不感到称心如意的夫人，应该成为今西自我意识中最好的慰藉。她开始将这个四十岁的男子当作"儿子"爱上了他。

论起肉体的活力、清爽和凛冽，这个世界没有人比今西距离这一标准更遥远了。他胃部虚弱，易患感冒，白皙的皮肤缺乏弹力，高高的身材没有一块结实的筋肉。整个身子就像一根解开的长长的带子，走起路来摇摇晃晃。就是说，他是个知识分子。

按理说，爱上这样一个男人是困难的。可椿原夫人就像快速写出一首首蹩脚的和歌一样，爱上了他。不论干什么，夫人都拙劣得可爱。她格外喜欢听关于和歌的评价，这种老实的性格，使她能愉快地听取今西不断对她的品头论足。不管怎么说，受到批评都是一条进步的捷径。夫人用这种看法对待一切。

实际上，对于夫人喜欢在闺房内认真讨论文学和诗歌这种女学生气质，今西不但丝毫不感到厌烦，而且寻找机会表白自己的观念，力争在自己心里也具有和夫人相同的气质。这种彻底的犬儒主义和未成熟的奇妙混淆，构成今西脸上那种闪烁不定、带有某种愧疚的青春的要因。如今，椿原夫人确信，今西之所以爱讲一些伤人的话，是因为他的纯粹。

——他们二人总是去涩谷高台最近新建的小巧而雅洁的旅馆。那里的房间各自分开，而且中间隔着一条小河，似乎有一段河水流过中庭。木料新鲜、干净，入口也不太显眼。

六月十六日六点时分，两人坐出租车驶往那里，路过涩谷站前，被游行队伍阻挡，不许再向前开。从那里到旅馆步行要走五六分钟，今西和夫人一起下了车。

群众高唱《国际歌》的声音震动着他俩的耳鼓。"粉碎防止破坏法"的旗帜随风飘扬。玉川线铁路高架桥上挂着"美国佬滚回去"的大幅标语。集合在广场上的人们群情激奋，看起来立即就要付诸破坏行动。

椿原夫人战战兢兢躲在今西背后。恐怖和不安使得今西身不由己地向那个地方走去。蜂拥在广场的人们两腿间漏泄的灯光，纷乱闪烁。蓦然间，暴雨般的脚步声夹杂着尖厉的合唱以及怪叫、没有规律的拍手，所有这些高昂的声音，使得人群里升腾起一个嘈杂的夜晚。对于今西来说，这些都使他想起经常患感冒而引起的高烧和剧烈的寒战。每人的肉体都有一种感觉，就像剥皮的兔子，突然露出鲜红的体肉，暴露于空气之中。

"警察！警察！"

　　传来一声声叫喊，群众乱了阵脚。一直像海洋般的《国际歌》的合唱声，仿佛被撕成碎片，转变成雨后散在的水洼。而且，这些水洼又被叫喊搅乱了，分不清哪些是上班的人流哪些是高声合唱的群众。白色的警车贸然停在忠犬八公铜像旁边，戴着蓝色头盔的警察预备队，从那里如蝗虫一般跳下来。

　　今西夹在逃散的群众中，紧紧攥住椿原夫人的手拼命奔跑。他们来到对岸商店的屋檐下，稍稍歇息的当儿，今西很为自己意想不到的迅跑能力深感惊讶。原来自己很能奔跑啊！这么一想，忽然一阵不自然的心跳，使他感到有些窒息。

　　相比起来，椿原夫人的恐怖同她的悲伤一样，内里含着某种公式化的东西。夫人将手提包抱在胸前，顾不得身份和场合，死死跟随着今西，沉淀着白粉的面颊上，紫色的霓虹灯明灭闪烁，仿佛恐怖已经螺钿化了。不过，夫人的目光里没有畏怯。

　　今西站在商店屋檐下，挺立着颀长的身躯，远望着动荡不安的站前广场。怒吼和惨叫此起彼伏，车站上明亮的大钟依然沉静地指示着时间。

腾起一股世纪末的刺鼻的芳香，世界正如睡眠不足的眼睛，变得血红血红的。今西似乎听到蚕房里蚕食桑叶般的异样的沙沙声。

此时，远处警察署白色的大卡车腾起火焰。可能有人投掷火焰瓶的缘故吧。刹那之间，火势蔓延，发出印泥似的光亮。喊声凄厉，白烟滚滚。今西知道自己的嘴唇在发笑。

……好不容易走出那块地方。这时，椿原夫人盯着今西手指捏着的东西瞧。

"那个，是什么呀？"

"刚才拾到的。"

今西一边走，一边将黑色的垃圾展开来。那是黑色花边的乳罩，和夫人用的型号截然不同，无疑是对自己的乳房颇为自信的女子使用的。这是无吊带式的巨型乳罩，嵌入周围一圈的鲸骨架，使得一对肥硕的乳峰宛若雕塑，看上去威风凛凛。

"哎呀，真讨厌！在哪儿拾的？"

"就是刚才那地方。随着人流逃到商店门前的时候，有个东西缠绕在脚上，过会儿一看，原来就是这个。已经踩得够厉害了，瞧，全是泥。"

"脏死啦，赶快扔掉！"

"不过，太难理解了。"今西在过往行人的好奇目光里，越发炫耀地拎着走，"这东西到底是怎么掉下来的呢？您以为会有这种事吗？"

这是不该发生的事。即便是无吊带型的乳罩，也会有几个小钩子牢牢地固定下来。不管穿多么低胸的衣服，乳罩都不会松解掉落下来。众人你拥我推之间，是自动解开的还是被别人拽掉的呢？后者不大可能，那么只能认为是这位女子自己所为了。

她为何要这么做？不管怎样，在火焰、暗夜和喊叫之中，一对巨乳断落下来了。虽然只是包裹乳房的缎子外罩，但这玄色的绣着花边的铸件，却清晰地表明它支撑着的一对乳房多么富有张力和弹性。那女子为了夸耀这些，故意将它丢掉，如同月亮断然舍弃月晕，凛凛出现于纷乱的暗夜。今西拾取的不过是月晕。然而，较之拾取月亮本身，乳房的温馨和狡黠逃匿的触感，还有麇集于周围的扑灯蛾般的情念的记忆，这一切都掌握在手里了。今西放在鼻尖上猛嗅了一下，闻到一股强烈的尚未被泥土抹消的廉价香水味。今西想，这无疑是专为美国兵服务的娼妓的乳罩。

"下作的男人！"

椿原夫人真的发怒了。今西说笑中的恶谑，总会夹带着某些批评的意思，但对于这种龌龊行为的恶作剧，她决不放过。何况这不是什么批评，而是有针对性的嘲弄。她只需瞥上一眼，就能目测出那只无吊带乳罩的大小，由此感到，这是今西对她衰老的乳房无言的蔑视。

一旦离开站前广场，从道玄坂到松涛一带的道路两旁，烧毁的遗迹上临时草草建成了一排排店铺，这和寻常没有什么变化。时候还早就有醉汉徘徊，霓虹灯像金鱼群一样在头上闪亮。

"不抓紧时间，地狱就会回来。眼下的一切，都要立即走向毁灭。"

今西想。一旦逃脱危险，早已不必担心的危险又使他双颊潮红。用不着再挨夫人的骂，那只黑色的乳罩，已经由他的指头滑落到燠热而潮湿的路面上了。

今西抱着这样的执念：毁灭不早些降临自身，消蚀身体的日常性地狱就会得势；毁灭不早一天到来，自己就会多一天成为某种幻想的饵食。与其被幻想之癌吞噬，不如一气迎来末日。只要不尽早了结生命，就会暴露自己无可怀疑的凡庸。或许这些都是无意识的恐怖，也未可知。

无论多么琐末的现象，今西都能从中嗅到世界毁灭的征兆。凡是人们所希望的预兆，他都决不放过。

革命最好早些发生。不论是左的革命还是右的革命，今西一概无知。假若革命能把自己这种靠父亲的证券公司吃闲饭的人送上断头台，那该多好！然而，不管如何自揭其丑，他都不知道群众是否憎恶他，并为之感到不安。如果他们认为这是自己悔悟的标志，又该如何呢？说不定有朝一日，繁华的站前广场搭起断头台，鲜血从日常性的身体里流淌出来，自己凭借一死，偶然地能成为"记忆中的一个"呢。断头台是用抽彩场裹着红白布条的木头搭建的，装饰着商店街中元节大甩卖的彩旗，砍头刀上贴着大减价的标签。他想象着自己站在那座煞费苦心、俗恶不堪的断头台上，不由心中一阵恶心。

——椿原夫人悄悄扯了扯梦游般行走的今西的袖口，示意他已经到了旅馆的门前。门内侧接待室的侍女，默默站起来陪他们到那间熟悉的住房。只剩两个人了，河水的流动又渗透着今西上下翻腾的脑子。

旅馆上菜很慢，点了砂锅炖鸡和酒之后，要是以往，他们总是利用这段漫长的时间，互相寒暄一番，可椿原夫人硬要带今西去盥洗室。她放了好多水，站在一边监视，要今西把手仔细洗干净。

"不行，不行。"

夫人说。

一开始，今西不知道夫人为何叫他先洗手，这回看到夫人那副认真的表情，总算弄明白了，是因为自己拾了那只乳罩的缘故。

"不行！再好好搓搓。"

夫人从旁胡乱地朝今西的手里涂满肥皂，红铜的水池里水声哗哗流淌，水珠四处飞溅，这一切她全然不顾，又把龙头开到最大。最后，今西的手都洗得麻痹了。

"这回行了吧？"

"还不行。你想过没有，你用那只手触到我，我会有什么感觉？也就等于触及我弥漫全身的对儿子的思念。你怎么能用那只脏手触犯我对神圣的晓雄的回忆？那就等于触犯神明……"

夫人说到这里，慌忙转过脸去，掏出手帕捂住眼睛。

今西揉搓着水流冲刷中的手，向那边斜睨了一下。夫人一旦嚎哭起来，就意味着"可以了"。这个信号等于暗示她心里已经荡起涟漪，准备就绪，可以接受一切了。

——饮酒交谈的过程中，今西用娇滴滴的口气说道：

"真想早点死啊！"

"我也是。"

夫人随口应道。她那眼皮下边白色出云纸[1]似的皮肤，已经染上潮红的醉意。

敞开隔扇的相邻房间里，水绿色的绸缎合欢被轻轻喘息着，起伏闪亮。这边屋子的圆桌上，钵子里漂浮着的水发鲍鱼片烟熏色的襞褶，经人工涂上了樱桃红。砂锅炖鸡烧开了，咕咕地沸腾着。

今西和椿原夫人，两人都不言自明，他们都相互等待着同一件事。

瞒着槙子策划这次幽会的椿原夫人，陶醉于罪恶的震颤和惩罚的期待中。她梦想着眼下槙子高举添削的朱笔立即来到这间屋子，对她宣示：

“这样作不出和歌来。有我为您看着，您怀着作歌的心情，再用身子体现那种哀怜之情吧。您不妨试试，我就是为此才来的，椿原夫人。”

今西还是今西，他一心巴望一面沐浴槙子暴雨般厌恶的目光，一边干那事。御殿场二冈那个最初的夜晚，他和椿原夫人共同再次达到高潮，那可是梦寐

1　岛根县出云地方生产的高级纸张。

以求的高潮啊！槙子透彻的目光在那高峰、那绝顶，如明星一般冻结了。那情景必须再有一次。

没有那目光，今西与椿原夫人的结合总也拂不去赝物的气息，除不掉野合的悔愧。因为那才是最权威的媒妁的眼睛。卧室薄暗的一隅灼灼闪耀的女神犀利的目光，那是既联合又排拒、既宽容又蔑视的证人的眼睛，那是安置于这个世界某个地方，执掌某种神秘正义的好歹给予承认的眼睛。只有那里才存在着两人正当性的根据，离开那双眼睛，两人只不过是漂浮于事象上的衰草，两人的结合只是一个沉醉于绝不会猛醒的梦幻过去的女人，同一个执着于绝不会到来的梦幻未来的男人那种无机质的瞬间的接触，就像棋盒里棋子的接触一样。

于是，今西感到灯光照不到的隔壁房间一带，槙子早已一动不动地坐镇以待了。这种感觉越来越紧迫，无论如何都要加以验证才行。今西特地站起来窥探，看到椿原夫人对他没有任何指责，心想夫人也许是同样的心情吧。他看到，四叠半卧房一角的悬空壁龛上，只浮现着一盆飞燕形的紫色燕子花……

*

完事之后，像往常一样，两人各自姿态随意地躺在床上，如同两个女人天南海北地聊起来。今西以一副彻底放松的劲头儿，大讲槙子的坏话。

"您呀，实在是被槙子女士很体面地利用啦。您害怕一旦离开槙子女士就不能成为独立的歌人。事实上，过去也不是没有这种迹象。但今后，如果您不下决心摆脱槙子女士而求独立，您就不可能成为一名出色的歌人。您必须明白，现在正是面临抉择的时候。"

"不过，我要是高高兴兴独立了，我的歌肯定就不能再进步啦。"

"怎好这样下断言呢？"

"不是断言，而是事实。也可以说是命吧。"

今西本想反问她，过去她的歌一直"进步"了吗？然而，他的良好教养使他控制住了这种没有礼貌的言语。更何况，今西说话的本意也并非真的想在槙子和夫人的交往上泼冷水。从夫人的回答上，也可感到她很清楚这一点。

不久，夫人拉紧床单将自身包裹起来，只露出脑袋，然后望着黑暗的天花板，口里吟咏近作一首。今西立即加以评判。

"是一首好歌，不过总使人感到，只是网罗细碎小事，局促于日常体验之中，缺乏一种宇宙感。究其原因，多半因为下面'青青赛深潭'一句不见飞跃，显得概念化了。也许不是以写生作基础吧？"

"是啊，细想想，确实像你说的那样。要是刚刚写成，听到你这样批评，我会感到伤心的。可是放了十天，自己就会豁然明白过来。不过，槙子女士倒是很夸赞这首歌哩。和你看法相反，她很中意下一句。她还说，'青青赛深潭'不如改作'青青似深潭'，这样似乎更为稳妥些。"

椿原夫人仿佛使一个权威和另一个权威在自己的掌心里互相争斗，她的语调流露出洋洋自得的情绪。接着，她乘着兴奋的劲头儿，详细谈起一位熟人的故事。这可是今西最爱听的。

"前些时候见到庆子，听她讲起一件趣事。"

"什么事？"

今西立即有了兴致，他那一直俯伏的身子随之扭转过来，一截长长的烟灰掉落在夫人裹着胸脯的床单上。

"是关于本多先生和泰国公主的事。"椿原夫人说道，"据说不久前，本多先生偷偷把那位公主和公主的男友一起带到二冈别墅去了。那位男友是庆子女士的侄子，名叫克己，还是个学生。"

"三个人睡在一起了？"

"本多先生不会干出那种事，他是个很沉静很理智的人。他把一对年轻的恋人撮合在一道儿，也许出于一种宽大的情怀吧。本多先生喜欢公主，这是人人皆知的事实。可是由于年龄的差距，他们谈不到一块儿去。"

"您快说，庆子在这件事情中到底起了什么作用？"

"全都是误会。庆子女士那天碰巧也回到二冈自己的别墅，杰克也歇班住在那里。半夜三更，突然有人敲门，那位公主一头闯了进来。庆子和杰克被打乱清梦，再三询问出了什么事，公主始终不肯开口，弄得他们不知如何是好。当晚，公主央求住下，所以只得留宿一夜，打算第二天早晨，再跟本多先生的别墅联络。

"于是，大家睡了个懒觉，杰克要及时归队，喝了杯咖啡，急匆匆乘上吉普车走了。庆子送到大门口，迎面见到一脸惨白的本多先生走过来了。庆子笑着告诉我，她第一次看到本多先生那副六神无主的样子。

"庆子明知道他是在寻找金茜，想跟他开个玩笑，说：'喂，您这是怎么啦？散步也是这么慌慌张张吗？'

"这么一来，本多先生就说金茜失踪了，连话音都打颤了。庆子瞒天过海，弄得本多先生焦躁不安，看看无望，正要往回走的时候，庆子突然抛过话去：'金茜睡在我家呢。'

"经她这么一说，年近六旬的本多先生红着脸问：'真的？'

"听那声音，简直喜出望外。

"本多在庆子的陪伴下登上二楼，当他一眼看到正在熟睡中的公主的面颜时，他虚脱得一下子坐到地板上。这么大动静也没有把她吵醒，金茜微微张着可爱的双唇，脸颊埋在乌黑的秀发之中，修长的睫毛紧闭着，继续酣睡未醒。就在四五个小时之前，她失魂落魄闯进来的时候，那副可怕的憔悴相已经消失，天真的青春活力又重新回到她的脸上。金茜鼻息匀称，似乎正在甜蜜的梦中。就在这时，她还撒娇似的翻了个身呢。庆子说道。"

三十八

对于本多来说，月光公主再一次成了"不在之人"。连续的梅雨天，看不见月亮。

那天早晨，他看到月光公主的睡相，怕打扰她的香梦，便将事情托付给庆子，回东京了。其后，本多自觉无颜，再没有同公主见面，对方也没有写过信。

在这段看似平安无事的日子里，梨枝反倒嫉妒起来了。

"近来，再没听到泰国公主的消息了啊。"

吃饭时，她若无其事地提起这类话，言语里夹着冷笑，眼神热切地探索着。

梨枝直视着空无一物的白墙，心里却在自由描绘着想象的画面。

本多有个早晚认真刷牙的习惯。他发现刷毛没有损坏，牙刷倒是频繁地更换。或许梨枝想得周详，将同型号、同颜色、同硬度的牙刷一起买来，算好时间定期更换。不过，换得也太勤了。虽说小事一桩，但一天早晨，本多提醒梨枝。

"小气鬼，小气鬼。百万富翁，还、还说这种话，不觉得可、可笑吗？"

梨枝言语激烈，说话也结巴了。本多闹不清她为何这般愤激，暂时不当回事。

后来他才注意到，换牙刷的时间总是赶在本多稍迟回家的第二天早晨。梨枝似乎是趁着头天晚上本多就寝以后，悄悄去更换牙刷的。第二天，仔细将旧牙刷扒拉开来细细检查，看有没有口红的残迹、青年女子淡淡的香水气。她逐一弹着光亮的刷毛，反复查看毛根之后再扔掉。

本多有时不知什么原因牙龈出血。虽说还不到全部装假牙的年龄，但时常为牙根松动而苦恼。逢到这个时候，梨枝看到牙刷毛根染上薄红色，又会作何想法呢？

　　这些虽然都超不出臆测的范围，但本多有时感到梨枝疑心太重，她好像热衷于从空气中抽取氧和氮制造化合物。她看起来一副慵懒闲散的样子，但五官却忙忙碌碌。她一直为头痛叫苦，但穿梭于回廊众多的老房子之间，脚步十分有力。

　　偶然谈到别墅，本多说，那别墅可是为她疗养肾病建的。梨枝曲解了，她流着眼泪说：

　　"您打算叫我一个人去弃老山¹吗？"

　　丈夫自从单独在御殿场过夜那天起，绝口不提金茜的名字。梨枝由这一点推断丈夫恋情的征候，算她摸到了门径。不过，梨枝还是误解了。她做梦都未想到，丈夫自那之后再也没见过金茜，只是一味猜测他们两个暗暗幽会，为了尽可能遮掩梨枝的耳目，企图将金茜的名字抹消。

　　这种平静非同一般，分明是害怕追究而故意隐匿感情的假平静。凭梨枝的直感，一个绝不会请自己

1　原文为"姨舍山"，长野县高山，自古为赏月胜地。据《大和物语》《今昔物语》等典籍载，有男子将家中老母背到山里后，独自归家，猛然瞥见山顶明月，遂生悔意，翌日早晨又把老母接回。

到场的小型酒宴，如今正在某个地方偷偷举行。

到底发生了什么事情呢？

本多本以为即将了结的事，梨枝反而感到就要发生。在这点上，梨枝往往是对的。

——梨枝从来不外出，她无事可做。但本多外出很频繁。他几度邀她一道去，梨枝都借口有病待在家里。本多觉得在家里和梨枝整天脸对着脸实在是个苦差事。

梨枝等到本多一离开家门，立即活跃起来。她本该对本多莫名其妙的外出始终放在心上，可本多一旦不在身旁，她反而对自己最亲近的不安诚恳相待。可以说，嫉妒成为梨枝自由的根据。

和恋爱一样，心儿始终缠绵其中，不能自拔。即使为了散心练习毛笔字，不知不觉手就写出"月影""月山"等和月亮有关的字来。

还是个少女就长着一对大乳房，真恶心，真讨厌！梨枝脑子里一想到这些，就不由从写下的"月山"二字上，联想到月光下宁静的乳房形的双子山。这是和在京都看到的双冈的记忆连为一体了。但是，不管多么单纯的记忆，梨枝都害怕这些记忆所挖掘的东西。那双冈是女子学校修学旅行途中看到的，她一想起夏天雪白的水兵服下自己那对微微颤动的汗湿的小乳房，就感到直不起腰来。

本多顾虑梨枝有病的身子，想多雇几个用人，梨枝借口人多反而增加麻烦，只赞成厨房里留两个女佣。即便如此，梨枝常年喜欢的炊事工作变少了。她害怕长时间待在腿脚冰冷的地方，没办法只得闷在自己房子里做针线活。客厅的窗帘旧了，她从龙村订购了仿照正仓院的布料，亲手缝制。

梨枝细针密线缝上一层厚厚的黑底遮光幕，刚好缝完一半，本多看了责怪道：

"又不是战争年代。"

丈夫的嘲笑越发使她执拗起来。她不是害怕家里的灯火漏泄出去，而是害怕外面的月光照到室内来。

趁着丈夫外出，梨枝偷看了他的日记簿，没有一条关于金茜的记述，这使她很气恼。本多这个人，从年轻时起，就对自己抱有羞耻心，抒情性的事情一概不写入日记。

她发现和丈夫的日记放在一起的，还有一本极为古旧的日记，题目是《梦日记》，写着松枝清显的名字。这个名字听丈夫谈论过，很是耳熟。不过，丈夫从未提到过这本日记，她更是第一次看到。

她临时挑着读了几页，对那些荒唐无稽的记述实在不感兴趣，随后小心翼翼放回原处。梨枝不求任何幻想。能够治愈她的只有事实。

关闭抽屉时，没有觉察夹住了和服袖子，走也走不掉，胳肢窝挣开了口子。这种精神上的经历反复出现，一颗心也给搅得破烂不堪。仿佛被什么紧紧抓住，心内虚空，若有所失。

雨日以继夜地下个不停。从窗户里可以望见水淋淋的紫阳花。梨枝感到，那浮现于昼间晦暗中的淡紫的花球，正是自己彷徨不定的灵魂。

这个世界的某地有个月光公主，这是她最难忍受的一桩心事。因为这一点，世界炸裂了。

梨枝活到这个岁数之前，几乎不知道"情念"这种东西的可怕，因而对自己内心产生的狂暴的寂寥感十分惊讶，这位不能生育的女子，第一次生下了一个怪胎。

——就这样，梨枝自己也学着富有想象力了。过去长期安定生活中放在一个角落生锈的从未使用过的东西，因需要忽然打磨得精光锃亮了。毕竟因需要而产生，也因需要而苦恼。只是这种想象力丝毫没有甘美之处。

假如是立于事实之上而振翅翱翔的想象力，看起来像是尽量展开心扉、无限迫近事实，但这种想象力鄙视心灵，并使之干涸。一旦没有这种"事实"，瞬间一切都将化为徒劳。

但是，作为检察官认为事实确实在某个地方存在这种想象力，就不会腐蚀自身。梨枝的想象力二者兼有，一种心情认为事实确实存在，另一种心情希望这种事实最好不存在。这样一来，嫉妒的想象力就陷入了自我否定。想象力在另一方面是决不容忍想象力的。正如过剩的胃酸慢慢腐蚀自己的胃一样，想象力在腐蚀该想象力的根源的过程中，出现类似悲鸣的救赎的愿望。如果有事实，只要有事实，自己就能得救。一味追本溯源的最后，如此出现救赎的愿望，就会逐渐类似自我处罚的愿望。为什么呢？因为这种事实（假若有的话）只不过是彻底打倒自己的事实。

不过，这种刻意求得的处罚，其中当然也令人感到有着不当的处罚。为什么检察官被处刑？这不是黑白颠倒吗？渴望到来时，获得的不是满足的喜悦，而是无辜受罚引起的不服和愤怒。啊，从此，我亲身感觉到这火刑的火的热度。我不该有如此不幸的遭遇，我不该亲身经历不堪忍受的痛苦。猜疑的恼恨已经饱和，为何还要再附加一层认识上死一般的痛苦呢？

寻求事实最后又加以否定的心情。想否定事实最后又将唯一救赎的希望寄托于事实的心情。这样的心情循环往复，绝无终结。就像山中迷路的旅人，只顾一个劲儿向前走，最后又回到原来的地方。

本以为浓雾缭绕，却有一处可怖的物象清晰可见。循着雾中一线光明前进，其实那边没有月亮，而是背后的月亮反射到那里的缘故。

梨枝当然并非彻底失掉自省之心。她有时也很厌恶自己这种心情，并为自己的浅薄深感羞愧。但一想到这不是自己的错，如今自己落得这副不为人所爱的丑相，其根源也在于丈夫。也许丈夫不爱梨枝，才使自己变成一只丑小鸭吧？想起这些，内心的憎恶就像喷泉一般涌流上来。

然而她的这种心情也有避免更残酷的真实的意思：即使自己不是因为嫉妒而变丑，那么其他变丑的原因还是很多。即便保持原样，终究也不会为人所爱了。虽说丈夫可恨，但他也是身不由己，有人强迫他必须特意躲开梨枝的魅力，到头来非把梨枝变成无人爱的女子决不善罢甘休。梨枝以为这一点倒是可以原谅的。

好多时候，她总是对着镜子长时间照个没完。头发长了，蓬乱地覆盖着面颊。梨枝的脸部表情没有一处不是做作出来的，甚至包括浮肿在内。

当她发现脸上浮肿的时候，以往总是浓妆艳抹一番。她讨厌那种老是睡不醒的眼神，喜欢稍稍加一点黛青，再涂上厚厚的白粉。年轻时的丈夫看到梨枝这副容颜戏称她月姥姥，她当初只当是拿自己的病体开玩笑，因而很生气。不过，丈夫每逢称月姥姥的那个晚上，总是对她倍加爱抚，无微不至。梨枝本来以为是这副病体赢来丈夫无限怜爱，不知不觉脸上就带着几分骄矜之气。然而现在想想，丈夫从年轻时起就喜欢妻子的浮肿，他的色欲里似乎潜隐着某种微妙的残忍。每到那样的夜晚，夫妻欢爱，极尽浓情。丈夫命令梨枝绝不可动弹一下，由此可见，他从她的那张脸孔上或许看到死去数日的尸体的幻影。

如今，镜中出现的容颜活生生在衰颓。没有光泽的头发下面，一张圆脸布满了难看的青筋，犹如团扇凸显着一根根扇骨。这张脸已经渐渐变得不再是女人的脸，那种女性特有的丰腴完全是浮肿的假象。那只能说像白昼的月亮一般，凄凉淡漠，迷迷糊糊，充满倦怠的丰腴。

眼下不再以化妆求美，那只能是失败。然而，丑陋本身也是失败。已有的凹陷她也无意再作什么改变，所以凹陷还是凹陷，丑陋依然丑陋，只好岑寂地停驻于沙滩般的起伏之中。按照梨枝的想法，不管怎样，自己都无法从嫉妒中脱身，说不定这些都怪不得丈夫，而是包裹着自身的被褥一般厚重而庞大的慵懒造成的吧。她知道要甩掉这一切需要一股可怖的力量，只得放任慵懒，得过且过。可是，怠惰总归是怠惰，其内里为何没有一瞬的安息呢？

梨枝蓦然想起结婚后不久，她站在这座房子的楼上眺望冬天美丽的富士山的情景。当时，婆婆叫她到楼上储藏室去拿过年的食品。那时她还攀着大红背带呢。

雨后的夕阳明净、清朗，梨枝想趁着好时光看看富士山改换一下心情。她登上久未涉足的楼上储藏室，站在一堆被褥上，打开毛玻璃窗户。战后的天空不同于以前的天空，虽然很光亮，但基底上总是铺着一层云母般的阴霾。望不到富士山。

三十九

……本多睡梦中被尿憋醒了。

突然切断的梦的断面依然毛扎扎的。

自己觉得一直在篱笆环绕的小小住宅区内到处徘徊。有的人家，院子里的架子上摆着花盆，花圃四周围着贝壳；有的人家，整个庭院湿漉漉的，到处爬满了蜗牛；有的人家，走廊上两个孩子相向而立，一边喝白糖水，一边珍爱地吃着缺角的夹心饼干……这是东京被烧得不留形迹的一个区域。篱笆夹道的小路走不通，顶头有一扇枯朽的栅栏门。

打开栅栏门一步跨进去，已是古风灿然的旅馆的前庭。这座广阔的前庭里正在举办便宴，留着八字须的经理迎上来，向本多恭恭敬敬行礼。

此时，宴会场天幕上传来明亮而悲怆的铜号的音曲。脚下的地面裂开来，穿着一身金色服装的月光公主乘在金孔雀的羽翼上出现了。那孔雀发出银铃般的拍击声，在喝彩的人群头顶上盘旋。

跨在金孔雀身上的月光公主，闪光的褐色大腿根部灼灼晃眼。猛然间，月光公主朝仰望着她的人们头顶上撒下骤雨般芳醇的香尿。

为何不去厕所？本多颇感奇怪。对于这种极不礼貌的行为必须严加劝止。他走进旅馆寻找厕所。

同外面的喧闹相反，旅馆内寂静无声。

各个房间都没有上锁，房门打开一道缝儿。本多一一敞开房门，没有一个人影，只见每张床上都摆着灵柩。

"那就是你要找的厕所。"不知何处传来声音。

他忍住尿意，终于走进一室，正要向灵柩里小解，又害怕冒犯神圣。

这当儿，他醒了。

……这样的梦不过是告诉他年老尿频的可怜的表象。然而，从厕所回到睡床后清醒过来的本多，一心一意想把刚才的梦继续编织下去，因为他从那里感受到无可置疑的幸福。

他很想从那延续的梦境里，再一次品味那种灿然的幸福感。那里洋溢着肆无忌惮的喜悦和光辉耀眼的洁净。只有那喜悦才是现实。即便是一场美梦，这种喜悦也占领了本多人生中绝不会重来的一定的时间，他不把这个当作现实，究竟什么才是现实呢？

仰望天空，骑着金孔雀飞翔的孔雀明王的化身，本多从亲和与共感的全面融合里捕捉到这种化身的姿影。金茜是属于他的。

——第二天早晨醒来之后，这种幸福感更加强烈地充满全身，本多的心情无限美好。

再次熟睡中的梦，只是无由回忆的一派茫然，找不到最初梦中的一丝幸福感。那初梦的光辉，透过梦中狂风吹积的雪堆，依然留在早晨的记忆里。

那天，又是一个因金茜不在而思念金茜的日子。本多就像一位童心未泯的少年，初恋的甜蜜渗透着他那五十八岁的躯体。他对此感到愕然。

本多的恋爱，只需好好回顾一下自身，就会明白，这不仅是个异例，而且是一种滑稽。说到恋爱，究竟是什么人该做的事，本多在松枝清显身边自然是很清楚的。那是一部分人的特权，他们将外部官能的魅力同内面的无序、无知以及认识能力的不足融为一体，善于在他人头上描绘幻想。这是完全无礼的特权。本多从青年时代就十分明白，他和那些人站在对峙的一端上。

本多见惯了那些以无知寄身于历史、以意志从历史滑落下来的人的不如意。他认为，自己希望的东西得不到的最大缘由，就是因为希望得到。而一次也未希望得到的三亿六千万日元，竟成了他的囊中之物。

这就是他的思维方法。希望的东西拿不到手，是自己努力不够还是天生的缺点，以至于自身悲惨命运的重负？本多从来不考虑这些，而是立即将这些法则化和普遍化。这是他的天性使然，因而，他当初试着抓搔法则的内里也是不足为奇的。他不论任何事都想独自完成，他轻易地将立法者和违法者集于一身。就是说，他局限于自己希望的决不入手，一旦入手就决定化作瓦砾。因而，他尽量将不可能性赋予希望的对象，努力最大限度拉开同自己的间距……可以说在心中保持着所谓"热烈的冷漠"。

说到月光公主，将这位花肉肥厚的暹罗玫瑰加以神秘化的作业，他在御殿场那个夜晚几乎完成了。他将金茜置于伸手绝然够不着（他的手臂很长，长短等同于认识的尺寸）、认识绝然达不到的地方。眼睛看到的快乐应以看不到的领域为前提。本多从印度的那番体验中似乎看到了这个世界的尽头，他想学得一手那种怠惰的野兽的嗜欲：将猎物置于认识的指爪达不到的地方，自己只顾躺卧在和暖的太阳下，舔舐着粘连树脂的皮毛。当本多效法一头怠惰的野兽时，他自己不就是在效法神明吗？

本多十分清楚，自己的肉欲和知识欲完全平行相互重叠，这是令他着实难以忍耐的事态。所以，不把这两者分离开来，就没有产生爱的余地。枝叶缠绕在一起的两棵丑恶的大树之间，怎么能容得一枝玫瑰抽芽、开花？两棵垂挂着奇丑无比的气根的树木身上，爱情不可能像寄生兰一样绽放。无论是龌龊的认识欲大树，还是那五十八岁带着腐臭的肉欲的大树……金茜必须位于他的认识欲的对面，而且只能同欲望的不可能性相关联。

"不在"是实现这一目标的最佳资料。不是吗？只有这，才是他恋爱的唯一纯良的素材。倘若没有"不在"，"认识"这头夜间走兽必定就会立即目光炯炯，张牙舞爪将一切撕成碎片。它扑向"未知"，将其咬住不放，使一切化作既知的尸体，并送到停尸场。这种认识的可怖而无聊的疾病，他在印度时不是曾一度治愈了吗？印度，还有贝拿勒斯的教导，不是这样告诉他的吗？逃避到认识之极的结果，只剩下唯一一株玫瑰，为了使它躲避认识的眼睛，装扮成既知，藏匿于尘封的黑檀木棚架深处，并上了锁。本多做了这件工作，亲自上了锁。他的意志的力量不想再去打开。

往昔，清显被绝对的不可能所迷惑，以至于违反人伦。相反，本多为了不违反人伦才设置了不可能。为什么？因为倘若违反，美，在这个世界就将失去存在的余地。

……他想起那个清爽的早晨。金茜失踪的早晨。

本多内心里虽然忐忑不安，但总还是喜忧参半。他看到金茜不在房间里，不是慌慌张张马上去叫克己，而是热衷于饱吮房间随处弥漫的失踪的金茜的残香。

晴朗的早晨，散乱的被窝没有收拾。床单微细的襞褶里，可以窥探出烦恼的金茜转动温热肉体的痕迹。本多从打皱的绒毯下面捡起一根卷曲的体毛，那是一头可爱的野兽经过一番煎熬之后留下的巢穴。本多从枕头的凹坑里检验有没有金茜透明的唾液。凹陷的枕头保留着她纯真的形象。

然后，他才去告诉克己。

克己的脸色惨白了。

本多没有怎么费力，就把自己丝毫不感到惊讶的神色掩盖过去了。

于是，两人分头寻找。

这时候，要说本多没有梦到金茜的死，那也是谎话。他虽说想过不到万不得已，金茜是不会死的，但在这梅雨间隙晴明的早晨，死，依然飘溢于徒劳的咖啡香气之中。一种悲剧性的气氛，萦绕着镂金镶银般的早晨。只有这，才是本多梦想中的恩宠的明证。

他不动声色地问克己该不该打电话报警，等着欣赏克己脸上浮现出极其警惕的神情。

他来到阳台上，窥看储满雨水的游泳池，怀着战栗思忖着，映着蓝天的池水会不会有金茜的身子漂浮其中呢？他感到，从这个现实世界很容易迈向非现实世界，因为中间分界线上的玻璃如今被彻底打碎了。这个早晨，在这一望无际的明净而温润的风光里，什么事都可能发生：死、杀人、自杀，甚至还有世界的毁灭。

在和克己一同沿着湿漉漉的青草斜坡顺溪流而下时，本多凭借他那迅疾的想象力觉察到，自己已有的社会名誉，都将通过报纸上关于自杀案件和丑闻的种种报道轰然崩塌。他为此而感到高兴。然而，这只是荒唐的夸大。因为事件只是围绕克己和金茜而起，世上没有一个人知道本多偷窥墙洞的事。

前方出现了好久未见的富士山。那已经是夏装的富士了。雪的裙裳高高挽起，朝阳照射下的泥土颜色，犹如吸饱雨水的砖瓦在燃烧。

看到了溪流。看到了桧树林。

本多走出大门，想到或许庆子也在家里吧，于是打算邀请克己一道去邻家访问。但是克己坚决不肯去，主动提出开车到车站，沿途查访。克己极度害怕同婶母见面。

他本不愿一大早就去庆子家里，但事到如今实在不得已。本多按响了门铃，没想到庆子早已化完妆，水绿连衣裙外面穿着一件开领毛衣，像寻常一样出来迎接本多。

"早上好。是为了金茜吧？她今早天还未亮就跑到我家来了，睡在杰克的床上。碰巧杰克不在家，否则就有好戏看啦……看她那副激动的样子，给她喝了点药酒让她睡了。此后，我睁着两眼一直没睡。好厉害的女孩儿啊！……出什么事啦？她一句话也不肯说。您不看看她那可爱的睡相吗？"

*

本多一天天强忍着不去见金茜。其后，不要说金茜，就连庆子也没有任何消息。

他等待着自己内心滋生出真正的疯狂。

他等待着那样的瞬间：理智一旦因某些原因达到焦躁的限度，正如狂言剧《钓狐》中的老狐狸一样，明知有被抓的危险，依然疯狂地扑向食饵。到那时，经验和认识、纯熟和老练、理性和客观的能力，这一切不仅全都无效，这些堆积物反而会不分青红皂白地逼使人们胡作非为。

就像少年等待自己成熟一样，五十八岁也还要等待自己成熟起来，而且是走向破灭结局的成熟。那埋头走向悲惨终结的孤独的成熟，犹如十一月枯黄的灌木丛中，木叶尽脱，杂草枯黄，脚步踉跄的冬日阳光下，那地方看过去像一片干涸而洁白的净土，此时干枯的蔓草上，只有一颗点缀着一星朱红的王瓜。

自己实际上寻求的，是火焰般的莽撞还是一死？本多的年龄已经使他难于辨别。他正在一个自己都不明白的地方，缓缓地慎重地作着准备。而且，不久的未来只有死是确定无疑的了。

一天，本多去丸大厦事务所上班，听见一位年轻职员在躲躲闪闪打私人电话，心里涌起无限寂寞。

这明显是女人打来的电话，那青年一边顾忌着周围，一边装出若无其事的样子在接听。可是本多从心情上早已清晰地听到远方那个女人甜润的嗓音。

两人恐怕有了默契，都在利用事务性的语言互通心曲吧。那青年时刻不忘理一理头发，有一双烦恼的眼神和一副不逊的嘴唇。本多随即产生了个念头，他想把这个不适合在律师事务所工作的青年辞掉。

在东京的时候，要想打电话找到从早到晚忙于应酬午餐、鸡尾酒会和晚宴的庆子，只有现在的上午十一点才是最佳时刻。刚刚看到那位年轻职员打电话，自己又在逼仄的事务所里打私人电话，这实在有些说不过去，于是作罢了。他撂下句话，说去买东西，就离开事务所。

丸大厦一楼商店街，是战前东京保留下来的为数极少的地区之一。本多喜欢到这里逛逛领带店，或者到文具店选购些书法用纸。那些颇具战前派头的老绅士，一边小心翼翼踩在滑溜溜的瓷砖地面上，一边搜寻着那些不至于引起心疼的便宜货。

本多抓起红色电话，呼叫庆子。

庆子通常总是好半天不接电话。庆子这时肯定在家，她放着电话不接，或许正悠悠然对镜而坐，出席午餐会的衣饰也已选定，只穿着一件内衣在化妆吧？本多想象着她那宽阔肥白的背部肌肉。

"让您久等啦。"过来接电话的庆子声音甜美而悠扬，"好久未见了，您好吗？"

"还好还好。最近想请你吃顿饭怎么样啊？"

"哎呀，您太客气啦。不过，您真正想见的不是我，是金茜吧？"

本多一时说不出话来，他等着庆子下命令。

"上次实在给你添麻烦啦。我这里自然是音讯全无了。你没见到过她吗？"

"没有。打那之后，再没见过。到底怎么啦？是不是在忙着迎接考试？"

"那姑娘似乎不太用功。"

本多能够慢慢悠悠地进行这样一番谈话，连他自己都感到惊奇。

"你想同她见面是吧？"庆子说到这里，略略沉思了片刻。这并非特别苦闷的片刻，那时间使人觉得就像午前的卧室从窗户射进来的光带飘满了白粉。本多深知庆子不是个装模作样的女子。他等着，同时做好心理准备。

"不过，我想附加一个条件。"

"什么条件？"

"金茜既然能逃到我家里，就证明她完全相信我。所以，我也必须到场。我想，由我来说服金茜，她绝不会拒绝的。您看可以吗？"

"有什么不可以？这本来也是我求你办的事嘛。"

"我确实想让你们两个单独见面，但目前只能这样……那么，我如何给您回话呢？"

"就请向事务所联系，今后我每天上午必定在事务所。"

本多说完，挂断了电话。

自那一瞬间起，世界完全变了。本多想，接下来的每一小时、每一天，自己怎样才能等得下去呢？他暗暗打了个小小的赌：到时候金茜要是戴着那枚祖母绿戒指来，那无疑是对本多的宽恕；如果她不戴，就说明她还不肯宽恕他。

四
十

　　庆子的住居位于麻布的高台，这是一座深宅大院，光是通往玄关停车坪的道路就很长。这座宅子原是庆子的父亲为缅怀布莱顿[1]时期的生活而建筑的，正面呈一带王宫般的弧形。六月末一个炎热的午后，本多曾经应邀来这里出席过茶会。那时，他感到仿佛再次回到战前的日本。

　　轮番遭受台风和雷雨袭击、急剧迎来梅雨间歇中夏日阳光的宅第，前庭寂静的树林之间，萦绕着整整一个时代的回想。接着就要进入令人思念的音乐之中了，本多以为。这座孤立于灰烬中的住宅，由于这些情况，总是蕴含着更加富于特权的罪愆和忧愁，犹

---

[1]　英国南部海滨城市。

如那个时代所丢弃的思想，经年累月，骤然又增添了风趣。

虽然受本多之托为了斡旋同金茜会面，但她在请柬中未曾提及，只是写着："为庆祝寒舍解除接管，特举行茶会。"本多拿着一束鲜花，步履散淡地出了门。接管期间，庆子和母亲住在原管家所居的厢房里，以前在东京期间，从未在自己家中招待过客人。

戴着白手套的侍者出来迎接本多。圆形的厅堂有个高广的圆形顶棚，厅堂一边是绘有仙鹤的杉木门，另一边是通往二楼的大理石旋梯。楼梯中段晦暗的台架上，一尊青铜维纳斯俯首伫立。

狩野派画风的仙鹤杉木门左右半开，这里是客厅的入口。进去一看，没有一个人。

客厅通过一排排小圆窗采光，窗户一律镶着精心打磨的古色古香的彩虹玻璃。里面的设有壁龛的墙壁，描画着一派金色的丛云，挂着长条的书画。玻璃吊灯从桃山风格的花格天棚上垂下来，小桌和小椅子尽是路易十五时代古趣昂然的古董，五颜六色的绣花椅子套，共同组合成一幅华托雅宴画。

本多正在观看，背后飘来一股熟悉的香水味。回头一看，穿着时髦的双层茶绿色抽纱长裙的庆子站在那里。

"怎么样，都是些落后时代的稀罕物吧？"

"实在是很庄重、很人时的和洋结合啊！"

"父亲的兴趣，万般一律。也许您没想到会保存得这样好吧？接管是没办法的。可是为了不使房子被那些乌七八糟的人住进来糟蹋了，到处奔波，想尽了各种办法。结果，被辟为美国驻军的军人旅馆使用，才得以清清爽爽回到自己手中。这所住宅的角角落落，都有我童年时代的记忆，没有被俄亥俄的土包子糟蹋，真是太好了。今天就是请大家来参观一下。"

"客人们呢？"

"都在院子里呢。天气虽热，庭院里风凉，不去那儿坐坐吗？"

庆子对金茜只字未提。

打开房间一隅的角门，走到通向庭院的石板路上。草地上的大树荫下散散落落摆着藤椅和小桌子。云层绚丽。女人们五颜六色的衣衫映着绿草地一派灿烂。帽子上的花朵随处摇曳。

走进去一看，几乎都是老妇，男人只有本多一个。他被介绍给她们，本多感到不该来这里，当看到眼前伸过来的尽是桃红色满布皱纹的手指，他就犯起踌躇，该不该握住它。这些充满疙皱的衰老的手臂，将他的内心变成堆积干果的大型船舱，弄得他悒郁不振。

这些西洋老妇背部的拉锁开了也不在意，摇摆着宽阔的腰肢发出阵阵狂笑，凹陷而锐利的眼睛储蕴着似乎在哪里见到过的暗蓝和焦褐的瞳孔，因发音强弱而张开的灰暗的嘴巴可以窥见扁桃体……她们只顾高声谈论一些丑恶无聊的事情，不时伸出涂满指甲油的指爪，夹起两三片又小又薄的三明治。其中有人突然转向本多，对他说自己离过三次婚，还问日本人是否也经常离婚。

避开暑热分别在树木的林荫路上散步的客人，华美的衣饰在绿叶丛中时隐时现。其中有两三个人影出现在树林的入口。在两个西洋妇女一左一右的簇拥下，从那里走过来的正是金茜！

本多的胸口涌起激剧的心跳，仿佛跌了一跤。

就需要这样，就需要这样。这样的心跳，就是一切！有了这种心跳，人生就不再是固体，而是变成液体，甚至变成气体。对于本多来讲，只要有了这，就已经够了。方糖在这心跳的瞬间融进了红茶，一切建筑都变得稀奇古怪起来，所有的桥梁都变成糖稀，人生化作闪电、虞美人草红花飘曳和窗帘颤动的代名词……极其利己的满足和二日醉般不快的羞耻互相交错，陷本多于梦境之中。

夹在两位高大的老妇之间走来的金茜，她那穿着无袖的银红连衣裙的稚嫩的倩影，还有那走出林荫深处突然沐浴在太阳下、黑曜岩一般光亮的黑发披散肩头的样子，这一切忽然使得本多想起公主幼时游览邦芭茵、一群老女官随侍身旁的往昔。对于本多来说，这可是双重的喜悦啊！

不知何时，庆子已经站到本多身旁。

"怎么样，我很守约吧？"

她对他耳语。

本多心里产生一种儿女之情，他一味缠着庆子，害怕一旦离开庆子，就无法应付这种场面。金茜满面微笑，正向这难以理解的恐怖一步步走来。本多想在她到达这里之前震慑住恐怖，但随着她越来越近，恐怖也跟着增大起来。本多想说什么，未曾开口舌头已经麻木了。

"您只管装呆好了。御殿场那档子事，什么也不要提。"

庆子又在他耳边嘀咕道。

幸好，金茜走到草地一半，脚步被拦断，其他妇女过来搭话，她只得站住了。她似乎还没注意到本多。四五米之外的金茜，宛若一颗美艳的蜜橘，垂挂在立即就能触摸到的时间的枝头，早已完熟，芳醇恼人，沉甸甸地满储着蜜汁，飘摇荡漾。那胸部，那双腿，那微笑的白牙，本多都一一检点过了。这一切，都是那酷烈的夏天所培育。而且，她的体内定是包蕴着彻骨的寒冷吧。

一群人围坐在一些椅子上，金茜终于也加入进去。这当儿，她是真没看到本多，还是佯装不知呢？

"本多先生来了。"

庆子朝着那张茫然的面孔催促了一句。

"啊呀。"

她那转向本多的脸上完全绽开了微笑，不见一丝僵硬的影子。夏日阳光下的金茜的面颜复苏了，比起平时来，她芳唇开启，美目流盼，较之灰褐更加明朗的琥珀色的面部，一双硕大而黝黑的眸子炯炯有神。这张面孔迎迓着那个季节。夏天，使她尽情沉浸在水量丰盈的浴槽里，任她恣意洗浴。她的自然的肢体越发放纵无碍了。想到那乳房和乳罩之间密室般封闭的燠热，就能感知那里深藏着一个夏天呢。

不过，伸出手准备握手的金茜的眼睛，没有任何表情。本多用微微震颤的手握住了那只手，指头上不见那颗祖母绿戒指。他自行决定的赌注，看到这个情景，自己真正希望的正是这样的输局吧？他仿佛触到一丝凉浸浸的拒绝。为什么呢？因为这种拒绝本身是那样快意，丝毫没有打乱他那厚颜无耻的迷梦。对此，本多自己也颇感惊奇。

金茜将一只空的红茶茶碗拿在手里，本多向桌上伸过手去，摸了摸古老的银茶壶把子。那银壶的灼烫使他犯了犹豫。抑或他满怀恐怖，害怕行动前方被不安定的雾气所遮挡，不仅手指打颤，说不定还会干出什么出乖露丑的事情吧。这时，侍者忽然伸出戴着白手套的手，本多的担心变得多余了。

"到了夏天，身体就会好吧？"

本多终于发话了。不知不觉，遣词造句也变得郑重了。

"是的，我喜欢夏天。"

金茜柔和的微笑里，含着教科书般的回答。

周围的老妇一时兴起，请求本多把刚才的会话翻译给她们听。桌上的柠檬香和老衰后浓烈的狐臭，混合着香水的气味，刺激着本多的神经末梢。他一边坚忍，一边翻译。老妇们莫名其妙地笑了，她们似乎从"夏"这个日语词里，感受到一种决绝的暑热，一致猜想大概是起源于热带的文字吧。

金茜的倦怠直接感染了本多。他回顾一下四周，庆子已经离去。金茜的倦怠越发剧烈，犹如草地绿草丛中不会说话的动物悲伤地蹭着身子。这种直感是她和本多之间唯一的纽带。金茜轻盈地旋转着身子，笑微微地用英语应对。本多渐渐感到，莫非金茜是有意将倦怠传给自己吧？本多觉得，那倦怠自金茜厚重的胸脯周围流溢到轻捷的美腿上，那是夏令肌肉本身忧郁的堆积所释放的一种音乐，在夏天的空中像羽虫一般飞翔。他听到这种羽音或高或低不断地传入耳畔。

然而，这也许并不意味着金茜厌恶这场茶会。或许正是身体所表现的倦怠的症候，夏天才会使金茜复苏，这可能是她本来的姿态吧？果然，金茜又在其中自由游弋了。她稍稍退入树荫下，在老妇们的包围圈里，手捧红茶茶碗，耳边听着一声声"Serene Highness"的爱称，一边活泼地谈论着。忽然，她褪掉一只鞋，用套着袜子的尖利的趾甲，在另一边小腿上若无其事地搔了半天。她以红鹤绝妙的均衡，手中的茶碗完全保持着水平，托盘里没有洒出一滴茶水。

本多看到她这副样子的瞬间，不管她宽恕还是不宽恕，他已满怀信心长驱直入地滑进金茜的心中。

"刚才看到你表演金鸡独立呢。"

本多瞅准会话的间隙，冷不丁说了句日语。

"什么？"

金茜抬起茫然不知的眼睛。给她一个谜，她根本不想努力解开这个谜，犹如水面忽然浮出的气泡，立即反问一声："什么？"金茜的嘴角再没有比此刻更加可爱的了。她既然对自己的不解毫不在意，本多这边也应该拿出这样的勇气。本多刚才已经作了准备，他从记事本撕下一张纸，用铅笔写好了一页短信。

"白天也可以，我想和你单独见面。一个小时也行。今天怎么样？就到这个地方……"

本多说道。

金茜巧妙地避开众人的视线，使小纸片迎着阳光。那躲避人眼的一瞬间的样子，令本多陶醉于幸福之中。

"有空吗？"

"有。"

"能来吗？"

"能。"

金茜作出这个过于明晰的回答时，脸上顿时漾起一朵柔美的微笑，仿佛要把这个"能"字融解。很明显，她什么也没想。

爱憎和怨艾到哪儿去了？热带的云翳和沙砾般

剧烈的暴雨消隐于何方？意识到自己无效的烦恼，较之猛然感到无效的幸福，更能引起本多心灵的震撼。

——四周已经不见庆子的身影，正如本多刚到时一样，她现在正陪伴两位来客穿过客厅向庭园走去。一位老妇远远看到两位女宾分别穿着鹅黄和湛蓝的华美的和服，啧啧哑着鹦鹉般干涩的舌头，感叹不已。她回头望望本多。那是带着椿原夫人的槙子。

金茜漆黑的头发突然兜满风飘散开来。本多正瞧得出神，这时两人的到达使他很不愉快。然而，走近的两个人首先跟本多打招呼。

"今天，本多先生独自拥红倚翠，好艳福啊！"

槙子打量了一下周围的老妇人，冷冷地说。

不用说，她们也一一被介绍给了西洋女子。双方应酬一番，她们又回到本多这里，想用日语交谈。

云彩飘移，在白发上增添了阴影。这时，槙子说：

"不久前的六月十五的游行，您看到了没有？"

"没有，只是从报上知道些。"

"我也是从报上看到的。新宿被火焰瓶烧得乌七八糟。派出所也给烧毁了，这还了得？瞧这势头，眼看要变成共产党的天下啦，您说是吗？"

"我看不见得。"

"据说他们还会土法造手枪，一个月比一个月厉害。整个东京眼看就要被烧成一片火海。"

"到那种时候，也只能看开些，不是吗？"

"凭您这种态度，可以长命百岁呀。不过，我倒是时常思忖，这个世界要是勋还活着，他会怎样呢？从此，我就开始写作《六月二十五日组歌》了。我想写出不能进入和歌的最底层的歌，寻找绝不可称为歌的东西。到底叫我给碰上了呀。"

"碰上什么啦？你不是没有亲眼见到过吗？"

"一个歌人要比您看得远呢。"

槙子用这种坦率的态度谈论自己的歌作甚为少见。不过，这种坦率只是一脉伏线，槙子环顾一下周围，笑着睃了本多一眼。

"听说有一次您在御殿场弄得狼狈不堪哩。"

"听谁说的？"

本多如今淡然地反问。

"庆子呀。"

槙子同样淡然地举出名字。

"……不过想想，虽说是那种危机的场合，金茜深更半夜跑到人家里，敲人夫妇的门，也真够大胆的。杰克能亲切地接待她，也算是好心眼。他真是个富有教养的美国人啊！"

本多怀疑记忆有误。那天早晨明明听庆子说："碰巧杰克不在家，否则就有好戏看啦。"听槙子这么一说，杰克是睡在家里的。看来，要么传闻有误，要么是庆子说谎，二者必居其一。发现庆子也会制造这种无聊的谎言，暗暗给了本多一点小小的优越感。他本想欣然同槙子共同分享这一发现，随后又犯起犹豫，不愿卷入女人们的闲话之中，那样做太愚蠢了，毕竟对方是敢于在审判官面前堂堂撒谎的槙子啊！本多决不撒谎，但有时也任微不足道的真实漂流而去，就像看着垃圾打眼前的水沟流去一样。这是他的恶癖，可以说他从审判官时代就养成了这个小小的恶癖。

本多想转换话头。这时椿原夫人凑了过来，看样子她是来寻求槙子庇护的。

好长时间未见，一脸憔悴的椿原夫人的神色令本多大吃一惊。悲哀的表情含着几分凄凉，目光恍惚，双唇胡乱涂着厚厚的橙黄色口红，给人一种莫名其妙的怪异感。

槙子眼角含着笑意，猝然将手指伸向弟子白皙而饱满的下巴，用手托起来给本多看，说道：

"这位真令人心烦，一个劲儿喊着'要死，要死'地吓唬我。"

椿原夫人打算一直让槙子这样将下巴托着不放，可是槙子立即松开了手指。夫人一边注视着夕风飘摇的草坪，一边哑着嗓子若无其事地对本多说道：

"可不，没有才能，即便活得再久，又有什么用呢？"

"假若没有才能的人都必须死，那么整个日本就得死个精光。"

槙子打趣地答道。

本多眼望着她们谈话，心中暗暗感到惊悚。

两天之后，本多于约定好的下午四点钟到约定好的场所东京会馆大厅等候。他想好了，金茜要是来，就带她到今夏才开张的屋顶餐厅去。

大厅里摆放着许多宽大的皮革沙发，坐下后将装订整齐的报纸夹摊在面前，很适合消磨等人的时间。本多将好容易弄到手的哈瓦那手卷雪茄掏出三支装在内兜里，等抽完这三支雪茄金茜总该来了吧？他的一个担心是，一到这里落座窗外就暗下来，要是下起雨淋湿了屋顶，他就不能在那里请金茜吃饭了。

就这样，一个五十八岁的富翁等待着一位泰国少女。想到这里，本多感到终于从不安中挣脱出来，又回到自己本然的日常生活之中了。这是一种"港湾状态"，他不是天生的航船。"等待金茜"，他的这个唯一的生存状态又回来了。因此，这就是他的精神形态本身。

他这个人富甲一方，又上了年纪，对单纯的男人的快乐早已不屑一顾。他感到自己有个挺麻烦的精神包袱，那就是可以轻易下决心用地球换取自己的倦怠。但他表面上却谨小慎微，喜欢置身于一个被限定的凹部。对历史和时代是如此，对奇迹和革命也是如此。就像坐在西式马桶上，坐在覆盖深渊的盖子上抽雪茄，一切都听凭对方的意志而等待着。这时，梦想开始历然成形，墙缝间可以朦胧窥见本体不明的幸福。死，在这种状态下，能否使人走向幸福呢？……假如是这样，那么金茜本来不就是"死"吗？

自己的名牌上既有不安也有绝望，一切都备齐了。期待的时间本是一只青贝螺钿工艺品，黑底的漆面上嵌镶着几多危惧……

地板相接处的地窖般的小餐厅里，到了准备晚餐的时间，摆放刀叉锵然作响。正像还停留在侍者手里的交杂在一起的镀银刀叉，本多心中的感情和理性也交杂在一起，没有任何计划（理性的邪恶倾向！）

地放弃了意志。本多接近人生终点所发现的快乐，正是这种下作的人的意志的放弃。在放弃的时期内，青年时代那种伤透脑筋的"打算介入历史的意志"也悬浮于空中。历史吊在空中的某个地方晃来晃去。

……那没有历史的黑暗的时间带里，那令人目眩的高空，马戏团荡秋千的少女，身穿雪白的贴身背心闪闪飞翔。不是别人，那正是金茜。

——窗外变得昏暗了。携带家人的宾客们在本多耳畔聊个没完没了，听得人昏昏欲睡。一对订婚的男女疯子似的一声不响。窗内可以窥见街道树的喧骚，但雨似乎还未到来。报纸夹的木芯像顾长的小腿骨抵着本多的手掌。三支雪茄抽完了，金茜还没有来。

*

本多好容易独自吃完颇为扫兴的晚餐，就到留学生会馆去了。这可是一次极不慎重的行动。

他走进位于麻布一角的简素的四层楼，两三个皮肤黝黑、目光锐利的青年，身穿大花格子短袖衫，坐在门厅里，翻阅东南亚某国印刷粗劣的杂志。本多向柜台里的人询问金茜在哪里。

"她不在。"

服务生迅速回答道。本多对他这种过于快速的反应很不满意。两三回合的问答之间，留神一看，那几个目光锐利的青年一齐望着这边。夜晚闷热，感到就像待在热带地方一个小型机场的候机室里。

"能告诉我房间号码吗？"

"按规定不能告诉您。会客经本人同意后，请在这座大厅内等候。"

本多失望地离开柜台，青年们又一起将视线收回到杂志上。交叉的脚脖子上，赤裸的褐色的踝骨尖锐地刺了出来。

前庭内没有一个自由走动的人影。三楼一间屋子因暑热打开了窗户，本多听到那明亮的房间内传来弹奏吉他的声音。虽说是吉他，但音色类似胡琴，高亢而悠扬的歌唱伴随着乐曲，宛如黄色的常春藤缠绕在一起。听着那悲怆而缠绵的音乐，本多联想起早已忘却的战前曼谷的夜晚。

他真想偷偷进入房间——加以检点，因为本多决不相信金茜不在。梅雨时节蒸笼般的夕暮到处都有金茜存在。留学生们修整的前庭花坛里，夜色里唐菖蒲金黄的花朵，黑暗中矢车菊迷蒙的淡紫，散发着幽微的芳香……所有这些，其中都有金茜的声息。随处飘着的金茜的微粒子，也许会次第凝固、成形。即便蚊蚋细微的羽音里，也能预感到她的存在。

三楼一角的房间，包裹在众多幽暗的窗户之间。只有这间屋子窗帷在辉煌的灯光里飘荡，显得高雅而深邃。本多朝那里凝望。一个人影立于窗帷后面，俯瞰着前庭。风吹乱窗帷，露出了身姿。正是只穿一件长裙纳凉的金茜。本多不由跑到窗下，身体沐浴在外泄的灯影之中。此刻，金茜认清是本多，脸上露出惊诧的神色，突然熄灭室内电灯，关上窗户。

本多靠在楼房角落里久久等待着，时光点点滴滴消逝，太阳穴热血奔涌。滴落的"时光"也像鲜血。他把面颊贴在长满一层薄薄青苔的水泥墙上，借着凉湿的苍苔冷一冷灼热的老脸。

不一会儿，三楼的窗户传来蛇吐芯子般的嘶嘶声，似乎是悄悄拉开一道窗缝的声音。本多脚边掉下来一个柔软的白色小包。

他拾起来，揭开包在外面的白纸，中间是手心大的棉球。看样子缠得很紧。外层的白纸一经剥去，随即像小动物迅速膨胀起来。本多揭开棉球，金色守门神亚斯卡守护的祖母绿戒指显露出来。

仰望窗户，再次紧紧地关闭了，不见射出一线灯影。

＊

离开留学生会馆回过神来，本多这才想起距离庆子家只有两百多米，因为出来约会没有使用自家汽车，本来叫个出租车就行了。但他硬是加给自己一个苦差事，鞭策疼痛的腰和背走着去。即使庆子不在，也非得敲一阵庆子家的门板不能回家。

本多边走边想，假如自己还年轻，也许会一路嚎哭着走去吧。假如还年轻！然而，青年时代的本多绝没有哭泣过。自己是个有为的青年，倘有抹眼泪的工夫，不如运用理智，这样对自己对别人都有利。多么甜美的悲伤！多么抒情的绝望！本多既然将这种持续的感觉和所感觉到的东西寄望于"假如还年轻"这个假定的过去，他已将目前感情的可信凭据连根拔除了。假若自己的年龄可以允许放纵！但是，无论今日和以往，他都不允许自己放纵，这是本多的本性。仅有的一点可能，那就是梦想一个不同于以往的自己。究竟是如何不同的自己呢？本多绝然不能成为清显或勋，一开始就不可能。

如果说本多沉溺于"假如年轻还有可能"这种想象之中，确实从所有与年龄相应的危险中保护了自身的话，那么相反，他不愿承认现在的感情的羞耻心，或许正是那种克己的青春远影的再现吧。无论如何，本多都不会一边嚎哭一边走路的。现在和以往都不会这样。一个身披防水雨衣、头戴软呢帽的初老的绅士，那步履不管在谁眼里，都只能当作是半夜出来散散心而已。

这种不快的自我意识，使得他过分习惯于用间接叙述法陈述一切感情，其结果，对于即使没有自我意识也能获得安全之身的本多来说，所有的愚行和厚颜无耻都可以成为可能。——考察本多行动的轨迹，人们也许会误认为他是个"凭感情用事的人"。如今，他沿着雨意正浓的夜路急匆匆赶往庆子家里，正是这种愚行的表现。他一边走一边用手抵住喉头，仿佛要掏出那颗心来。简直就像将手指伸进背心的口袋拽出怀表一般。

*

平时这种时候，庆子不可能在家，但她今天偏偏在家。

本多立即被让进前些天曾经来过的豪华的客厅。路易十五式的椅子靠背是直立的，不允许他放松姿势，本多很累，他有些昏昏然起来。

杉木门像上回一样半敞着，夜间客厅颇具威压的玻璃吊灯光辉灿烂，更凸显着他的寂寥。本多瞧着窗外庭院树林边街灯明丽的光彩，实在没有力气走过去站着观看一番。他只好强忍着浑身流着臭汗的自甘堕落的溽热了。

门厅大理石旋梯上传来庆子的脚步声，她身穿华美的礼裙，长裾拖曳。庆子走进客厅，反手将绘着仙鹤的杉木门关好。乌黑的头发像风暴一般倒立起来。头发挣脱羁绊，一个劲儿向四面八方恣意膨胀，较之平时微显淡妆的面孔，不再是平素那张脸，看起来小巧而又苍白。庆子绕过椅子空隙，坐在本多的对面，她背靠画有金色丛云的壁龛，中央的小桌上摆着白兰地。衣裾下面，露出光脚穿的室内凉鞋，缀着一串串热带干果。那脚上的红色指甲油，同礼裙玄色的底子上散乱的大朱槿花一样艳红。尽管这样，以金色丛云为背景的庞大而倒立的黑发，依然显得黯淡阴郁。

"对不起，瞧这头发简直像个疯子。由于您突然光临，连我这头发都颤动不已呀。本来打算明天去做头发，所以刚洗了一下。真不凑巧啊！男人哪里知道这份辛苦……哎，到底怎么啦？您的脸色挺难看呀。"

本多把刚才的事简要地说了一遍，话语里含着辩解的口气，连他自己都觉得可厌。即使是本人所要面对的问题，也无法摆脱按照逻辑推理叙述的毛病。本多的话只说明了事情的前后经过，但他到达这里之前，本来是想声嘶力竭号叫一番的。

"哎呀，心急等不到烂饭吃，您这可是个典型啊！我早说了，只管交给我好啦……这下子，我也不知咋办才好。不过，金茜也太过分啦。或许这就是南方人的做派吧？她这一手，弄得您很难堪，这些我全都明白。"

庆子一边劝他喝白兰地，一边问道：

"说吧，您让我做些什么？"

她丝毫也不嫌麻烦，语调里含着独有的惆怅的热情。

本多掏出戒指，在小手指上戴上脱下，再戴上再脱下地玩着，说道：

"请把这个还给金茜，叫她一定收下。拜托啦。我觉得这个戒指一旦离开那姑娘的肉体，就等于她和我过去的交往永远断绝了。"

庆子未作任何回答，只是沉默不语，本多害怕她生气了。庆子将白兰地酒杯举到眼前，出神地望着那雕花玻璃杯曲面上一时漾起的酒液，描画着透明而粘连的云纹，徐徐地徐徐地滑落下去。乌黑而繁多的头发下边，硕大的眼眸使人发怵。本多感到，虽说她强忍嘲笑以免流露在脸上，但表情极其自然、真挚，一双眼睛就像小孩子盯着拈死的蚂蚁。他催促地重复道：

"我来就是为了求你这件事，没别的。"

本多对这件夸大到极限的区区小事下了某种赌注。不论干出什么蠢事都不允许，在这种没有道德的倾向下，本多还有什么快乐可言呢？他从这个垃圾箱般的世界里捡到了金茜，又为这位没动过一下指头的少女而烦恼。他将这种愚痴逐步升级，以便寻求自己的性欲同星辰运行的接点。

"那小妮子您干脆放着不管不好吗？"庆子终于开口了，"不久前听人说，在美松舞厅，金茜靠在一个品行恶劣的学生的肩头跳贴面舞。"

"放着不管？这绝对不行。放着不管不就等于允许她成熟吗？"

"您有权不让她成熟对吗？那么您当初忌讳她是

处女又是怎么想的呢？"

"我本想让她一举成熟，变成另外一个女人，结果失败了。这都是你那个不争气的侄子造成的。"

"这个克己，真是不争气。"

庆子笑起来了。她把自己捧着酒杯那一边的指甲迎着玻璃吊灯，那又长又尖、涂着艳红指甲油的手指透过雕花玻璃，从指头内侧看过去，仿佛升起一轮神秘的小太阳。

"太阳出来啦，瞧！"

庆子向本多显示着，她醉了。

"这可是残酷的日出啊！"

本多一边心不在焉地嘀咕了一句，一边巴不得涌来一股荒唐和不合常理的迷雾，将这座过于明亮的房子全都遮盖，不漏一线光明。

"刚才那件事，我要是断然拒绝，又会怎样呢？"

"我的晚年将一片黑暗。"

"您太夸大其词啦。"

庆子把酒杯放在桌上，依然在思索着什么。"我为什么老要去帮助别人？"她在嘴里叨咕着，不一会儿说道，"真正隐藏在内心深处的问题，总是很幼稚的。人只要愿意做，他可以为寻找一枚印错的邮票，而到非洲探险什么的。"

"我想我是爱上金茜了。"

"啊呀。"

庆子带着一副难以相信的神色，开心地笑了。

庆子下边的话里含有一种决绝的口气。

"我懂了，眼下的您，有必要干出一件令人恶心的蠢事来。比如——"她轻轻撩开长礼裙的前裾，"比如，您吻一下我的脚背怎么样？一定会感到神清气爽。好好瞧瞧您一点也看不上眼的女人的脚丫吧。告诉您，人家都说我脚上的静脉血管最好看。不用担心，洗完澡我都仔细揩干净了，不会有碍贵体康宁的。"

"假如你肯接受我刚才的请求，作为交换条件，我可以欣然当场做给你看！"

"那就请吧。在您自尊心的历史上，不妨来上这么一次也没关系。这样也可以为您光辉的历史增色。"

庆子俨然为教育家的热情所驱使。她亭亭站立在明晃晃的玻璃吊灯下。两只手很不耐烦地抚摸着倒竖的蓬蓬乱发，那头发活像大象的耳朵耷拉在左右两旁。

本多很想笑，但笑不出来。他环顾四周，慢慢弯下腰去。立即袭来一阵腰痛，不由蹲下来，吃力地跪倒在地毯上。

于是，他看到庆子的凉鞋，宛若一只尊贵的祭器。用力踏在地上的五根脚趾红亮的趾甲上，缀着黄褐、焦茶、浓紫和雪白的干果，庄严地拱卫着静脉略显曲张的神经质的足背。本多正要将嘴唇凑到那里，穿着凉鞋的脚狡猾地缩回去了。结果，只有拨开那缀满朱槿花图案的裙裾，才能把头伸进去，否则，嘴唇够不到她的脚背。本多进入长礼裙内，那里面氤氲着幽幽的香气和温润。突然，本多进入另外一个陌生的国度。他在趾甲上吻过之后，抬起眼睛，光线穿过所有的朱槿花瓣，变成了暗红色。那里耸峙着两根洁白而美丽的柱子，上面微微显现着静脉的斑点。遥远的天空，悬挂着小小的黝黑的太阳，胡乱散布着黑色的光芒。

本多缩回身子，好容易站立起来。

"好啦，我都切实做到了。"

"我会守约的。"

庆子接过戒指，脸上漾出长者般安然的微笑。

四十二

"您在干什么？"

看到丈夫老是不来吃饭，梨枝在室内催促道。

"看富士山呢。"

本多从阳台上回答，声音依然不冲着屋里，而是朝向庭院西端凉亭那面的富士山。

夏季早上六点，富士酪酊于葡萄紫里，轮廓朦朦胧胧，唯有八合目 [1] 附近刷上了一抹白雪，就像过节时小孩子鼻梁上涂的白粉。

吃罢早饭，他又来到朝阳辉映的天空下，一身短衫短裤，横躺在游泳池一旁，用手捧着满满登登的池水玩耍。

---

1 "合目"是计算山高的单位，"八合目"即山高的十分之八。

"您在干什么？"

饭后，梨枝一面收拾，一面再次问道。这回他没有作答。

梨枝隔着窗户向五十八岁、有些神魂颠倒的丈夫斜睨了一眼。首先，那副穿戴她看了不满意，一个从事法律工作的人本不该穿短裤，那样会暴露出衰老而失去弹力的苍白的双腿。还有，短衫也让人瞧着不顺眼。本多他已经没有年轻力壮时肉体的充实感，身上穿着短衫好似披着一片海藻，袖口和脊背一齐耷拉下来。梨枝满怀兴趣地瞧着丈夫究竟会作孽到何种程度，她那自我感觉的外皮长出一层鳞片，体验到一种被人倒着抚摸鳞片的快感。

——本多背后感觉到梨枝无可奈何地回到屋内，也毫不在意，依然迷醉于早晨游泳池的旖旎景色中。

桧树林里蝉声聒噪。本多抬起眼来。刚才还是醉态阑珊的富士，到了八点已经变得一派茄紫色，绿意迷蒙的山麓之间，隐隐浮现出稀薄的森林和村落的影像。看到这深蓝的"夏富士"，本多发现一个可以自我取乐的小戏法，这是在盛夏季节观看严冬中的富士的一个窍门：先凝视一会儿深蓝的富士山，然后立即将视线转移到一侧的青空，眼中的影像一片雪白，刹那之间，洁白无垢的富士飘浮于蓝天之上。

无意中学会了这个显现幻象的方法之后，本多相信富士山有两座，"夏富士"旁边，总是还有个"冬富士"。现象的旁边总有个纯白的本质。

他将眼睛转向游泳池，箱根的投影远远占据大部分水面。绿意葱茏的山间之夏郁闷难耐。小鸟掠过水上的天空。饲养场里有老黄莺来访。

对了，昨天在凉亭旁边打死一条蛇。这是一条两尺长的花斑蛇。为了防止发生袭击来客的事态，本多用石头砸中了蛇头。这桩小小的杀戮，使得本多一整天都感到充实。他的心中刻印着垂死挣扎的蛇体油亮的残影，就像一堆盘绕着的青黑的钢条。自己也能杀死什么了，他自觉培养了一种暗郁的活力。

接着来到游泳池。本多再次伸进手去，搅着水面。夏云变幻得像毛玻璃的碎片。游泳池建成已经六天了，还没有一个人在这里游过。本多偕梨枝三天前就来了，但他借口水冷，一次也未下去过。

　　这座游泳池是他专门为观看金茜的裸体挖掘的，别的目的一概不重要。

　　远处传来钉钉子的响声。隔壁的庆子家正在改建。自打东京的住宅解除接管之后，庆子很少来御殿场，同杰克的关系也无形中变冷了。她随之对本多的新家萌发了竞争心，来一次彻底翻修，几乎形同新筑。庆子说了，夏天看样子是住不进来了，今年打算到轻井泽度夏。

　　本多从水池旁折起身来，为了躲避次第变强的阳光，他费了好大力气，打开高出桌面的遮阳伞，坐在有凉荫的椅子上，再次瞧着游泳池的水面。

　　早晨的咖啡依然使后脑保持着麻痹般的兴奋。九米宽二十五米长的水下白线，于蓝漆的晃漾之中，使他想起遥远的青年时代的体育比赛，仿佛嗅到那白石灰线和护肤膏薄荷的气息。一切白色而清洁的线都按几何学整然有序地交叉组合，一些事情从那里开始，一些事情又在那里结束。然而，这些都是虚空的回忆。本多的青春同运动场没有任何缘分。

　　白线又使他想起夜里车道中央画的分离线，他突然想到夜间公园那个拄着拐杖走路的小个子老人。本多第一次是在汽车前灯照耀下的人行道上见到他的。老人挺着胸脯，将象牙把手挂在腕子上。按照原来的姿势，拐杖的一端就会擦着地面，只得将弯曲的手臂极不自然地向上翘起，于是走路的姿态显得更加僵硬了。人行道一侧是五月里芳香的森林。小个子老人看样子很像个退役军人，如今想必把那枚已成废物的勋章珍藏在内兜里了吧？

第二次碰面是在幽暗的森林里，那拐杖的用途在眼前看得很真切。

一般地说，男女在森林里幽会，女方紧紧背靠树干，男方上去拥抱，很少看到与此相反的姿势。当青年男女采取站立姿势走近树底下，小个子老人就紧贴树干后面，在离本多所在的地方不远的黑暗里，拐杖上那弯成 U 字形的象牙把手，从树干后头极为徐缓地伸出来了。本多凝神盯着黑暗中浮动的白色，知道那是象牙把手，同时也立即明白了主人是谁。女人两手挽住男人的脖子，男人双手抱住女人的腰背。汽车前灯遥远的光线，照亮了男人脑后头发上的发油。

拐杖白色的象牙把手，一时低迷于暗夜之中。不久，似乎下定决心，那 U 字形钩住了女人的裙裾。一旦钩住，便以极为熟练的快速，用拐杖将裙子蓦地挑起至腰间。女人的白腿显露出来了，但老人没有让冰冷的象牙触到女人的肌肉而被察觉。

女人低声说"不行啊，不行啊"，最后又说"好冷"。正在得趣的男人没有作答，女人到底是女人，男人极尽全力用两臂紧紧搂着她的腰肢，她似乎什么也没有觉察到。

……这种极带讽刺的猥亵的潇洒，这种极富献身性的无私的协力，本多每想起来嘴边就诱发出一丝微笑。但一想到那个在松屋美军基地商店门口跟他搭话的男子，那一点点幽默随之弥散于某种冰冷的不安之中。对于自己的真挚的快乐，只能促使一部分人的厌恶，他必须一天二十四小时都承受着这种厌恶的反映。不仅如此，厌恶本身总有一天会变成快乐不可缺少的要素。如此种种，还有比这更加不合道理的事吗？

这种令人毛骨悚然的自我厌恶，同最甘甜的诱惑结为一体，自我存在否定的本身，同绝不能治愈的不死的观念结为一体。存在的不治之症正是不死的感觉的唯一实质。

他再次走到游泳池旁边，弯腰抓挠着动荡的池水。这正是他在人生终点抓住财富的感触。夏阳照射着他低俯的颈项，仿佛感受着一生中重复五十八回的夏天众多的恶意和嘲笑的箭矢。他那并非多么不幸的人生，一切都遵从理性的航舵，灵巧地躲过毁灭的暗礁。所谓没有幸福的瞬间，只不过是夸张罢了。尽管如此，这是多么百无聊赖的航海啊！不妨夸张地说，自己的人生是黑暗的，这才更符合毫无伪饰的感觉。

"自己的人生是黑暗的。"这样的宣告甚至可以看作是对人生痛切的友情的展示。我和你的交游，没有任何成果，没有任何欢喜。你丝毫没给我任何快乐，就那么执拗地同我交友，强行踏上"生命"这根危险的钢丝。节约陶醉，增加所有，变正义为纸屑，用理智换取家具财产，将世上的美压挤成可耻的模样。人生大大花费了一番气力，将正统流放，将异端送进病院，使人性陷入愚昧。这是一堆脓血盆里沾满血和脓的脏污的绷带。就是说，这是天天都要替换的心灵的绷带，每次都使不治之症的患者不分老少一齐疼得哭爹喊娘。

他感到这块山地绚丽的蓝天之上，隐藏着洁白而壮美的护士巨大而优柔的双手，这手为了天天虚空的治愈而从事着粗野的义务。这双手亲切地触摸着他，又一次敦促他活下去。美女峰上空的白云，是一堆散乱的近乎伪善的卫生而洁白闪亮的新绷带。

别人看来会怎样呢？本多知道自己是站在十分客观的立场的人。在别人眼里，本多是最富裕的律师，过着悠悠然安度余生的日子。这本来是在长年审判官和律师的生活里所保持的大公无私、光明正义的当然回报，人们只有艳羡，谁也不会非难。这是市民社会对市民的忍耐有时给予的过迟的报偿之一。如今，即使本多暴露小小的恶行，人人无疑都会当作常有的无罪的恶癖，含着微笑加以饶恕。总之，在这个世界上，他"拥有一切"，除了孩子。

要不要领养一个？夫妻曾经商量过，也有人劝说过。梨枝不想再提，本多获得财富后，也对此事不感兴趣。跑进家里觊觎他的金钱的外人是可怕的。

——屋子里传来说话的声音。

他侧耳静听，莫非一大早赶来的客人？原来是梨枝和司机松户在谈话。不一会儿，两人走到阳台上，眺望着起伏的草坪，只听梨枝说道：

"瞧，那一带高低不平，通往凉亭的斜坡是观赏富士山最好的地方，草剪成那个样子很难看，宫殿下也要光临的啊。"

"好的，那就重新修整一下吧？"

"修整一下吧。"

老司机比本多大一岁，他到阳台顶头放置园林工具的场地去拿剪草机。本多对松户不很满意，他只看重松户在战时战后做过官府司机这段经历。

动作慢慢腾腾，说话妄自尊大，日常生活也贯穿着安全行车的规则。本多对他这种雷打不动的态度颇为恼火。人生也和行车一样，只要谨小慎微就能获得成功，这种想法谁受得了呢？他望着松户，松户也相信主人本多和自己属于同一种人吧。本多想到这里，觉得自己受到了他无端的丑化。

"还有时间，坐在这儿歇一歇吧。"

本多招呼梨枝。

"嗯。不过，厨师和侍者该来了。"

"他们总要迟到的。"

梨枝满心犯起悒郁的踌躇，好似投入水中渐次漂散的绒线。她回到屋里拿来坐垫，她那患有肾病的身体，害怕坐在冰冷的铁椅子上。

"厨师也罢，侍者也罢，这些人一来，整个家都要糟蹋得不成样子了。"

她一边说，一边坐在本多身边的椅子上。

"我要是像欣欣女士那样，是个讲究排场的女人，一定会喜欢上眼前这种生活。"

"又搬出过去的老皇历来了。"

大正时代日本全国一流的律师夫人欣欣女士，本是艺妓出身，以美貌和豪奢闻名，擅长骑马。她骑着白马参加葬礼，身穿华丽的丧服，长裙广裾，惹人注目。丈夫死后，她无法继续满足这种奢侈欲，绝望地自杀了。

"欣欣女士喜欢蛇，她总是在手提包里放一条活的小蛇，不是吗？啊，我忘了。昨天您不是说打死了一条蛇吗？宫殿下来时要是遇见蛇就糟啦。松户师傅，要是见到蛇请一定打死它，但绝不能让我看到啊。"

她远远望着手持剪草机的松户喊道。

游泳池的水面毫不留情地映出妻子衰老的脖颈，本多注视着那个影像，蓦地想起战时在涩谷的废墟上遇到的蓼科，还有蓼科送他的《大金色孔雀明王经》。

"要是被蛇咬了，念一念这咒文就会好的。摩谕罗吉罗帝莎诃。"

"唔。"

梨枝没有表示一鳞片爪的兴趣，又坐回椅子上了。忽然响起剪草机的声音，给了两人沉默的自由。

本多知道守旧的妻子对于宫殿下的光临自然是欢迎的，但她明知金茜要来却能如此保持平静，这使他甚感惊讶。梨枝只是巴望着，今天在丈夫身边亲眼看看金茜，或许能消除自己长期以来的苦恼。

"明天祝贺游泳池开张，庆子带金茜一起来，说不定要住上一夜哩。"当丈夫若无其事地告诉她时，梨枝感到一种切切实实的喜悦。当嫉妒太深而又找不到真正的根由，梨枝宛若见到闪电之后又在等待雷鸣，这当儿，每一瞬间被稀释的不安，她都当成是自己所有。恐怖和期待变成了同样的东西，一切再无须等待，这使她心性陶然。

梨枝的心是流经广阔荒野的一条河，它以销蚀自身的缓慢的速度迂回曲折地流淌。到达河口时，将堆积的泥沙尽情投弃，眼见着将要面临陌生的海洋。自己将以此为界从此不再是一湾淡水，而将变成无边苦涩的海水。某种感情的量增加到极限，就会自动发生质变。本以为将要毁灭自身的烦恼的蓄积，猝然转变为生的活力，转变为格外苦涩、格外苛烈，但却是迅疾打开展望的蓝色的力量，也就是大海。

本多尚未觉察，此时妻子正蜕变为不曾相识的苦涩而顽固的女子。当妻子以不快和沉默的探索给他带来苦恼的时候，那时的梨枝实际上只不过处于化蛹的阶段呢。

这个晴明的早晨，梨枝觉得自己的老毛病肾病也变好多了。

——远处剪草机倦怠的轰响，震动着默然而坐的夫妇的耳鼓。这对无须对话的夫妇，犹如一幅绘画，始终保持着长久的沉默。这是相互依存的神经束，因相互依存而渐渐倒塌到地面，没有发出金属般尖厉的响声。本多多少夸张地想象着这种于沉默之中彼此实现谅解的状态。本多感到，自己要是犯了滔天大罪，至少要比妻子飞翔得更加高远。然而，他又只得承认，妻子的苦恼和自己的欢欣永远都是同一种身高，这大大伤了他的自尊。

映在水面上的二楼的客房，为了通风大敞着窗户。雪白的绣花窗帷也拉开了。今夜金茜将要入居的那扇窗户，上回她就是深更半夜从那里跳到屋顶，又身轻如燕地落到地面上。她的行动只有长着翅膀才可做到。难道金茜于本多见不到的地方真的会飞吗？谁敢保证，金茜不会在本多看不到的时期内，挣脱存在的束缚，骑着孔雀，纵贯时空而变幻无常呢？显然，正是这种没有确证和无法证明的东西使得本多沉迷其中。想到这里，本多觉悟到自己的恋爱充满玄妙的性质。

游泳池水面仿佛罩上一面闪光的网。妻子将皇宫偶人一般浮肿的手臂，搭在被阳伞遮盖着半边的桌子的一端，默默地坐在那里。

于是，本多可以自由地耽于情思之中了。

……现实的金茜，正是本多所亲见的金茜。她有一头美丽的黑发，总是笑容满面，对于约会毫不在意，想到什么就决然行动，是个感情取向不透明的少女。不过，他所看到的金茜显然不是全部。本多渴望见到自己从未见到过的金茜，对他来说，恋爱关系到未知，认识关系到既知，这是当然的道理。越是推进认识，越是以认识劫掠未知。一味增加既知部分，就会使恋爱得以实现，这种想法是行不通的。因为本多的恋爱，越发远离认识的指爪所达不到的地方，越发离金茜而去。

自打本多年轻时候起，认识的猎犬就极为俊敏。因而可以认为，本多眼睛所见、耳朵所闻的金茜，大致符合他的认识能力。有限范围内的金茜之所以能够存在，不是别的，正是来自本多的认识的力量。

因而，本多很想看看金茜不为人知的裸体的姿影，他的这种欲求已经变成横跨认识和恋爱两者矛盾之上的无法实现的欲望。为什么呢？因为他的所见已属认识的领域，尽管金茜尚未觉察，但当他从书架后面的墙洞窥探金茜的时候，从那一刹那起，金茜已经是本多的认识所造就的世界的居民了。他目之所见以后突然被污染的金茜的世界，绝不会出现本多想看到的东西。恋爱是无法实现的。假如不看，恋爱又永久不能到达彼岸。

本多渴望见到飞翔的金茜，而他所见到的金茜并不飞翔。只要停留于本多认识世界的被造之物，金茜违背这个世界物理法则的事就无法实现。或许（除去梦中）就在距离金茜裸体骑着孔雀飞翔的世界一步之遥的地方，本多的认识本身变得模糊起来，而终成瑕疵。这个极其微细的齿轮的故障，说不定会成为无法前进的真正原因。假如修理这个故障，更换一个齿轮又将如何呢？那就等于从他和金茜共有的世界中将自己剔除出去，只能意味着本多的死。

至今已很明显，本多的欲望面临着最后的终结，他真真正正想见到的东西，只存在于没有他的世界。为了见到真正想见的东西，那就只有死。

窥视者总有一天会被窥视行为的根源所抹杀。当认识到不可触犯光明的时候，那就意味着窥视者的死。

认识者自杀的意义，在本多心目中重似千斤，可以说这是有生以来头一回。

假若恋爱的方向否定认识，打算无限地逃离认识，带领金茜走向认识绝然达不到的领域，那么来自认识一方的反抗就只有自杀。还有，本多也可以将被此种认识污染的世界以及金茜一同留下而独自退去。然而，只有在那一瞬间，才能确实预测到光辉绚丽的金茜即将出现于眼前。

现在的这个世界，是本多的认识所造就的世界，所以他才能和金茜共居一处。遵照唯识论，这是本多的阿赖耶识创造的世界。但是，本多尚未对唯识论完全屈膝。这是因为他还不肯承认这样一个事实：他执着于这种认识，遂将自己认识的根源，与那种永恒的、一瞬一瞬毫不可惜地将世界废弃，又加以更新的阿赖耶识等同视之。

本多一边在心里把死当成一场玩笑，陶醉于死的甘甜之中，一边做着幸福的美梦。他希求在认识所唆使的自杀的瞬间，一睹长期渴望见到的金茜那副谁也未曾一见的琥珀色无垢的裸体，犹如灿烂的月华光耀目前。

所谓"孔雀成就"，不就意味着这个吗？按照孔雀明王画像仪轨，在表现本誓的三昧耶形里，孔雀尾上方可以看到半圆月，进而可以在上面观看满月。以此，犹如半月之满月，表示"修法成就"。

本多所期望的也许正是这种"孔雀成就"。假若这个世上的恋爱皆以半月而终，那么对于孔雀尾上的满月，有谁不梦寐以求呢？

——剪草机的响声停息了。

"这样可以了吧？"

传来远方的喊声。

夫妻像栖木上两只无聊的鹦鹉，朝那个方向笨拙地扭着身子。身穿草绿色工作服的松户站在那里，身后是云彩遮了半边的富士山。

"哎，看来也只好那样了。"

梨枝低声说。

"是啊，年岁大了，不要太勉强了。"

本多应道。

看到本多两手拢成圆形，松户会意了，慢腾腾将剪草机放回原处。当他往回走的时候，箱根一侧的门里传来一阵轰鸣，闯进一辆客货汽车。这是从东京开来的，车上坐着厨师和三个侍者，装载着大量食材。

四十三

本多虽说是二冈对山庄第一个新住户，但时至今日，他未曾招待过别墅中的老住户。原来别墅里的一部分人，听说御殿场周围专门为美军服务的酒吧、街娼和皮条客，还有那些披着军用毛毯在练兵场周围转来转去的夜莺[1]，严重扰乱着风纪，怀着恐怖远远离开了这里。今年夏天，这些人又陆续地回来了。本多借着游泳池开张的机缘，首次举办这样的招待会。

这里最早的居民是香织宫殿下夫妇和真柴银行的真柴勘右卫门年老的遗孀。听说，老遗孀要领着三个孙儿前来。此外还有几位别墅所在地的客人，再加上庆子和金茜。今西和椿原夫人也会从东京赶来参加。

---

1 夜间躲在路边拉客的下等妓女。

槙子及早打了招呼，说要去外国旅行，不能出席。她本来应由椿原夫人陪同旅行，但槙子选了另外一名弟子陪伴自己。

本多带着奇怪的眼光望着妻子，平时对待自家人十分严酷的梨枝，一旦面对外人，哪怕是厨师和侍者，总是怀着慈悲心肠，始终笑容满面。她语言庄重，对人体贴入微，仿佛要向人们和自己表明，她是个受到世人如此关爱的人儿。

"夫人，你家凉亭怎么办呢？那里也要摆些饮料吗？"

换上一身白色工作服的侍者问道。

"那就请摆上些吧。"

"不过，光是我们三个有些照顾不过来，可不可以让客人自己动手，只是放些冰块在保温瓶里呢？"

"行啊，到那里去的大都是情侣，还是不打扰他们为好。有一条别忘了，天黑以后要注意点蚊香。"

本多听着妻子如此说话，打心眼里感到惊讶。她声音上挑，言辞轻飘。梨枝长年以来最憎恨的所谓浮华，又渗入到她的言谈语调，听起来像是一种讽刺。

　　身着白色工作服的侍者们机敏的动作，似乎在家中空气里忽然画上许多直线。那浆得笔挺的白色夹克衫，那朝气蓬勃的举止，那恭谨的外表，那职业的勤奋，将整座住宅变成一个他人倍感舒适的世界。个人的私密一扫而光，商量、问候、指挥命令，就像折叠成蝴蝶形的餐巾，在这里纵横交飞。

　　游泳池旁边专为客人们准备了穿着泳衣吃午饭的餐室。到处张贴着"一楼设有更衣室"的字条。就这样，周围的情景眼看着改观了。本多珍藏的音响装置，蒙上白色的桌布，成了露天酒吧。这一切全是按照自己的指令布置的，一旦做起来，不由就变成一种暴力了。

　　他被次第变得酷烈的阳光从周围追逼着，呆然地看着这一切。这是谁的旨意？又是为了什么？耗费这么多钱财，招待有名望的宾客，扮演一个志得意满的资产者的角色，以刚刚落成的游泳池作为骄傲的资本。实际上，这是从战前到战后以来二冈地方第一个建造的私家游泳池。而且在这个世上，那种因受人招请而宽宥他人财富的豁达之人有的是。

"您把这个穿上。"

梨枝拿来黄褐色的夏季薄花呢男裤和衬衫,还有一副极为致密的茶色水泡图案的蝴蝶领结,一起放在阳伞下面的桌子上。

"就在这里换吗?"

"有什么关系呢?看着的只有侍者。况且那些人,眼下正在让他们提前吃午饭呢。"

本多将两端呈葫芦形的领结拿在手里,拎起一端垂向闪光的水面取乐。这种偷工减料、粗制滥造的领结,简直就是一根软塌塌的布条。他想起简易法院名为"简略命令"的手续。"简略手续的通告和被告人的异议"……而且,除却一个终极的核,一个光芒闪耀、可望不可求的焦点之外,对于一刻刻临近的宴会抱着最大憎恶的,当数本多本人了。

真柴老遗孀领着三个孙儿最先到达。说是孙儿,其实是姐弟三人,以老姑娘姐姐为首,两个极为寻常的戴着眼镜、书生气很重的弟弟,一个大学四年级,一个大学二年级。三人即刻到更衣室换泳装，老祖母穿着和服，依旧坐在阳伞下面。

"丈夫活着的时候，战后每逢闹选举，我俩总要吵架。我当着丈夫的面，偏偏投共产党的票。我可是德田球一[1]的崇拜者啊！"

老遗孀的动作像只蝗虫，她耸起身子，搓搓翅膀，一会儿掩掩领口，一会儿扯扯袖管，疯疯癫癫说着话。别人都说她风流潇洒，但那藤紫色眼镜片后面，却闪烁着对家族乡党毫不含糊的经济上审察的目光。不论谁，只要来到她面前，置于她那冷彻的目光之下，一概都成为她的亲戚了。

穿着泳衣出来的三个孙儿，都是一副典型的正统人家养育的身板儿，既端庄又匀称，没有一点棱角。他们一个个跃入水中，缓缓游了起来。这座游泳池第一个下水的竟然不是金茜，还有比这更令本多痛心疾首的吗？

不久，梨枝从家里陪着已经换上泳装的香织宫

---

1 德田球一（1894—1953），日本共产党创始人之一。

夫妇来了。本多没有留意，所以未能及时出迎。他一边道歉，一边责骂梨枝。殿下说"没关系没关系"，随便摆摆手就下水了。老遗孀略带鄙夷的眼光看着他们的交谈。殿下游完一圈，坐在水池边上休息。

"宫殿下真是充满青春的活力啊！要是后退十年，我一定要同您比试比试。"

她远远地尖着嗓子说。

"我现在也许仍然赛不过真柴夫人哩。您瞧，游了五十米就喘不上气来啦。不过，能在御殿场游泳，真是太难得了，虽说水有点儿凉。"

就像甩去一切虚饰，他抖掉浑身的水珠，混凝土地面撒上了点点黑色的水滴。

殿下言行举止总是带有战后风格，淡泊而不讲究形式。他并没有留意人们认为他有时过于冷淡的评价。一旦没有必要保持威严，随之也就不大在意如何同人交往了。他的特权使他比任何人都有资格厌恶传统。出于这种自信，他完全可以瞧不起那些直至今天还在重视传统的人，但说什么"那人太缺乏进步"，这话和他过去所说的"那人生来就很卑贱"是一样的意思。殿下将一切进步主义者看作同自己一样，都是"喘息在传统桎梏"中的人。其结果，就产生一种十分荒谬的奇谈怪论：宫殿下只差一步就要将自己当成天生民众中的一员了。

本多初次见到殿下游泳时摘掉眼镜的面孔。眼镜对于殿下来说，是同世间交流的重要桥梁。这座桥梁一旦断绝，或许是阳光令他目眩的缘故吧，殿下脸上闪现着遥远的尊贵和现在之间焦点不定的迷茫的悲哀。

同他相比，穿着泳装稍显丰肥的妃殿下，则洋溢着从容而优雅的气质。妃殿下任其脊背浮在水面上，扬起胳膊向这里展示微笑，在箱根群山的映衬之下，那姿态仿佛是一只嬉嬉相戏的美丽、纯洁的水鸟。人们见了谁都会觉得，妃殿下是最懂得享福的少数人中的一个。

真柴家的三个孙儿从水池里上来，围在祖母身边，恭恭敬敬地和两位殿下交谈着。本多对孙儿们多少有些不耐烦。这些年轻人谈话的主题全是美国，长女提起自己留学的高级补习学校，弟弟们则热衷于谈论一旦从日本的大学毕业后，就立即去美国大学留学。他们言必称美国，说什么那里电视已经普及，日本要是能那样该多好，但从目前来说，要想在日本看电视，非得再等上十多年不可。

老遗孀不喜欢谈未来的事，她立即打断他们的谈话。

"你们笑话我见不到了是不是？那好，到时候你们看电视，我会变成幽灵，每晚都在电视里出现。"

祖母严冷地主宰着年轻人的谈话。有时祖母说了什么，他们便一概默默地侧耳倾听，那种异样的神情，在本多眼里活像三只聪明的兔子。

大家对迎客的方式已经习惯了，一批批客人穿着泳装出现于阳台入口。一身正装的今西和椿原夫人，被居住在同一别墅地的两对穿泳装的夫妇围着，隔着游泳池向这边挥手致意。今西穿着不甚合体的大花夏威夷衫，椿原夫人却穿着常见的丧服般的黑纱和服，在光亮的池水映衬下，犹如一颗不吉利的黑水晶。本多立即体悟出了这种效果，针对单纯的夫人那种永远扮演的不顾自己身份的打扮，今西有意穿着夏威夷衫而来，完全是对她的嘲讽。

两人跟随在那帮子喧闹的泳客后头，于池水里摇晃着一黑一黄的身影，沿着池畔缓缓而至。

两位殿下同今西和椿原夫人稔熟。宫殿下战后经常出席文化人集会，他和今西关系密切，无话不谈。

"来了个活宝啊。"

殿下对一旁的本多说。

"最近一直睡不好觉。"

今西一坐下来，就掏出一盒皱巴巴的外国香烟，随手扔了，又掏出一包新的，揭开封口，用手弹弹盒底，灵巧地捻出一支夹在嘴里，心不在焉地说道。

"哦，有什么烦恼吗？"

宫殿下将喝完饮料的盘子放回桌子上，随口问道。

"谈不上什么烦恼。一到半夜，总想搭伴说话，一直唠到早晨。天亮前，两个人都带着服毒自杀的心情，庄严地吞下安眠药就睡着了。等到一觉醒来，依然是个平淡无奇的普通的早晨。"

"那么每晚都说些什么呢？"

"想到今天晚上是最后一个晚上了，话题也就涉及各个方面，这个世界的一切无所不包。自己做过的，别人做过的，世界所体验的，人类至今所从事过的，甚至一个被弃置的大陆数千年间一直所梦想的，森罗万象，谈话的主题应有尽有。因为今晚世界就要终结了嘛。"

宫殿下打心底里被吸引了，于是进一步问：

"那么，第二天活下来了，又说些什么呢？不是没有可谈的了吗？"

"是没有了，再重复一遍不就得了？"

这种蒙混人的回答一时使殿下呆然无语，他不再问了。

一旁听着的本多弄不清今西的话里有几分是真的，他想起从前那桩神奇的话题，问道：

"话虽如此，那么关于'石榴国'怎么样了呢？"

"噢，你问那个？"

今西冷然转过脸来。最近以来越发憔悴的面色，在夏威夷衫和香烟的相互作用下，使得本多看到了一个类似美军翻译的今西。"那'石榴国'灭亡了，已经不存在啦。"

——这是今西惯用的手法。这种回答本身并没有什么值得惊讶的地方。他曾经唤作"石榴国"的"性的千年王国"，如果在今西的幻想里灭亡的话，那么也在憎恶今西幻想的本多的内心里灭亡了，任何地方都找不到了。而且，杀戮这种幻想的凶手就是今西，今西是如何醉心于观念上的鲜血，致使自己建筑的王国灭亡的呢？那一夜的惨状是可以想象得到的。他用言语建筑起来，又用言语将其毁灭。尽管一次也没有成为现实，但它总在哪里一时出现过，然后就被残酷恣意地毁坏了。今西用舌头舔舐着嘴唇，只要看到他那被某种药品染成黄褐色的舌苔，他的观念上的尸山血河就会如实浮现于眼前。

比起这种虚弱苍白的男性欲望，本多的欲望显得更加平稳而谨慎。但两者都同样建立于"不可能"之上。今西没有一丝感伤，听到他用独特的毫不在乎的腔调回答"'石榴国'灭亡了"，他那一副轻薄相无形中印入了本多的心底。

妨碍这种感情的是在耳畔喋喋不休的椿原夫人的声音。听着她那细声细气的嗓音，预先就知道她要说的并非什么重大的事件。

"我想告诉本多先生的是，槙子女士现在去欧洲了。"

"嗯，我知道了。"

"不，我的意思不是这个，这次她没有让我陪她，而是带着另外一个弟子去了。那是个叫人见了感到恶心、卑鄙而无才能的人。对于那个人，我并不想评论。总之，这次旅行，槙子从来没有跟我提起过。谁会想到有这种事？我送她到机场，满心的话都窝在心里没有说呀！"

"到底怎么啦？您跟她有着割舍不掉的友情啊！"

"岂止是割舍不掉，槙子女士是我的神，我被这位神给抛弃啦！"

谈话越来越长了，她说，槙子家里有位写作和歌的父亲，是个军人，战后困顿的时期，我家及时援助了他们。事无巨细，我一概听从她的指派，没有任何隐瞒，一切都按照她的旨意行事，就连写作和歌也是一样。自己这种和神仙同心同德的心情，支撑着一位在战争中失去儿子、蜕去一层皮的女子活过来了。虽说她今天名气很大，我的心情丝毫没有改变。不过就缺少一点，我的才能和她相差太大，这回她把我彻底甩掉，与其说才能不一样，不如说我根本就缺乏才能。

"没那么回事。"

本多被池水映照得眯细着双眼，漫不经心地应道。

"可不，就是这么回事，我现在明白了。我现在才明白的事，她肯定一开始就知道。哪里有这等残酷的事情啊！明明知道我是个丝毫没有才能的女子，偏偏又百般提携我，让我对她唯命是从、百依百顺，时时又讨好我，能利用就利用。这回好了，弃之如敝屣。却带着别的有钱的弟子到欧洲旅行去了。"

"且不论您有没有才能，槙子要是有卓越才能的人，那么才能不就意味着残酷吗？"

"就像神一般的残酷……不过，本多先生，要是被神抛弃了，我这一生怎么活呀？一举一动都在瞧着我的神没有了，我将如何是好呢？"

"还是要有信心。"

"信心？相信一个看不见的冷漠的神，又有什么意思呢？我所需要的，应该是一直关照我，对我百般呵护、细加指点的神。我在她面前毫无隐瞒，一切都被净化，也没有一点羞耻。我必须有这样的神才行啊！"

"您永远都是个孩子，同时又是个母亲。"

"是啊，您说得很对，本多先生。"

椿原夫人眼里溢满泪水，就要流出来了。

眼下，进入游泳池的客人有真柴家的孙儿和两对才来的夫妇，香织宫殿下跳进池水之后，他们互相投掷一个白绿相间的大橡皮球，水声和欢闹声混作一团。散乱的水光灼灼耀眼，人影离合之间，晃漾着的碧清的水面，时时荡起激越的浪花。悄悄舐舐着水池各个角落的碧水，经人们光亮的背脊肌肉锐利的切割，呈现出耀眼的水的伤口。转瞬之间愈合的伤口，再次晃荡地膨胀开来，包裹着人们。水池远方伴随着尖厉的叫喊，哗然跃起的飞沫在附近荡起无数圆环，这些黏液般的光亮的圆环极有规律地伸缩着。

空中飞转的橡皮球绿白相间的条纹，随着跃起的一瞬，在水面上映出一道清晰的光影。本多思忖着，这水色和泳装的彩色，还有游泳的人们，自己对这些并没有什么深情和缘分，那么为什么这一定水量的跃动，人们的欢声笑语，能在心灵上唤起一种悲剧性的构图呢？

这是因为太阳的缘故吗？本多蓦然仰望光明耀眼的青空，打了个喷嚏。这时，椿原夫人用手帕遮住面孔，带着他很熟悉的一副哭腔说道：

"大家玩得真开心呀。这样的时代到来了，战时谁会预料到呢？我真想让晓雄也尝试一下，哪怕一次也好嘛。"

——庆子和金茜在梨枝的陪伴下，身穿泳装出现于阳台上，已经是下午两点多钟了。在久已等待的本多眼里，她们的到来已经是极其自然的了。

隔着水池，只见庆子裹着黑白条纹的泳衣，看那副体态，要说是个快五十岁的人，谁也不会相信。

她身姿丰丽，打幼小时起就过惯了西洋生活，无论是腿脚还是身材，都具备着日本人鲜有的匀称。她姿态姣好，哪怕和梨枝交谈时的侧影，也流露着威严的雕刻般的曲线，胸脯和臀部均匀地突起，同整个浑圆的肉体协调一致。

站在一旁的金茜同她形成绝好的对照。金茜身穿白色泳衣，一只手拿着白色胶皮海水帽，另一只手拢着头发，一副"稍息"的姿势，右脚足尖微微外撇。远远看去，她那向外扭曲的腿脚，使其姿态颇具一副荡人心魄的热带式破格的情调。强韧而修长的下肢支撑着厚实的胴体，总使人感到一种不平衡的危险。这正是不同于庆子的最明显的地方。而且，洁白的泳衣越发收紧着褐色的肌体，包裹于泳衣中的挺然鼓胀的胸脯，本多一眼看去，不由想起阿旃陀石窟壁画上那位濒死的舞女。那较之白色泳衣更加洁白的微笑着的牙齿，从水池的这一边也能看得清清楚楚。

本多翘首以盼的人儿正一步一步向他走来，他从椅子站起身来，迎上前去。

"这下子都到齐啦。"

梨枝一路小跑过来对他说，本多没有回答。

庆子跟妃殿下打招呼，并向水池中的殿下挥手致意。

"冒险完了，弄得疲惫不堪。"庆子一副圆润的腔调，不见一丝劳顿，"驾驶技术不到家的我，从轻井泽到东京一路颠簸，在东京载上金茜，又开到这里。真是不容易啊！谁知我一开车，别的车都为我让路，使我如入无人之境呢。"

"都被您的威风压倒了。"

本多说罢，梨枝莫名其妙地咯咯笑起来。

这期间，金茜已经迷上了波光荡漾的池水，她心情激动，背对着桌子，摆弄着白色的海水帽。被揉搓的帽子时时闪光的胶皮内侧，像涂了一层明油亮闪闪的。本多的心神完全集中于金茜的身体，当他注意到她手指上碧绿的光彩时，已是好一会儿了。她的手指上套着一枚金色护门神的祖母绿戒指。

本多一眼看到那枚戒指，那副狂喜简直无法形容。戴着戒指的金茜原谅了他，她又恢复为原来的金茜！本多想起青年时代学习院喧嚣的树林，暹罗的两位王子，他们眼里含蕴的一丝忧戚，夏日终南别业庭院中传来的金茜的噩耗，长久的岁月，在曼谷谒见幼小月光公主的情景，邦芭茵的水浴，战后在日本找到的戒指……所有这一切，都重新组合于过去本多憧憬的同热带相连接的黄金锁链中。有了这枚戒指，金茜才能在错综复杂的记忆里，不断成为本多所唤起的一连串忧郁而闪光的音乐的主调。

本多听到耳畔蜂虻的嗡嘤，他闻到酷热的盛夏随风飘来的炒面的香味。在这所没有一个爱花人的庭院里，虽然不见盛开着红瞿麦和龙胆花的富士夏野的美景，但那风的幽香里却弥散着原野的气息，微微夹杂着染黄一角天空的美军基地尘埃的气息。

金茜的身体就在本多身边一呼一吸。不仅是呼吸，她直到手指尖都已染上夏的色彩，宛若一到夏季，特别适应于某种疾病侵袭的身子。她那光洁的肉体，宛如合欢树浓荫下街市上贩卖的泰国珍果一般亮丽，那是熟透了的应时的一个成就，一种相约的裸体。

算起来，本多从她七岁开始相隔十二年才又一次看到她的裸体。至今留在他眼里的幼稚的稍显肥大的孩子般的腹部，已经缩小；相反，那扁平而小巧的胸脯却肥满地胀大起来。此时金茜正被水池的喧骚所吸引，背靠着桌子，泳装背后的纽扣于颈后打结之后，左右分为两股向下伸延，连接着腰部。突露的背部肌肉所形成的纯正而流利的沟槽，一股脑儿朝着臀沟方向沉落，在臀沟上方的尾骶骨一带略作休憩，甚至可以窥见那小小隐蔽的瀑布潭般的部分。那隐蔽着的圆活的臀部，美好的仪态，好似初升的一轮满月。看上去，所有的肌肉都含蕴着夜的凉气，而隐蔽的肌肉似乎增添了光明。其实，她那肌理细腻的肉体早被阳伞分成阴影和向阳两部分，阴影里的一只手臂宛若青铜浮雕，阳光下的那只手臂连着肩膀，犹如打磨得十分光滑的花梨木。而且这种细腻的肌肤，并非徒然地排斥外气和水分，而是像琥珀色的蓝花瓣一般光洁、莹润。远望一副纤细的骨骼，近观起来却小巧而又严谨。

"该下水啦。"

庆子说。

"嗯。"

　　金茜快活地回头微笑，她正等着这句话呢。

　　这时，金茜才把白色的海水帽放在桌上，扬起两手拢一拢秀美的黑发。在那快捷得有些粗疏的动作里，处在一个良好位置上的本多，一直注视着她左侧腋窝的下方。上半部泳衣宛若一件围兜，胸脯上边的带子绕过脖颈，从背后左右分开，两端联结成一体。然而，由于开胸过宽，胸间的乳房坡度显露了出来，遮盖着两胁的只是两端细长的布带，因而腋窝下方虽说寻常时分也能看见，但当她举起双手，带子稍稍向上牵拉的时候，一直看不见的部分也能直视无碍了。本多发现那里的肌肤和别处没有什么不同，紧密的肌理连成一气，不见一丝云翳和襞褶，在日光里泰然自若，也看不到一颗黑痣的淡淡痕迹。本多仔仔细细察看一番之后，内心里涌起一阵喜悦。

　　拢上去的头发紧紧叩着海水帽，金茜伴着庆子向游泳池走去。当庆子发现手里夹着香烟正在往回走的时候，金茜已经进入水中了。本多留意到梨枝正好不在身边，他对着低头向烟灰缸里丢弃烟头的庆子耳语道：

　　"金茜戴着戒指来了。"

　　庆子一言未发，对他挤挤一边的媚眼，于是眼角边刻上了平素所看不到的细密的鱼尾纹。

　　本多呆然眺望着两人游泳，这当儿梨枝回来坐到他的身边。看到像海豚一般从水面跃起的金茜，以及那微笑的面孔又刹那间原样沉入光亮的水底，梨枝声音暗哑地说道：

　　"瞧，她那副身子准能生一大堆孩子啊。"

四十四

夜晚，本多在书斋里消磨时间，眼睛一概不放在平常的书籍上。

他拉开平素不常打开的抽屉，找到随手扔到里面的判决记录的复写本，无聊地翻看着。那是昭和二十五年一月所宣判的，现在的这笔财产归本多所有。

本多打开这本黑色的布条装订的记录，摊在摩洛哥皮革制作的英式大文件夹上，阅读起来。

　　主文

　　明治三十五年三月十五日农商务省下达的对原告不予归还国有林的第五六〇九号令予以

撤销；

被告应将另纸目录所记载的国有山林归还给原告；

诉讼费由被告负担。

明治三十三年起诉，三十五年临时被驳回，其后半个世纪之间，历史虽然发生重大改变，但原告坚决表示异议，要求重审此案，本多只是偶尔使原告获得胜诉。细思之，福岛县这块地方上的山林，本来和本多没有任何缘分，就这样变成本多的财富，并支撑着他的腐败，再没有比这更加离奇的事情了。夜间，无人通行的杉树林，及其地面上阴湿的杂草，为了招致本多今日的生活，生生死死，一直反复遵循着自然的规律。如果明治末叶，一位陌生人走在山路上，看着高耸入云的杉树林，被崇高的杉树打动心灵，然后听说这些杉树林只是为五十年后的愚劣服务，他又将作何想法呢？

……本多侧耳静听。虫声尚不繁密，妻在隔壁静静地睡着了。夜晚的家里俄而被浩渺的凉气占领了。

游泳池开张的庆典五点钟就结束了。除了庆子和金茜以外，其他客人本应一概离去，但今西和椿原夫人坚持留下。他们一开始就有这个打算，所以准备晚饭和分配房间都引起了麻烦。椿原夫人在这些方面是不大通晓事理的。

晚上八点，本多夫妇、庆子和金茜，还有今西和椿原夫人，六个人吃罢晚饭，厨师和侍者收拾一番准备回去，客人都到庭院里纳凉，今西和椿原夫人去了凉亭，很久没有回来。

本多本来想让庆子住在最里头的房间，金茜住在书斋隔壁，由于今西他们坚持留宿，只好让庆子和金茜同住书斋隔壁，将今西他们赶入最里头那间房。到了这个时候，本多打算尽情观赏金茜独自一人的睡姿的愿望破灭了。和庆子同住，金茜的睡眠肯定很拘谨。

判决记录上的一字一句，他一点也没有在意。

六，训令第四项第十五号中有"此外，幕

府及各藩之制度对其所有之事实均须予以承认"。此乃于一号至十四号所列具体事项之外，进一步明确规定：在承认其一般所有之事实的情况下，必须予以退还。所谓一般所有之事实……

看了看表，已经十二点过五六分钟了，突然，仿佛黑暗里被什么东西绊了一跤，心脏一阵紧缩，开始了难以言状的热烈而甘美的搏动。

本多很熟悉这样的悸动。当他隐身于夜间公园，所盼望的情景就要展现在眼前的时候，犹如红蚂蚁一齐聚集在心窝上，引起与此相同的心跳。

这是一种雪崩，这黑暗的蜜糖般的雪崩，以炫目的甘美包摄世界，摧折理智的廊柱，仅用机械的快速的鼓动将所有感情碾碎。它能消融一切，对它的任何抵抗都将归于徒劳。

这究竟是从哪里袭来的呢？也许某个地方有着官能的深刻的栖所，它从远方发号施令，不论多么贫乏的触角，都能为之敏感地摇动，舍弃一切而奔跑出来。快乐的呐喊和死的呼救何其相似！就像一条幽灵船一样，一旦听到喊声，眼前的任何工作都不再重要，刚刚着笔的航海日志、吃了一半的晚餐、擦完一只的皮鞋、置于镜前的木梳，尚未系牢船缆全体船员就消失得无影无踪了。必须舍弃刚刚做完一半的工作，不顾一切而出走。

悸动便是这种事即将发生的预兆。明明知道那里发生的事情鄙俗而丑恶，但这种激动必然含蕴着彩虹般的丰丽，和崇高一样灼灼耀眼。

和崇高不分彼此，那只能是奸佞小人。促进人们走向任何崇高事业和义勇刚烈行为的力量，与唆使人们走向任何卑琐的快乐和丑恶的梦的力量，完全同出一源。伴随着相同预兆的悸动，是最不想看到的真实。假如卑劣的欲望只是闪现着卑劣的影像，这种最初的悸动没有闪现崇高的诱惑，那么，人们还可以保持平静的矜持而活着。抑或诱惑的根源并非肉欲，而是故弄玄虚、若隐若现，掩藏于云间的山峰般银色的崇高的幻影。那幻影简直就像一团"崇高"的鸟胶，首先将人们黏住，接着逼使人们耐不住焦躁而向往广大的光明。

本多按捺不住站起身来，他瞅瞅隔壁黑暗的卧室，妻子确实睡着了。灯火明亮的书斋里只有他一个人了。自有历史以来，书斋里就只有他一个人，到了历史的终末，也只有他一个人待在书斋里吧？

熄掉书斋的电灯。月夜，家具镶上了微微的轮廓，抛光的整块榉木板桌面，水一般光洁耀眼。

本多背倚在靠近邻室的书架上，窥视那边的动静。虽说有些响动，但不像是入寝前的闲聊天，也许是难眠之夜，躺在床上讲故事吧，但一句话也听不清楚。

本多抽出十册西洋书籍，露出墙上的小洞。那西洋书的册数是固定的，书名也是固定的。那是父亲一代人留下的古旧的德语法律书籍，古色古香的烫金皮质包装。他凭借指头能感知每一本的厚薄之差，就连抽出的顺序也是一定的。从手指承受的重量，以及落满尘埃的气息上都能判别出是哪一本书。这种庄严的充满古趣的书的触感及重量，其排列的正确，是获取快乐必备的手续。他的最重要的仪式就是：郑重拆除这些观念的石垣，使一切满足于严冷的思想转变为卑怯的陶醉的手续。拿掉一本随之小心翼翼放在地板上，不发出一点响声。每取一本就是一阵急剧的心跳。第八本书尤为巨大，从书架上抽出的时候，积满快乐灰尘的烫金本的重量，累得手腕子都麻痹了。

他尽量不使头碰到任何地方，眼睛对准墙洞也做得分毫不差。这种娴熟的精妙至关重要。不论多么细小的事情都毫不动摇地一概重要。这就像举办典仪，为了窥探光芒耀眼的另一世界，对于任何细部都不可忽视。他就是独自处于黑暗中的祭司。他绵密地遵守着长期在头脑里反复琢磨好的各项程序（他囿于一种迷信：如果有一条忘记，就等于全盘瓦解），他首先将右眼悄悄贴在墙洞上。

看样子点着台灯，隔壁的房间只留有斑驳的光影。本多曾经叫松户稍稍变动一下床位，沿着墙壁留下一些空隙，因而某个房间的色调都在他的视野之内。

微明的灯光里，错综复杂交相组合的肢体，就在眼前的床铺上蠕动。白皙而丰满的身子和浅黑的身子，头脚各异，动作极尽放肆。那种姿态可以说是心灵同肉体的结合，酿制爱的脑髓，因尽量接近脑髓最远处而获得均衡，并自然地由此直接品味着亲自酿出的酒浆。布满阴影的黑发和布满同一阴影的黑毛相互亲和，相互胶结，脸上碍事的鬓发成了爱的标记。灼热而圆润的大腿和灼热的面颊磨合、亲昵，柔软的腹部犹如月夜的港湾荡起粼粼细浪。听不见清晰的声响，但既非欢欣亦非悲叹的唏嘘流遍全身。眼下，相互被对方忽略的乳房，一边天真地将乳头转向光亮的一方，一边时时触电般地一阵战栗。夜的深沉笼罩着乳晕，驱使那乳房微微抖动的遥远的逸乐，显现着将肉体各部置于疯狂孤独的境地。越是急于更近、更密切地互相融入对方，越是不能如愿以偿。远处，庆子染红的足趾一根根张开来，又随即闭合在一起。仿佛双脚踏在灼热的铁板上，足趾不断跃起，其结局，只能徒然蹬向那薄明的空间。

虽然本多明明知道那间屋子也涨满山地凉气，但他感到墙洞对面宛如炽热的炉膛。光芒耀眼的火炉！金茜背对着这一边，这使他感到遗憾，但白天在游泳池里仔细打量过的背沟，静静流淌着汗水，接着又溢到沟外来，顺着床侧幽暗的胁腹滴答而下。他恍惚闻到了熟透的热带水果，刚刚敲碎外壳后的果肉的浓香。

庆子这时稍稍滑开身子，金茜将插在庆子光洁大腿之间的脑袋，微微向上仰面躺着。乳房自动显露出来，右腕紧抱庆子的腰肢，左腕缓缓抚摸庆子的小腹。那声音好似夜间舔舐着岸壁的微波，断断续续。

本多的恋爱就这样归结于如此的背叛，他自己甚至忘记了吃惊。因为，他第一次看到金茜的真挚如此完美！

躺卧的金茜紧闭双目，额头的一半埋在庆子时时痉挛的大腿之间。她那呈现着并非冷漠、畏葸，而是和蔼、可爱形态的鼻孔，被庆子合欢叶荫般的体毛深深遮盖了。金茜的上唇呈弓形湿漉漉地张开，那嘴唇急剧吮吸的动作，带着黯淡的微光自纤细的下巴传播到两颊。此时，本多从金茜紧闭着的长长睫毛下面，发现一缕清泪活生生滚落到脸上。

一切都置于无限的波动里，走向前所未闻的峰顶。为了达到谁也未曾梦想过和渴望过的无上的境界，眼见着两个女人殊死地协同一致。本多仿佛看到那未闻的巅峰犹如一顶辉煌的金冠，浮泛于屋内薄明的空间。那是高悬空中俯瞰着两个蠢动女子的暹罗风格的满月形王冠，或许只有本多的眼睛方能梦见。

女人们轮番扬起身子向上伸展，又立即松弛下来，沉沦于喘息和汗水之中。在距离手指将要到达而尚未到达的地方，金冠冷然地悬浮在那里。

当那梦中的顶点分明显示出未闻的金色分界线时，情景为之一变。本多看到两个相互盘桓的女人满含痛苦的神情。她们慑服于肉体的不如意，紧锁眉头，痛苦挣扎。眼见着灼热的肢体辗转反侧，企图从焚身的灼热之中尽可能逃离出来。可惜她们身无双翼，只好徒然地为挣脱束缚和苦恼而不住挣扎。仿佛肉体在挽留着动作，恍惚在劝慰着动作。

金茜一对美丽而浅黑的乳房被淋淋的汗水濡湿了。右乳被庆子的身子压得变了形；坚挺而健美的左乳，因不停抚摩庆子小腹的左腕而高高隆起。乳头在不停晃动的肉的圆坟上俯首假寐，汗水为赤土鲜明的圆坟增添了明亮的雨滴的光泽。

此刻的金茜似乎在妒忌庆子自由运动的大腿，她想据为己有，随即高扬左臂，一把拎起庆子的大腿，紧贴自己的脸孔，即使喘不出气来也毫不在乎。庆子的白皙而威严的大腿，完全盖住了金茜的面颜。

金茜的腋窝显露出来了。由左侧的乳头再向左方，一直被臂膀遮挡着的那块地方，那霞光夕照、薄暮冥冥的天空一般褐色的肌体上，排列着三颗极小的黑痣，犹如三颗星星历历在目。

……本多受到了一次箭镞射穿自己双眼般的冲击。

他移开脑袋，正要从书架边转过身子。

此时，脊背被人轻轻拍了一下。

本多从书架后面的墙洞边缩回头，身穿睡衣的梨枝带着一副严峻的眼神伫立一旁，脸色苍白得怕人。

"您在干什么？我就知道您会干出这等事来。"

本多让妻子看看自己被汗水打湿的额头，他没有任何忸怩之态，因为他看到了黑痣。

"快来看，那些黑痣。"

"您是让我看吗？"

"是的，你瞧，果然如此。"

梨枝在体面和好奇心之间游移不决，费了好长时间。

本多不再管她，独自走到凸窗前，坐在固定于那里的长凳上。梨枝将脑袋伸向墙洞，未曾看到自己此种动作的本多，实在看不惯妻子的这种丑态。但不管怎样，夫妇终于分享了同一种行为。

隔着凸窗的窗纱，他在寻找被云彩遮挡的月亮。边缘光亮的云层后面，月亮的光辉散射四方。几片云彩，以同样庄严的影像连成一气。星辰寥落，只有在桧树林同天空似连未连之处，一颗亮星荧荧闪烁。

梨枝观察完毕，打开室内电灯。梨枝的脸上洋溢着喜悦。

她走出屋子坐在凸窗的长凳的一端。梨枝已经消除了嫉恨，她温存地悄声说道：

"好不叫人吃惊啊……您都知道了？"

"不，我也是刚刚看到。"

"您刚才不是说'果然如此'吗？"

"我说的不是这个，梨枝。我指的是那些黑痣。你曾在我东京的书斋里翻阅过，你读过松枝的日记吗？"

"谁翻阅过您的书斋了？"

"这个无所谓，总之，我在问你是不是读过松枝的日记。"

"呀，我对别人的日记不感兴趣，这些都记不得了。"

本多叫妻子去卧室拿雪茄，梨枝乖乖地听从本多的吩咐。她还用手掌挡着纱窗的风，为丈夫点火。

"松枝的日记上写着转生的关键呢。你也看到了吧？那左胁下面的三颗黑痣。那黑痣本来是长在松枝身上的。"

梨枝正在想别的心事，她对本多的话一直没有在意。也许她认为这些只是丈夫的遁词。本多为了寻找和妻子共同的记忆，进一步追问：

"喂，看到了吧？那黑痣。"

"哎呀，该怎么说呢，比起那个，我看到了更吓人的事。人，真不可理解啊！"

"所以说，金茜是松枝的转生……"

梨枝可怜地凝视着丈夫。一个相信能治好自己病的女子，这回自然又能为别人治病了，不是吗？武断地相信此种现实的女子，也摆出一副以自己的武断感化丈夫的姿态，正如无边的海水浸渍着皮肤。虽说一度抱有彻底转变的欲望，但自己始终不变，而是坐观世界的变化。梨枝既然学到了这一手，她认为唯有相信现实才是明智的。梨枝已经不是从前的梨枝了。她优柔地蔑视丈夫的世界。其实她并不知道，由于有了这种看法，自己反而成为丈夫的同谋。

"您说什么转生？简直荒唐！我不想看什么日记。现在，我总算安稳了。您也该醒醒脑子了吧？我呀，我是为着一个毫不相干的人而无事烦恼，一直都在同一种幻影决斗。这么一想，我就立即感到疲惫不堪了……不过，也好。我已经没有任何烦恼了。"

夫妇分坐在凳子两端，中间放着一只烟灰缸。本多考虑到梨枝的身子怕冷，关上了玻璃窗，雪茄的烟次第萦绕于灯下。两人沉默不语，这和白天的沉默不一样。

一时偷窥到的丑恶，将彼此的心结为一体。刹那之间本多想到，倘若他们和世上众多夫妇一样，将自己纯正的道德像洁白的围裙一般挂在胸前，一日三餐坐在桌边，酒足饭饱，具有轻蔑世上他人的权利，那该有多好啊！但实际上，两人成了窥探癖夫妇。

话虽如此，他俩所见不一样，本多看到实体，梨枝看到虚妄。他们共同拥有的，唯有走过来的道路和至今尚未充分得以恢复的疲惫与徒劳。留给他们二人的只有互相慰藉罢了。

过了些时候，梨枝打了一个可以窥见地狱底层的哈欠。她拢一拢鬓发，颇为得体地说：

"哎，我考虑，我们还是领养个孩子吧。"

瞬间内，死似乎飞离本多的心头。如今，对于本多来说，他也许有理由相信自己是不死的。他抹掉粘在唇间的雪茄烟丝，决然回答：

"不，还是两个人生活为好，还是不要后代为好。"

*

本多和梨枝都被剧烈的敲门声惊醒了，他们立即嗅到了烟火气。"失火啦！失火啦！"这是女人的呼喊。夫妇两个手拉手走出门外，只见二楼的走廊上浓烟翻卷，跑来通知的人早已不见踪影。夫妇二人用袖口捂住口鼻，憋着呼吸跑下楼梯。闪着亮光的是游泳池。不管怎样，只要快快跑到游泳池就有救了。

他们来到阳台上，朝游泳池眺望，看见对面庆子搂着金茜朝这里呼喊。虽然没有开灯，但池水里却映现着明晰的倒影，证明房子里的火已经四处蔓延。令本多感到惊讶的是，披头散发的庆子和金茜，两人都穿着自己携带的夜间长裙。本多穿睡衣，梨枝也穿睡衣。

"我被烟火气呛醒了，不住咳嗽。火是从今西先生房里烧起来的。"

庆子说。

"刚才是谁敲门呢？"

"是我……我也敲了今西先生的门，可是他没有起来，真不妙啊！"

"松户！松户！"

松户沿着池畔跑来，本多大声喊住他。

"今西先生和椿原夫人很危险，还不快去救人？"

抬头仰望二楼的窗户，今西和庆子的房间里一团团白烟从窗内奔涌而出，其中夹杂着火苗。

"不行啊，少爷。"司机经过反复慎重考虑，作出回答，"已经晚了，他们为何不逃生呢？"

"一定是吃了过量的安眠药吧？"

庆子从旁应道。金茜听了，将脸孔埋在庆子的怀里哭起来。

火焰向上方猛蹿，房顶烧通了，飞扬的火粉充满天空。

"这水能否派上用场呢？"

本多盯着摸一下就会烫手的被大火映得通红的池水，茫然地问道。

"可不是嘛，现在灭火也许有些迟了，不过客厅贵重的家具还是洒些水才好。我去拿水桶吧？"

松户还是懒得动弹，他征询主人的意见。

本多已经在考虑别的事情了。

"消防车怎么没来？现在究竟几点钟了？"

谁也没有戴表，手表都留在屋内了。

"四点零三分，天色快放亮了。"松户说。

"你倒是戴着表呀。"

即便在这种时候，本多也不忘话中含刺，他感到自己又恢复了自我。

"这是长期养成的习惯，总是戴着手表睡觉。"

衣裤整齐的松户回答。

梨枝呆然坐在闭拢的阳伞旁边的椅子上。

本多看到金茜从庆子怀里抬起脸来，慌慌张张摸索着自己长裙前面的口袋，掏出一张照片来。照片映着火焰闪闪发光。本多随意瞟了一眼，只见画面上庆子赤裸着身子坐在椅子上。

"太好啦，这个没有烧掉。"

金茜仰头对着庆子微笑，火光映照着她那一口光洁闪亮的白牙。正确的记忆从各种错综的思念里苏醒过来，本多记得这正是克己入侵宿舍之前，金茜看得入迷的那张私房照片。

"傻瓜。"庆子妖艳地搂住金茜的肩膀,"戒指呢?"

"戒指?哎呀,我忘在房子里啦!"

本多听见金茜说得很明确。

本多心里一阵恐怖,他想,也许随时会有满身着火的人从楼上烧毁的窗户里逃出来,扯开嗓门呼救吧?眼下那里确实发生了死亡,抑或死亡已经了结。也许因为这个缘故,尽管现场噼噼啪啪、轰轰隆隆,但火势却给人以静寂的感觉。

消防车到底没有来,本多想到可以利用扩建中的庆子家的电话,连忙差遣松户跑去给二枚桥的御殿场消防署打电话。

二楼全部卷入火海,一楼也烟雾弥漫。风是打西北富士山方向吹来的,游泳池没有笼罩在烟雾里,但脊梁骨却袭来拂晓之前的冷气。

火势时时刻刻在起变化。伴随着火场上巨大澄音般的响动,断续传来物体的爆炸声。每当这时,本多就猜测着,书籍着火了,桌子着火了。他心中描绘着，书页烧得蜷缩起来，胀鼓鼓的，变成一朵朵红玫瑰。

火舌胜过浓烟，站在水池这一边，也感到热浪滚滚。热风逐渐卷起燃烧的碎片，在空中飘浮。这些都是化作灰烬前瞬间里迎来末日的黄金，仿佛群鸟将要从那里一起出发，令人联想起欢快离巢的金色的翅膀。那火焰蒸腾的天空的一隅，隐蔽在黎明前黑暗中的行云的轮廓，也渐渐定型了。

房屋里轰然一声巨响，二楼的梁柱似乎塌落了。接着，一部分外墙也烧裂了，火势熊熊的窗棂散落到水池里。火焰的繁复的装饰，使得掉下来的黑色窗棂，瞬间里产生一种暹罗大理石寺院的幻影。随着飞溅的水花，窗棂发出开锅似的响声，划破周围的空气。人们从水池边逃离了。

次第失掉外墙的房屋，看起来像一只着火的巨大鸟笼。所有的缝隙都向外喷吐着纤细的火焰的丝缕，光明闪耀。房屋喘息着，那火焰的中心似乎有着生命实质深邃激荡的呼吸之源。火焰里有时会浮现出熟悉的家具生活形态的剪影，但是这些剪影又被光焰遮盖了，压碎了，自身也变成了嬉戏的烈焰。展现于外部的火，隐身于蛇一般迅疾腾起的烟雾之中。密集的黑烟中，又突然露出糜烂的火焰的容颜……这一切都来自无比迅速的作用，火与火携手，烟与烟结合，朝着一个顶点攀升。燃烧的房屋的倒影，在游泳池里深深抛下火焰之锚。水底下可以窥见火焰尖端拂晓前的天空一派澄明。

风变了，烟雾飘向这里。人们更加远离了游泳池。烟的气息里，虽说闻不出来，但其中确实夹杂着人肉的焦味，虽然没有人说破，但大家心知肚明，个个都用两手死死捂住鼻孔。

夜露下来了，梨枝提议，干脆聚集到凉亭里去。三个女人背对着火场，顺着修剪整齐的草坪的斜坡，向凉亭走去。只有本多站着不动。

打刚才起，他就被这种似曾相识的场景吸引住了，他想，那是哪里呢？

火焰，映着火焰的水，燃烧的亡骸……这里就是贝拿勒斯。本多在那块圣地看到的终极的场面，怎能不梦想着再度出现呢？

房舍变成木柴，生活变成火焰。一切琐细归于灰烬，本质以外再没有任何重要之物。唯有隐蔽的巨大的面孔，从火焰中倏忽扬起脖子。笑声、悲鸣、啼泣，一切都被吸收尽净。火焰的哔剥之声，爆裂的木材，扭曲的玻璃，房舍咯吱咯吱的鸣响，所有的声音都包裹在一种静寂之中了。烧裂的屋瓦掉落下来，一个个的束缚都被解消，家宅化为从未有过的辉煌的裸体。剩下的一楼一角的外墙周围，布满了蛋黄色的疙瘩，眼看着变成茶褐色。同时，从渗出的薄烟中蹿出一股股凶暴的拳头般的火舌，为烈火冲开一个个喷出口，那精当而快捷的速度，美妙得好似一场梦境。

本多甩掉肩头和衣袖上的火粉，游泳池水面上覆盖着烧焦的木片和海藻般猬集一起的灰烬。然而，烈火的辉煌贯穿了一切，烧尸场净化的火焰，倒映在这个狭小的水域，这个专门为金茜游水而建造的神圣的游泳池里。这和恒河里辉映的烧尸的火焰有什么不同呢？这里也有烈火和木柴，也有烧得变了形的尸体。这两具尸体，虽然已经没有痛苦，但也许在烈火中几度反挺着身躯，高扬着手臂，作最后的垂死的挣扎。

这是和那飘浮于夕暮中烧尸场的明亮的火焰完全同等性质的烈火。一切都在回归"四大"，烟雾高高充满天空。

这里只缺少一种东西，那就是从火焰对面回头凝望着本多的白色圣牛的脸孔……

*

消防车到达时，火势已经衰退了。然而，敬业的消防员仍将整个住宅喷洒得水淋淋的。首先试图救人，可是只找到两具焦黑的尸体。本多被警察叫去检验现场，楼梯塌落，二楼上不去了，本多只得作罢。警察询问了今西和椿原夫人的爱好，随即指出，大火多半是躺在床上抽烟引起的。假若三点左右吃安眠药，药力生效的时刻，以及香烟从指间滑落下来烧着被子的时刻，和今西生前提到过的时刻相一致。本多不认为他们是自杀，当警察刚一说出"情死"二字，站在一旁的庆子"扑哧"笑了起来。

检验完毕，本多还得去一趟警察署做笔录。看样子，今日将要忙乎一阵子。为了对付早饭，他本想吩咐松户去买点吃的，可是离商店开门还有好几个小时。

其余没有什么可落脚的地方了，他们自动地聚集到凉亭里。闲谈时，金茜絮絮叨叨谈起刚才来这里逃难时，发现草地上有一条蛇，那赤褐色的鳞片被远方的火焰照得油亮，跑得非常迅速。女人们听了，倒抽一口凉气。

此刻，红瓦般的黎明前的富士，山头盘绕着一道刷毛似的白雪，闪闪映入凉亭里人们的眼帘。即使在这个时候，本多也不忘已经养成的习惯，他无意识地凝视着"赤富士"，然后又立即将目光转向一旁的晨空，于是，一座灿然夺目的"冬富士"凛凛乎浮现于眼前。

四十五

昭和四十二年，本多偶然应邀到东京的美国大使馆做客，在晚宴席上见到一位美国人，他曾在曼谷担任过美国文化中心的理事长。他的夫人是位三十多岁的泰国女性，大伙儿都说她是泰国公主。本多认定她就是金茜。

昭和二十七年御殿场那场大火过后不久，金茜就回国了，从此断了信息。想不到十五年后，她作为美国人的妻子再次来到东京。瞬息之间，本多对此坚信不疑。这事也并非完全不可能，当他被介绍同她相见寒暄时，那位女子对她同本多的往事显现出一概无知的表情，这在金茜来说，也可以理解。

晚宴席上，本多频频望着夫人的面孔，而夫人坚持不说日语。那一口美式英语同美国人没什么两样。

本多心内空空，只得同邻座的女人数度搭讪着。

饭后到另外的房子里饮酒闲谈，本多走到身穿玫瑰红泰国罗裙的夫人旁边，好不容易找到两人单独对话的机会。

他问她是否认识金茜。

"岂止认识，她是我的孪生妹妹呀。她已经死了。"

夫人用一口流利的英语回答。为什么死的？是什么时候？本多性急地问道。

夫人讲述如下：

金茜从日本留学回国之后，父亲得知她一事无成，打算再把金茜送往美国留学，但是金茜不肯去，坚持留在泰国府邸，选择了在鲜花丛中休闲度日的生活方式。二十岁那年春天，金茜突然死去。

听侍女说，金茜独自一人到院子里去，站在花红如烟的凤凰树下。院子里没有一个人，那里传来了金茜的笑声。远远听到她笑的侍女颇感蹊跷，公主为何独自狂笑？那是清纯的幼稚的笑声，在晴天丽日的空中回荡。笑声停了，过了片刻，传来一声尖厉的悲鸣。侍女跑去一看，金茜被一条眼镜蛇咬着大腿，倒在地上。

医生一个小时之后才赶来。其间，眼见着她筋肉松弛，运动失调。她诉说着很想睡觉，眼睛有复视。随后，延髓麻痹，流涎，呼吸缓慢，脉搏不匀，心跳过速。医师到达时，金茜已经发生最后一次痉挛，气绝而死。

译后记

　　《晓寺》于一九六八年九月至一九七〇年四月连载于《新潮》杂志，七月出版成集，约在作者剖腹自杀的所谓"三岛事件"半年之前。

　　评论家森川达也认为《丰饶之海》是按照古典诗文"起承转合"的构想组织全卷的，《晓寺》正好位于"转"的阶段。我同意他的这一看法。

　　那么，《晓寺》哪些地方表现了"转"呢？首先，人物活动的舞台不再局限于日本，作品第一部分情节的推演和展开挪到了泰国的曼谷，还有印度，然后再回到日本。此外，在第一卷和第二卷作为配角或旁观者的本多转为主角，一切事件都围绕着他形成，发展，走向终结。在第一卷中死去的月光公主（金茜）的化身第二代月光公主，作为第二卷的主角勋的转生，在本卷中浮现，并上升为光彩照人的主要人物了。

《晓寺》遵循"轮回转生"一路写下来，作者依然不时为我们创造着神秘莫测的环境，带领我们进入一个又一个光怪陆离的世界，令我们眼花缭乱、目不暇接。《晓寺》是横在我们面前的又一条艺术长河，河里翻滚着五彩缤纷的语言波浪，南国的烟雨，炎阳，鲜花，晓寺，佛塔，石窟，合欢树，凤凰木，红树林；以及梦幻中的孔雀，草地上的绿蛇，水牛背上的乌鸦，牺牲台上的山羊，甚至还见到了麇集于圣地的乞丐和麻风病人，火葬河坛的圣牛和尸堆等。

同前两卷一样，作者在结构故事的时候，没有忘记罗列那些玄妙难解的哲学和宗教方面的学问，他对阿赖耶识、唯识论等不厌其详的阐述，仿佛有意在考验我们的耐心。

《晓寺》始译于二〇一二年十月，至第二年八月初完稿。其间，插译了一部夏目漱石散文集。临近结尾时腰腿疼痛病再发，忍着酷暑和病痛，一页页校改完毕，算是又了结一项工程，可以喘口气了。

秋凉时节，还有一部《天人五衰》等着，但愿届时身体能够渐渐好起来。

陈德文

二〇一三年七月二十九日—八月二日

记于小浜人鱼海岸—春日井

轮回转生的准备贯穿人的漫长的一生，

并非死后才开始进行。

世界一瞬一瞬刷新，

同时一瞬一瞬废弃。

一頁 folio

始于一页，抵达世界

Humanities · History · Literature · Arts

出品人　范新

出版统筹　恰恰

特约编辑　徐露　任建辉

营销编辑　张延

版权总监　吴攀君

印制总监　刘玲玲

装帧设计　COMPUS · 汐和

内文制作　陆靓

Folio (Beijing) Culture & Media Co., Ltd.

Bldg. 16-B, Jingyuan Art Center
Chaoyang, Beijing, China 100124

一頁 folio
微信公众号

官方微博：@一頁 folio | 官方豆瓣：一頁 | 媒体联络：zy@foliobook.com.cn

图书在版编目（CIP）数据

晓寺 /（日）三岛由纪夫著；陈德文译 . —沈阳：辽宁人民出版社；桂林：广西师范大学出版社，2021.3（2021.4重印）

ISBN 978-7-205-10072-8

Ⅰ. ①晓… Ⅱ. ①三… ②陈… Ⅲ. ①长篇小说—日本—现代 Ⅳ. ① I313.45

中国版本图书馆 CIP 数据核字（2020）第 263313 号

出版发行：辽宁人民出版社
地址：沈阳市和平区十一纬路 25 号　邮编：110003
电话：024-23284321（邮　购）　024-23284324（发行部）
传真：024-23284191（发行部）　024-23284304（办公室）
http://www.lnpph.com.cn
印　　刷：北京华联印刷有限公司
幅面尺寸：105mm×148mm
印　　张：8.5
字　　数：180 千字
出版时间：2021 年 3 月第 1 版
印刷时间：2021 年 4 月第 3 次印刷
责任编辑：盖新亮
特约编辑：徐　露　任建辉
装帧设计：COMPUS·汐和
责任校对：冯　莹
书　　号：ISBN 978-7-205-10072-8

定　价：48.00 元